Robin Stevens

Tödliches Spiel in Hongkong

EIN FALL FÜR

WELLS & WONG

ROBIN STEVENS

TÖDLICHES SPIEL IN HONGKONG

Aus dem Englischen
von Nadine Mannchen

KNESEBECK

Titel der Originalausgabe: *A Spoonful of Murder*
Erschienen bei Random House Children's Publisher UK,
a division of The Random House Group Limited.

Diese Ausgabe wurde vermittelt durch die
Literarische Agentur Thomas Schlück GmbH, 30161 Hannover

3. Auflage 2025

Deutsche Erstausgabe

Holzstraße 26, 80469 München
Ein Unternehmen der Média-Participations

Umschlagadaption: Leonore Höfer, Knesebeck Verlag
Übersetzung: Nadine Mannchen, Helmbrechts
Lektorat: Theresa Scholz, Knesebeck Verlag
Satz: VerlagsService Dietmar Schmitz GmbH, Heimstetten
Herstellung: Arnold & Domnick, Leipzig
Druck: PNB Print SIA
Printed in Latvia

MIX
Papier | Fördert
gute Waldnutzung
FSC® C084698
FSC
www.fsc.org

ISBN 978-3-95728-227-9

www.knesebeck-verlag.de

Für Nat und Gemma,
die Co-Mütter meiner Bücher.

Tödliches Spiel in Hongkong

Ein Bericht über

den »Fall des Jadenadel-Verbrechens«
im Rahmen der Ermittlungen
der Detektei Wells & Wong.

Aufgezeichnet von Hazel Wong
(Schriftführerin und Vizevorsitzende
der Detektei), 14 Jahre alt.

Begonnen am Montag, 24. Februar 1936.

Anmerkung zum Anwesen:
Das Haupthaus besteht aus drei Stockwerken: dem Erdgeschoss, das hier gezeigt wird; einem ersten Stock, in dem sich die Schlafzimmer der älteren Familienmitglieder, der Speisesaal der Familie und die Quartiere der männlichen Dienstboten befinden; und einem zweiten Stock, der die jüngeren Familienmitglieder, die Quartiere der weiblichen Dienstboten und die Gästezimmer beherbergt.
Im Erdgeschoss verbindet ein Gang das Haupthaus mit der Küche. Im ersten und zweiten Stock verbindet eine kleine Brücke das Haupthaus mit weiteren Dienstbotenquartieren (die sich über der Küche befinden).

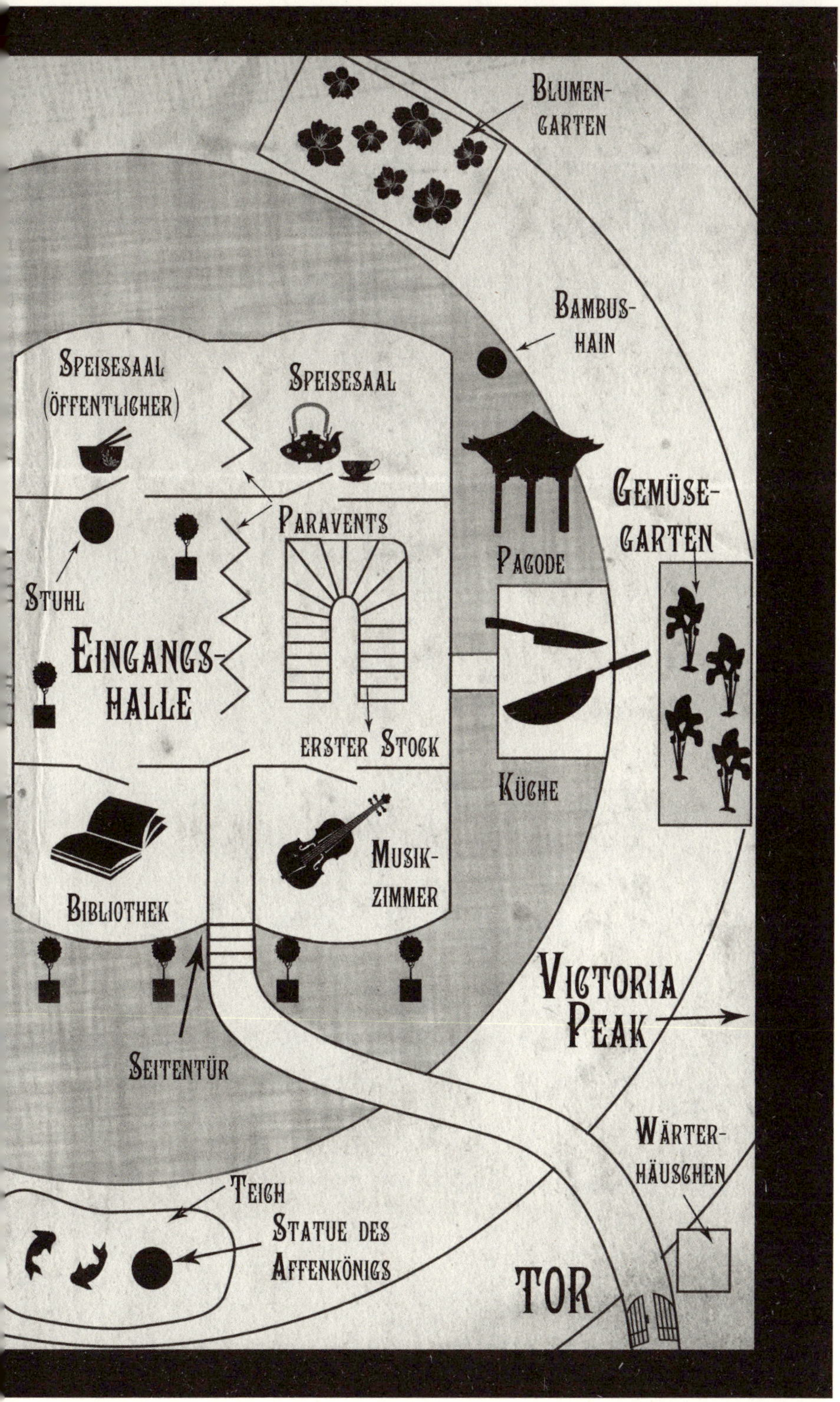
Blumen-
garten
Bambus-
hain
Speisesaal
(öffentlicher)
Speisesaal
Paravents
Pagode
Gemüse-
garten
Stuhl
Eingangs-
halle
erster Stock
Küche
Bibliothek
Musik-
zimmer
Victoria
Peak
Seitentür
Wärter-
häuschen
Teich
Statue des
Affenkönigs
Tor

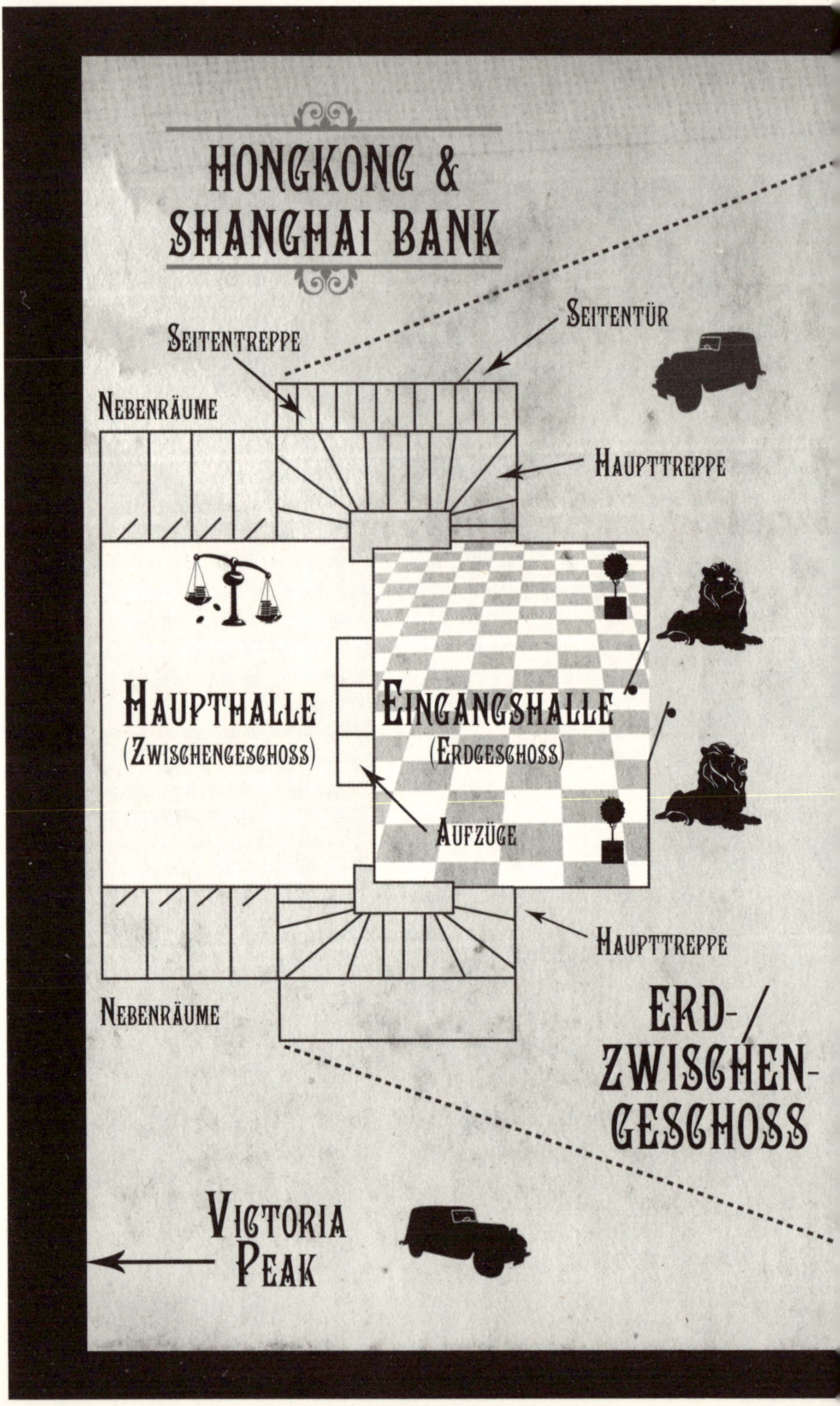

HONGKONG &
SHANGHAI BANK
SEITENTÜR
SEITENTREPPE
NEBENRÄUME
HAUPTTREPPE
HAUPTHALLE
(ZWISCHENGESCHOSS)
EINGANGSHALLE
(ERDGESCHOSS)
AUFZÜGE
HAUPTTREPPE
NEBENRÄUME
ERD-/
ZWISCHEN-
GESCHOSS
VICTORIA
PEAK

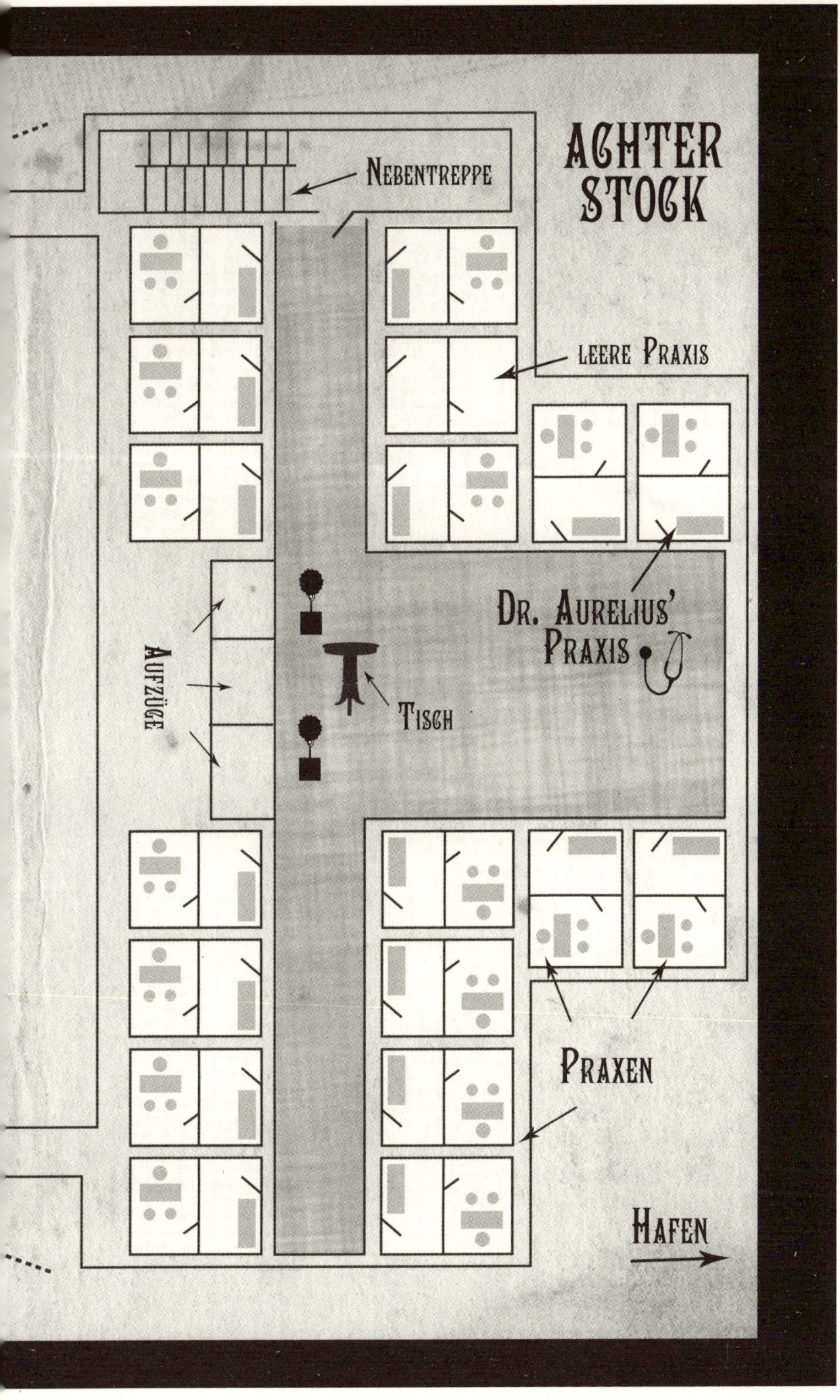
ACHTER STOCK
NEBENTREPPE
LEERE PRAXIS
DR. AURELIUS' PRAXIS
AUFZÜGE
TISCH
PRAXEN
HAFEN

Auftretende Figuren

Die Wongs

Vincent Wong (Wong Lik Han 黃力漢)
June Wong (Wong Ka Yan 黃嘉欣,
auch Ah Mah genannt) – *Mr Wongs erste Frau*
Jie Jie (Wong Min Su 綿素) – *Mr Wongs zweite Frau*
Hazel Wong (Wong Fung Ying 黃鳳英,
auch Ying Ying genannt) – *Vizevorsitzende und Schriftführerin der Detektei Wells & Wong*
Rose Wong (Wong Ngai Ling 藝玲, auch Ling Ling genannt) – *Hazel Wongs Halbschwester*
May Wong (Wong Mei Li 美麗, auch Äffchen genannt) – *Hazel Wongs Halbschwester*
Edward Wong (auch Teddy genannt) – *Hazel Wongs Halbbruder*

Haupthaus

Su Li 素李 – *Teddys Magd*
Ping 萍 – *Hazels Magd*
Wo On 和安 – *Hazels Chauffeur*
Assai – *Ah Mahs Magd*
Ah Kwan 阿昆 – *Mays Magd*
Pik An 袁琵安 – *Roses Magd*
Ng 吳兄 – *Koch*

Ah Lan 阿蘭 – *Gärtnerjunge*
Thomas Baboo – *Wärter*
Maxwell – *Mr Wongs Sekretär*
Daisy Wells – *Vorsitzende der Detektei Wells & Wong, Gast der Wongs*

Hongkong

Mr Peter Svensson (bekannt als Sven) – *Geschäftsmann*
Mrs Kendra Svensson – *seine Gattin*
Roald Svensson – *sein Sohn*
Mrs Bessie Fu – *Geschäftsfrau, Eigentümerin des Luk Man Teehauses*
Mr Kai Wa Fan 啟華熏 – *Geschäftsmann*
Wu Shing 胡城 – *Liftboy*
Dr. Crispin Aurelius – *Arzt*
Sai Yat 細 – *Boss einer Triadenbande*
Detektiv Leung 梁 – *privater Ermittler*

• TEIL EINS •

DEM ABENTEUER ENTGEGEN

I

Irgendwie, obwohl Daisy und ich die Leiche mit unseren eigenen Augen gesehen hatten, konnte ich erst fassen, dass dieses Verbrechen wirklich geschehen war, als wir am Nachmittag von der Arztpraxis zu Hause ankamen.

Davor war mir alles wie ein böser Traum erschienen, und zwar einer von der schlimmsten Sorte – wie der, den ich manchmal habe, in dem wir in einem Fall ermitteln und ich schaudernd begreife – als würden mir Spinnenfinger über den Rücken laufen –, dass der Mörder es auf Daisy abgesehen hat und ich ihn nicht aufhalten kann.

Doch anders als in diesen Träumen kann ich diesmal nicht aufwachen, wie sehr ich mich auch zwicke. Noch dazu weiß ich, dass es mir möglich hätte sein sollen, dieses Unglück zu verhindern.

Daisy meint, das sei Blödsinn. Sie sagt (mit gerümpfter Nase), dass ich rein gar nichts hätte verhindern können – dass ich viel wahrscheinlicher ebenfalls ermordet worden wäre, *wäre* ich dabei gewesen. Wie vieles von dem, was Daisy sagt, ist das zwar logisch, aber leider kein großer Trost. Ich werde das Gefühl nicht los, versagt zu haben.

Dazu muss man wissen: Ich bin wieder in Hongkong. Hier ist es wunderschön und hell, die Luft ist warm und schwer – und vor allem bin ich hier zu Hause. Keiner schaut mich schief an. Hier bin ich keine Fremde und das ist ein herrliches Gefühl, als würde man die Hand öffnen und merken, dass man die Muskeln darin schon viel zu lange angespannt hatte.

Dennoch hat sich hier so einiges auf unschöne Weise verändert. Seit fast zwei Jahren bin ich nun in England und habe dort nicht nur gelernt, was es bedeutet, ein englisches Schulmädchen und eine beste Freundin zu sein, sondern auch eine Detektivin – worauf die Freundschaft zwischen mir und Daisy quasi beruht. Insgeheim sind wir Detektivinnen, die bereits fünf Mordfälle aufgeklärt haben, und obwohl wir den Opfern streng genommen nicht mehr helfen konnten, haben wir zumindest die Wahrheit über ihren Tod herausgefunden – was die Polizei nicht geschafft hat.

Doch in Hongkong wohne ich bei meiner Familie, die mich noch als die kleinere, jüngere Hazel kennt, die damals das Schiff Richtung Deepdean bestiegen hat. Und es stellt sich als ungeheuer schwierig heraus, tapfer, erwachsen und vernünftig zu sein, wenn man von mir erwartet, nichts anderes als eine pflichtbewusste gute Tochter und ältere Schwester zu sein. Vor allem das Zweite fällt mir schwer, denn … Aber ich greife vor. Daisy meint, man muss die Dinge möglichst der Reihe nach erzählen, und damit hat sie recht. Wenigstens wie man einen Fall in einem neuen Fallbuch aufzeichnet (das schöne, das Daisy mir zu Weihnachten geschenkt hat), habe ich nicht vergessen.

Bevor ich nun zu dem Augenblick zurückspringe, an dem alles begann – diese Reise, dieses Verbrechen –, will ich nur noch eins sagen: Etwas Grauenhaftes ist geschehen, etwas, was die Detektei Wells & Wong untersuchen muss. Und das werden wir – doch diesmal stecke ich selbst mittendrin in dem Fall. Ich bin nicht nur Ermittlerin, sondern auch Zeugin. Und ich fürchte, dass ich sogar als Verdächtige gelte.

2

Alles begann im Januar mit einem Anruf. Das Frühlingstrimester am Deepdean-Internat war keine Woche alt. Auf der Erde lag Schnee und meine Gedanken kreisten noch immer um das weihnachtliche Cambridge und das schockierende Ereignis vom ersten Januar, das auf der Hochzeit von Daisys Onkel Felix passiert ist, der an diesem Tag in London geheiratet hatte. Als man mich eines Morgens also ins Büro der Hausmutter rief, damit ich den Anruf meines Vaters entgegennahm, schien mir Hongkong sehr weit entfernt.

Es knisterte und hallte in der Leitung. »Hallo?«, sagte ich und hörte, wie meine Stimme weit in die Ferne schallte, einmal um die halbe Welt. Erst entstand eine Pause, dann begann mein Vater zu sprechen.

»Wong Fung Ying«, sagte er. Trotz der schlechten Verbindung war deutlich der hohle Ton in seiner Stimme zu hören. »Am besten, du setzt dich.«

Wong Fung Ying ist mein chinesischer Name. Alle in England, und für gewöhnlich auch mein Vater, nennen mich Hazel Wong. Meinen vollen Namen benutzt er nur, wenn es um etwas besonders Ernstes geht, weshalb sich mein Magen in diesem Moment wie auf Kommando verkrampfte.

»Es geht um deinen Großvater Ah Yeh. Hazel, du weißt, dass es ihm nicht gut ging. Es tut mir leid, aber er ist von uns gegangen. Gestern. Wir hätten nicht gedacht … Wir haben nicht so bald damit gerechnet, aber so ist es nun einmal.«

»Vater!« Es verschlug mir die Worte. »Bist du sicher … *wirklich*?« Ich umklammerte das Telefon, während das Mundstück an meiner Lippe zitterte. Absoluter Unglaube überfiel mich. Ich konnte die Pfeife meines Großvaters riechen, den Tabak in seinem Atem, seine Hand spüren, die schwer auf meinem Kopf liegt.

»Ich würde dich niemals anlügen, Hazel. Jetzt höre gut zu und beruhige dich. Du musst nach Hause kommen. Die Bestattung wirst du natürlich verpassen – sie findet bereits nächste Woche statt –, doch wenn du in den nächsten Tagen aufbrichst, bist du zumindest für einen Teil der Trauerzeit bei uns. Hast du mich verstanden? Das darfst du auf keinen Fall versäumen.«

»Nein, selbstverständlich nicht«, wisperte ich. So viel steckte mir im Hals, so vieles wollte ich sagen, doch aus meinem Mund kam lediglich das. Klar und deutlich, als brauchte ich nur die Hand danach auszustrecken, sah ich mich im Geiste neben Ah Yeh sitzen und dabei zuschauen, wie er eine Orange in ihre Einzelteile zerlegte und mir jedes dritte Stück reichte. Er war zu groß und zu wichtig, um einfach fort zu sein. Ich konnte es nicht glauben. »Was sagt Ah Mah dazu?«, fragte ich.

»Wie bitte? Natürlich unterstützt deine Mutter meine Entscheidung. Du musst nach Hause kommen.« Mein Vater klang verwirrt. Mir war klar, wie merkwürdig meine Frage ihm vorkommen musste – trotzdem hatte ich sie stellen müssen. »Deine Hausmutter wird deine Reise arrangieren. Du wirst im Hafen von Tilbury ein Schiff nehmen und es sollte nicht länger als einen Monat unterwegs sein …«

»Ich will, dass Daisy mitkommt«, platzte ich heraus und staunte selbst über meine Dreistigkeit. Beinahe wurden mir meine eigenen Worte erst bewusst, als ich sie ausgesprochen hatte. Aber es war mir ernst damit. Wenn ich schon nach Hause kam (und meiner Mutter gegenübertreten musste, flüsterte eine Stimme in meinem Kopf), dann nur mit Daisy an meiner Seite.

»Hazel!« Mein Vater seufzte. »Bei dir dreht sich alles immer nur um *Daisy*. Eine unpassendere Freundin könnte ich mir für dich gar nicht ausmalen, auch wenn sie eine Dame zu sein *scheint*. Glaubst du, sie würde in Hongkong zurechtkommen?«

Er war hörbar anderer Meinung, doch ich traute es ihr zu. Daisy passt sich überall an, verschmilzt mit ihrer Umgebung wie ein Chamäleon. Also holte ich tief Luft und nahm all den Mut zusammen, den ich mir im Orientexpress angeeignet hatte, um mich gegen den Willen meines Vaters zu behaupten. »Ohne sie komme ich nicht«, sagte ich fest, auch wenn die Hand am Hörer noch stärker zitterte als zuvor.

Wieder seufzte mein Vater, bevor er einen ungeduldigen Laut ausstieß. »Ich werde mit der Schule reden«, sagte er. »Wenn sie zustimmt und auch Daisys Familie nichts dagegen hat … Nun, ich schätze, dann kannst du sie mitbringen. Aber, Hazel, ich will, dass du das nicht auf die leichte Schulter nimmst, verstehst du? Lass dir von Miss Wells ja keine ihrer Flausen in den Kopf setzen! Dein Ah Yeh war alt. Alt und müde. Seine Zeit war gekommen. Er ist keiner von euren *Fällen* wie … nun, wie der im vergangenen Sommer oder diese anderen lächerlichen Dinge, in die ihr euch verstricken lassen habt. Hast du mich verstanden?«

»Ja«, presste ich heraus und wischte mir über die Augen. Ich *hatte* verstanden. Doch das war gar nicht der Grund, weshalb ich Daisy dabei haben wollte. Ich brauchte sie nicht etwa, um irgendwelche Ermittlungen anzustellen. Dieses eine Mal brauchte ich sie einfach nur, weil sie meine beste Freundin war.

»Gut. Dann reich den Hörer an deine Hausmutter weiter. Sie soll mich mit eurer Direktorin verbinden.«

Nachdem ich genau das getan hatte, ging ich auf wackligen Beinen aus dem Büro. Daisy wartete im hallenden, kühlen Flur des Wohnheims, die blauen Augen weit aufgerissen und die Nase vor Neugier gerümpft.

»Was ist los, Hazel?«, fragte sie, doch ich schob mich wortlos an ihr vorbei. Ich eilte über den abgewetzten Läufer der Wohnheimtreppe und durch den schmalen, schlecht beleuchteten Korridor in unseren Zehntklässler-Schlafsaal. Das Fenster stand offen, obwohl das Gras draußen frostbedeckt war. Schlotternd wickelte ich die kratzige graue Wolldecke um meine Schultern und legte mich aufs Bett.

Ich hatte gewusst, dass Ah Yeh krank gewesen war. Doch er hätte nicht einfach so ohne jede Vorwarnung sterben dürfen, während ich nicht einmal da war. Ich hätte bei ihm sein sollen. Und überhaupt ... Er hätte erst gar nicht sterben dürfen, weil er schließlich Ah Yeh war! Er gehörte zu unserem Zuhause und zu Hongkong wie die Säulen unserer Eingangshalle, der Teich im Garten und die Stufen vor der Haustür. Er *durfte* nicht tot sein.

Ich schrieb Daisy eine Nachricht. Manchmal, wenn ich etwas nicht über die Lippen bringe, schreibe ich es auf. Und jetzt war so ein Zeitpunkt. Ich verfasste eine verschlüsselte Botschaft, weil Daisy und ich uns gerade im Codieren üben (und sie kann einfach nicht am Ball bleiben). Dann faltete ich den Zettel und platzierte ihn auf ihrem Bett, bevor ich mich wieder hinlegte.

Kurz darauf kam Daisy herein. Ich erkannte sie, ohne hinsehen zu müssen, weil sie so behutsam auftrat, immer einen Fuß vor den anderen, wie ein Dieb. Als sie den Zettel auffaltete, raschelte es, was von einem genervten Laut gefolgt wurde. Ich hörte, wie sie ihren Schulranzen öffnete und eine Seite aus einem Arbeitsheft riss. Anschließend lauschte ich dem Kratzen ihres Bleistifts, als sie sich daranmachte, die Codes zu entziffern.

Ich zählte die Sekunden, dann die Minuten.

»Hazel«, sagte Daisy schließlich. »Die Nachricht war unnötig. Du hättest es mir einfach *sagen* können.«

»Konnte ich eben nicht«, nuschelte ich in meine Decke. Meine Augen brannten, was ich auf die raue Wolle schob. »Nicht laut.«

»Ich setze mich zu dir aufs Bett«, kündigte Daisy an. »Wenn du nichts dagegen hast.«

Das war Daisys Art, mir wegen meines Großvaters ihr Mitgefühl auszusprechen. Normalerweise fragt Daisy nämlich niemals um Erlaubnis. Sie lässt sich einfach immer auf meinen Bauch oder meine Beine fallen und kümmert sich nicht einmal darum, ob es wehtun könnte.

»In Ordnung«, sagte ich.

»Also«, fing Daisy nach einer Weile an, »wenn ich recht verstehe, fahren du und ich gemeinsam nach Hongkong?«

Ich sprang auf und schlang die Arme um sie. In diesem Moment fing ich wirklich an zu weinen.

3

Schiffe sind mir noch nie gut bekommen. Auf See fühle ich mich immer so aufgewühlt, innen wie außen – davon ganz abgesehen war ich dieses Mal sowieso näher am Wasser gebaut als sonst. Unsere Reise nach Hongkong ist in meiner Erinnerung fest verbunden mit dem Geschmack von Salz – vom Meer und von den Tränen, die mir über die Wangen rollten.

Daisy hingegen amüsierte sich prächtig und staunte lauthals über den Speisesaal und die Kabinen (so imposant wie die im Orientexpress, jedoch größer). Ich dagegen kann mich nur vage an die Zeit auf dem Schiff erinnern – mit wenigen Ausnahmen. Eine davon ist der Morgen, an dem wir die Neuigkeiten über George V. erfuhren.

»Tot!«, sagte Daisy verdutzt und starrte auf die fünf Tage alte Zeitung vor ihr. Wir saßen nach dem Frühstück in der Sonne Ägyptens auf dem Erste-Klasse-Deck der *SS Strathclyde* und schauten auf das spiegelglatte Wasser des Suezkanals, durch den wir von einem dampfspuckenden Schlepper gezogen wurden. »Du meine Güte, jetzt brauchen wir einen neuen König! Oh, ich muss mir von irgendwoher eine Trauermanschette besorgen. Du bist gerüstet, Hazel. Du trägst bereits Schwarz.«

»Die arme Königin«, sagte ich. »Die arme Prinzessin und die armen Prinzen!« Ich blickte auf mein schwarzes Kleid. Kurz spürte ich zusätzlich zu meinem eigenen Schmerz auch *ihren*.

Daisy legte nachdenklich den Kopf schief. »Ich frage mich … Es wird schon ein natürlicher Tod *gewesen* sein, oder? Ich meine … wir glauben nicht, dass hier jemand *nachgeholfen* hat, richtig? Immerhin war er der König. Was, wenn er *ermordet* wurde?«

»Du weißt, dass er krank war, Daisy«, sagte ich. Ich hatte bereits eine ungute Ahnung, wohin diese Unterhaltung führen würde. »Er war ein alter Mann. Und ich glaube auch nicht, dass es jemand auf ihn abgesehen hatte. Sein ältester Sohn will nicht einmal König werden!«

»Hmmm«, machte Daisy. »Vermutlich. Obwohl es mich schon irgendwie nachdenklich stimmt … Hazel, es ist völlig ausgeschlossen … also, ich meine … sind wir absolut sicher, dass dein *Großvater* …«

»Kein weiteres Wort!«, unterbrach ich sie. Plötzlich war mir vor Schmerz heiß bis in die Fingerspitzen. »Ah Yeh ist keiner unserer Fälle. Er wurde nicht umgebracht. Er ist einfach nur *gestorben*, Daisy. Manche Menschen sterben tatsächlich noch auf natürliche Weise. Und was willst du überhaupt sagen – dass sein Sohn ihn getötet haben könnte? *Mein Vater?*«

»Nein!« Ich war erleichtert, dass Daisy dabei die Röte in die Wangen schoss. »Ich wollte damit nur sagen … also … war dein Großvater nicht reich?«

»Kann schon sein«, sagte ich steif. »Aber, Daisy, du kannst nicht einfach so behaupten, dass er ermordet wurde. Und *wehe*, du erwähnst davon auch nur einen Ton gegenüber meiner Familie, wenn wir da sind, verstanden?! Großvater starb am Alter, genau wie unser armer König. Er war beinahe achtzig!«

»Ist ja gut«, grummelte Daisy. »Aber du kannst mir nicht vorwerfen, dass ich es *erwähnt* habe!«

»Doch, kann ich.«

Daisy schwieg nachdenklich, bevor sie entschuldigend meine Hand tätschelte. Zwischen uns war alles wieder in Ordnung, doch jedes Mal, wenn ich einen britischen Passagier mit einer Trauermanschette am Ärmel sah, kam es mir so vor, als würde sich das Stechen in meiner Brust verdoppeln.

Das andere, woran ich mich erinnere, ist Daisy in der Bibliothek.

Während das Schiff durch die Straße von Malakka dampfte, das Wasser um uns herum sich grünblau verfärbte und Nacht für Nacht dampfende, phosphoreszierende Schaumränder bildete, benahm Daisy sich auf einmal sehr seltsam.

Immer wieder stahl sie sich zu den merkwürdigsten Gelegenheiten davon, um Stunden später mit Tintenflecken an den Fingern wieder zu erscheinen. Ich nahm an, sie würde sich klammheimlich – ohne mich! – Notizen zu den Passagieren machen, weshalb ich ziemlich beleidigt war, bis wir in Singapur vor Anker lagen und ich in die Bibliothek ging, um *Tess von den d'Urbervilles* zurückzugeben. Prompt stieß ich dort auf Daisy, die mit einem Stapel Bücher auf dem Schoß und einem Stift in der Hand an einem Tisch saß.

Als sie erschrocken den Kopf hob und mich ansah, nahmen die Wangen unter ihrer Sonnenbräune einen rosaroten Hauch an.

»Was machst du hier?«, fragte ich.

»Recherchieren«, antwortete Daisy nach einer Pause. »*Verrate es ja keinem!* Es ist nur … na ja … Du hast mir nie viel von Hongkong erzählt. Was sich im Übrigen *wirklich* nicht gehört, Hazel. Bisher habe ich stets meine eigenen Rückschlüsse gezogen, aber das genügt nicht, wenn ich dort zu Besuch bin. Ich weiß, ich habe die richtige Kleidung eingepackt, dazu habe ich in Zeitschriften nachgeschlagen, allerdings bringt mich das nur ein gewisses Stück weit.«

Ich blinzelte sie an.

»Daisy!«, sagte ich. »Macht dir der Besuch in Hongkong *Sorgen*?«

»Selbstverständlich nicht!« Daisys Röte nahm zu. »Ich will nur sichergehen, dass ich auf alles vorbereitet bin. Hazel, nun erzähl mir doch einmal von deiner Familie. Du hast zwei kleine Schwestern und die heißen …«

»Rose und May«, antwortete ich. »Sie sind jetzt … acht und fünf, glaube ich.«

»Und dann gibt es da noch deinen Vater, den ich natürlich bereits kenne. Und die zwei, äh, Ehefrauen deines Vaters.«

Jetzt wurde ich ebenfalls rot. Mein Vater hat tatsächlich zwei Frauen: meine Mutter, June, und seine zweite Ehefrau, die wir Jie Jie nennen. Jie Jie ist nicht ihr richtiger Name – es ist nur ein Kosename, der so viel wie *Schwester* bedeutet –, aber nachdem ich sie schon so viele Jahre so nenne, kann ich mir etwas anderes gar nicht vorstellen. Meinen englischen Freunden gegenüber habe ich Jie Jie höchstens am Rande erwähnt, weshalb es mich überraschte, dass Daisy es sich überhaupt gemerkt hatte. Jemandem aus England, wo jeder Mann eine einzige Ehefrau zu haben hat (und hat er doch mehrere, ist das Bigamie und ein Verbrechen), zu erklären, dass die zwei Ehefrauen meines Vaters sich kennen und sogar im selben Haus leben, ist nahezu unmöglich.

»Das macht dir doch nichts aus, oder?«, fragte ich besorgt.

»Hazel, das macht mir nicht im Geringsten etwas aus«, antwortete sie. Doch als ich sie genauer ansah, meinte ich, den Anflug eines nervösen Zuckens an ihrem Kinn zu erkennen. Sosehr wie noch nie spürte ich in diesem Moment die Kluft zwischen ihrer Vorstellung von Familie und meiner eigenen. Ich war davon ausgegangen, dass Daisy sich an Hongkong gewöhnen würde, wie sie sich an alle neuen Umgebungen gewöhnte, die wir bisher besucht hatten – nur hatte ich vergessen, dass sich all diese Orte in Europa befunden hatten. Diesmal ließen wir die Grenzen von Daisys

Welt hinter uns und drangen in meine vor, was Daisy sehr wohl begriffen hatte – im Gegensatz zu mir.

Die folgenden Tage dachte ich immer öfter an meine Familie. In England vermeide ich das möglichst, weil es zu sehr wehtut, doch nun ließ ich es zu. Ich dachte an meinen Vater, wie er mich durch seine Brille betrachtet und mir ein Buch reicht. Ich dachte an Jie Jie, wie sie mich spontan umarmt und auf die Wange küsst. Ich dachte an Su Li, meine *Mui tsai* (in Hongkong ist das so eine Art junges Dienstmädchen), wie sie mir Kuchen gibt, wenn ich in der Schule eine Prüfung bestanden habe, und mich kitzelt, bis mir vor Lachen die Tränen kommen. Ich dachte an meine süßen, witzigen kleinen Schwestern, Rose und May. Und ich dachte an meine Mutter.

Dieser letzte Gedanke machte mich nervös. Ich hatte meine Mutter seit über zwei Jahren nicht gesehen und anders als von meinem Vater hatte ich fast nie von ihr gehört. Ich hatte nur Päckchen mit Kuchen von unserem Koch Ng bekommen, denen kurz angebundene Nachrichten von ihr beilagen, die sie nicht einmal selbst geschrieben, sondern unserem Chauffeur Wo On diktiert hatte. In Gegenwart meiner Mutter war ich schon immer ziemlich unruhig. Obwohl ich weiß, dass sie mich mag, ist sie so erhaben und so wunderschön, dass ich mir neben ihr klein und langweilig vorkomme. Wir hatten nie viel gemeinsam. Sie heißt es nicht gut, dass ich eine Schule in England besuche, und daraus macht sie kein Geheimnis. Meine Mutter ist nachtragend und bestraft Menschen, über die sie sich ärgert, gern. Und über mich – da war ich sicher – ärgerte sie sich bestimmt immer noch. Deshalb hatte ich meinem Vater diese merkwürdig anmutende Frage gestellt.

Was, wenn meine Mutter nicht wollte, dass ich nach Hause kam?

4

Schließlich fuhr die *SS Strathclyde* am 15. Februar in Hongkong die Docks von Kowloon an, dreißig Tage nachdem wir England verlassen hatten. Als der weit geschwungene Kai des Victoria-Hafens in Sicht kam, machte mein Herz vor Aufregung einen Sprung. In saftigem Grün reckte sich der Victoria Peak in einen strahlend blauen Himmel hinauf. Hier war Frühling, für Hongkonger Verhältnisse also noch relativ kühl und trotzdem so viel wärmer und heller, als ein Frühling in England je sein könnte.

Während sich das Schiff dem Anleger näherte, stieg mir der Geruch der Stadt in die Nase, der uns entgegenwaberte und uns willkommen hieß.

»Oh!« Daisy rümpfte die Nase. »Ist das normal?«

Ich atmete die grüne Hitze, den Schmutz und den Duft nach gekochten Teigtaschen ein, was für mich Hongkong bedeutete. »Ja«, antwortete ich und ertappte mich bei einem Lächeln. »Es riecht nach Zuhause.«

»Nicht mein Zuhause!«, stellte Daisy fest, schnupperte jedoch tapfer und gab sich große Mühe, dabei auf ihr Taschentuch zu verzichten. »Aber … Nun ja, betrachten wir es als Abenteuer. Ich muss mich eben daran gewöhnen!«

»Macht es dir etwas aus, hier zu sein?« Plötzlich wurde

mir klar, dass ich mir wünschte, Daisy würde Hongkong lieben lernen – mir sogar nichts sehnlicher wünschte.

»Hazel Wong, sei kein Kamel«, sagte Daisy. »Nirgends in der Welt wäre ich lieber als hier. Natürlich ist es ganz anders als in England, genau das macht es ja so faszinierend. Ein feiner Detektiv wäre ich, würde ich auf dem Absatz kehrt machen und mich nach Hause trollen, nur weil mir ein Geruch nicht gefällt! Alles wird großartig, Hazel. Das Einzige, was jetzt noch fehlt, ist …«

»Sag es nicht!«, unterbrach ich sie schnell. »Nicht hier. Wir sind wegen meines Großvaters in Hongkong, Daisy, das ist der einzige Grund.«

»Spielverderberin«, murrte sie und streckte mir die Zunge heraus. Ich bemühte mich, ein ernstes Gesicht zu machen.

Um uns herum wurde es geschäftig, als das Schiff anlegte. Seile flogen zwischen uns und dem Land hin und her, Kofferträger holten unser Gepäck und türmten es um uns herum auf. Ich dachte an meine letzte Überfahrt auf diesem Schiff, an den Moment, als wir vor zwei Jahren in England andockten. Seither war ich gewachsen, innerlich wie äußerlich – und doch schien all das schlagartig verschwunden zu sein. Es spielte keine Rolle, wo ich gewesen war oder was ich erlebt hatte. Ich war zu Hause.

Die Passagiere jubelten, als die Landungsbrücke scheppernd nach unten gelassen wurde. Am Ufer herrschte ein Durcheinander aus Rufen und Gedrängel. Männer in zerfetzten Hemden zogen ihre grünen und roten Rikschas, wartende Autos hupten, Kulis schwärmten mit schweren Lasten an ihren Stangen aus und Träger in Uniform warteten mit Sänften. Freudig zeigte ich Daisy alles. Ich kannte mich hier aus und ich kannte diese Menschen.

Die Passagiere der ersten Klasse machten sich an den Ausstieg, während ihr Gepäck bereits nach unten getragen wurde: Europäer in Leinenanzügen und Tropenhelmen, Chinesen in *Cheongsams* und langen Jacken, Inder in Roben und Saris. Ich hatte mein schwarzes europäisches Trauergewand abgelegt und ein weißes angezogen (in Hongkong ist die Farbe des Todes nämlich Weiß). Auf dem Kopf trug ich einen breiten weißen Hut und mein Haar war im Rücken zu einem Zopf geflochten. Auch Daisy war ganz in Weiß, ihr goldenes Haar leuchtete glänzend unter ihrem Hut hervor und ihre Wangen waren rosarot.

Als wir an der Reihe waren, gingen wir die Landungsbrücke hinunter. Ich schaute mich nach Su Li und dem Wagen um, der uns zur Insel Hong Kong Island bringen sollte. Als ich überlegte, ob auch mein Vater Teil des Begrüßungskomitees sein würde, schlug mein Herz umso schneller. Einen Moment lang vergaß ich sogar meine Trauer um Großvater, so aufgeregt war ich, wieder hier zu sein.

Doch was, wenn uns stattdessen meine Mutter in Empfang nahm? Dieser Gedanke brachte mein Herz aus einem völlig anderen Grund zum Pochen. War ich gewappnet für ihren Ärger?

Dann erkannte ich den langen schwarzen Daimler, meinen Wagen, und daneben Wo On, den Chauffeur. Als er mir zuwinkte, erkannte ich, dass Mutter nicht bei ihm war – Vater jedoch genauso wenig. Neben Wo On stand in der Bedienstetenuniform Hongkongs – schwarze Hose und seitlich geknöpfte lange weiße Jacke – lediglich ein Dienstmädchen, das sich nun tief verneigte. Su Li war es nicht. Es war eine der jüngeren *Mui tsai*, die kleine rundgesichtige Ping, die ebenso schnell errötete wie ich und nur wenige

Jahre älter war. Sie war größer, als ich sie in Erinnerung hatte, aber noch genauso schüchtern und verlegen. Warum sie hier war, war mir ein Rätsel. Wo steckte Su Li? Wenn überhaupt eine *Mui tsai* hier sein sollte, um mich in Empfang zu nehmen, dann ja wohl sie. Ich war verwirrt und meine gute Laune bröckelte.

»Da«, sagte ich zu Daisy. »Das ist unser Auto. Damit fahren wir auf die Fähre.«

»Oh! Wo sind deine Eltern? Trägt das Mädchen da eine *Hose*? Ist sie … ein Dienstmädchen? Ist das deine Hetty?«

»Vater ist wahrscheinlich beschäftigt. Er wird zu Hause auf uns warten«, sagte ich zweifelnd. »Und hier tragen alle Hosen! Ja, sie ist ein Dienstmädchen, aber … nicht wie Hetty. Weißt du noch? Ich habe dir doch von Su Li erzählt. Vermutlich wartet auch sie zu Hause auf uns.«

»Das mit den Hosen wusste ich!«, sagte Daisy, während sie an ihrer Hutkrempe herumhantierte. Sie sah aus wie eine Katze, die Angst hat, sich die Pfoten nass zu machen. »Ich habe es in einem der Bücher gelesen.«

Eine Daisy, die angespannt genug war, um zu Lügen zu greifen, war ein Anblick, mit dem ich mein Lebtag nicht gerechnet hätte – und doch hatte ich sie nun vor mir.

Als wir Arm in Arm zu Ping und Wo On liefen, gruben Daisys Finger sich in meine.

»Alles in Ordnung!«, munterte ich sie auf. »Komm schon, Daisy, alles wird gut!«

»Es ist nur so schrecklich ungewohnt«, murmelte Daisy. »Und so heiß!«

»Bist du nervös?«, wisperte ich. »Daisy Wells!«

»*Ich bin nicht nervös!*«, zischte sie. »Ich brauche lediglich etwas Zeit, mich an mein Umfeld anzupassen. Das ist ja wohl nicht zu viel verlangt.«

Etliche Male hatte ich mir meine Heimkehr vorgestellt – doch irgendwie war die Realität ganz anders.

5

»Miss Hazel!«, empfing Ping mich, sobald wir nahe genug herangekommen waren. Sie redete schnell, auf Kantonesisch, und ich merkte ihr an, wie sehr sie zitterte und sich bemühte, das Richtige zu sagen. »Mein Beileid.«

»Danke«, sagte ich automatisch. »Aber wo ist Su Li?«

Ping zog den Kopf ein, als wäre sie verlegen. *Was stimmt hier nicht?*, überlegte ich. Konnte Su Li ... *unsere Familie verlassen haben*?

»Es gab ... also ... nun, es hat sich einiges verändert. Su Li hat im Haushalt eine neue Position inne. Es tut mir leid, Ihnen das sagen zu müssen, Miss Hazel. Ihr geschätzter Vater hat mich Ihnen und Miss Wells für die Dauer Ihres Aufenthalts zur Verfügung gestellt. Und Su Li ... Sie werden sehen. Ihr Vater bittet um Verzeihung, dass er nicht selbst hier sein kann. Er erwartet Sie mit der übrigen Familie im Haupthaus.«

Wieder neigte sie den Kopf, hochrot im Gesicht. Ich kam mir vor, als hätte ich das Schiff nicht verlassen, als wankte der Boden unter meinen Füßen noch immer. Ich war verdutzt und zudem verärgert. Was verschwieg man mir?

»Steigen Sie in den Wagen, Miss«, sagte Ping versöhnlich. »Alles kommt in Ordnung.«

»Hazel!«, raunte Daisy hinter mir. »Hazel! Sprichst du *Chinesisch*? Was habt ihr gesagt?«

Mit einem ganz schönen Schock wurde mir bewusst, dass Daisy mich niemals etwas anderes als Englisch und ein bisschen Französisch hatte reden hören. »Eigentlich … nur Hallo«, antwortete ich errötend. »Nichts Interessantes.«

»Das war viel mehr als nur Hallo!«, protestierte Daisy mit großen Augen. »Hazel, ich wusste gar nicht, dass du so gewieft sein kannst!«

Ich lächelte sie an und kurz hob sich meine Stimmung. Daisy verteilt Komplimente nicht leichtfertig.

Doch dann kletterte ich auf die Rückbank und atmete den Duft von Leder und Orangen ein, die ich hier so oft gegessen hatte. Trauer schnürte mir die Kehle zu. Orangen bedeuteten Ah Yeh. Ich konnte nicht länger ignorieren, weshalb ich hier war. Als ich aufblickte, sah ich, dass Wo On mich im Rückspiegel teilnahmsvoll musterte.

»Mein herzliches Beileid, Miss Hazel«, sagte er, während er das ganze breite, sonnenverbrannte Gesicht vor Mitgefühl verzog. »Es ist schwer, ich weiß.«

»Danke«, sagte ich und hoffte, dass Daisy schlicht annahm, ich würde mir den Schweiß aus dem Gesicht wischen, als ich mir mit dem Taschentuch darüberfuhr.

Dröhnend erwachte das Automobil zum Leben. Ping saß vorne neben Wo On und Daisy hatte neben mir Platz genommen, ihren Rock um sich herum drapiert. Durchs Fenster musterte sie das Getümmel und die gleißende Helligkeit der Docks. Als ich nach ihrer Hand griff, erwiderte sie meinen Druck tröstend.

Mit sieben anderen schicken schwarzen Automobilen und deren Chauffeuren fuhren wir auf die Fähre und tuckerten vom Victoria Harbour zum Queen's Pier. Während der

Überfahrt schaute ich aus dem Wagenfenster, atmete durch die Nase und verkniff mir mit aller Mühe die Übelkeit.

Um uns herum dümpelten Dschunken und Sampans im aufgewühlten Wasser, deren rote Segel wie Flügel aussahen, und hinter ihnen konnte ich beim Näherkommen Reihen um Reihen weißer und brauner Gebäude ausmachen. Ich blinzelte. Es gab einige neue Bauwerke, die ich nicht kannte. Hinter dem Queen's Pier stand eines, das man mit gutem Recht gigantisch nennen konnte. Dunkle Fensterreihen zierten die Front und die beiden Seitenflügel erinnerten an die Pfoten eines Löwen.

»Was ist das?«, fragte ich.

»Die neue Hongkong und Shanghai Bank«, antwortete Wo und drehte sich zu uns um. »Sehr eindrucksvoll.«

Es war, als wolle sie den Horizont verschlingen. Und nicht nur den. All die Orte, die ich kannte, einschließlich der Post und dem fünfgeschossigen Hauptsitz des Bankinstituts Wong, wirkten daneben wie geschrumpft. Nicht nur ich war während meiner Abwesenheit gewachsen, auch Hongkong selbst.

Wir tauchten in den Schatten der Hongkong und Shanghai Bank, hinein in das wilde Getümmel von Hong Kong Central, dem Finanz- und Geschäftsviertel der Stadt. Während das Automobil durch die Straßen holperte, beugte ich mich dicht ans Fenster. Ja, ich trauerte, trotzdem war rings um mich herum Hongkong, und das war spannend. Noch hingen überall die Dekorationen der chinesischen Neujahrsfeier, wodurch die Stadt herrlich festlich wirkte. Ich zeigte Daisy all die Sehenswürdigkeiten, die ich kannte, und Wo half mir aus, wenn ich einmal nicht weiter wusste. Dazwischen brüllte er die anderen Wagen und die Menschen auf der Straße dermaßen an, dass Daisy merklich schockiert war. Als er ruckartig zur Seite schwenkte, um einer Straßenbahn auszuweichen, keuchte Daisy erschrocken auf, und als wir abermals nach rechts auswichen, um ein Bündel Bambusstöcke zu umfahren, das von einem Karren abgeladen wurde, wirkte sie mehr als angespannt. Ich lachte laut auf. Beinahe hatte ich vergessen, wie der Verkehr in Hongkong war – jetzt begriff ich, warum mir das Fahren in England immer so langweilig vorkam.

Zu allen Seiten erhoben sich hohe Gebäude, die Hälfte davon noch nicht fertiggestellt – Bauarbeiter balancierten auf schmalen Gerüsten, während sie schuftend Staub aufwirbelten. Wir passierten Juweliere und Teehäuser, Gehsteige voller Menschen in Jacken, Roben und *Cheongsams*, alle in Eile, wie es typisch für Hongkong war. Auf der Rückbank des Wagens heizte es sich immer mehr auf. Ich pustete Luft in die Höhe, um mein Gesicht abzukühlen. Alles war so vertraut und gleichzeitig so fremd. Ich schaute und schaute, versuchte, dieses neue Hongkong noch einmal ganz frisch kennenzulernen.

Dort war die Art von chinesischem Medizinladen, die meine Mutter so liebt, ganz in Rot und Gold gehalten, mit großen Glasflaschen voller getrockneter und zu Pulver verarbeiteter Dinge: Häute, getrocknete Schalen und Knochen. Ich roch Ginseng, selbst durch die Scheibe hindurch, und den heißen, drückenden Gestank des Mülls in den Gossen, an dem zwei gestromte *Pi-dogs*, die Straßenstreuner Hongkongs, schnupperten. Eine Gruppe Tagelöhner kauerte auf der Straße, aß Reis aus einem Topf, während eine vorbeisausende Rikscha den Hunden auswich.

Dann entfernten wir uns vom geschäftigen Zentrum der Stadt und bogen schließlich rechts in die Garden Road ein. Jetzt bewegten wir uns bergauf die Flanke des Victoria Peak hinauf, umgeben von saftigen grünen Bäumen, an denen schwere Ranken wuchsen. Schwarz-weiß getigerte Schmetterlinge schossen vorbei, wichen der Schnauze des Autos aus. Ich schnupperte Azaleen, deren lachsfarbene Blüten wie Farbkleckse in all dem Grün wirkten. Ein letztes Mal bogen wir rechts ab, in unsere Straße, die Robinson Road. Wir rollten an einem breiten Tor vorüber, dann am nächsten, und staunend betrachtete Daisy die Häuser, die dahinter lagen.

Als wir auf unser Anwesen fuhren, winkte uns Thomas Baboo, einer der Wärter unserer Familie, in seiner rotgoldenen Uniform zu. Sein Seidenturban strahlte weiß in der Sonne und sein Schnurrbart glänzte. Während das Automobil unsere lange weiße Auffahrt hinaufrollte, entfalteten sich zu allen Seiten mehrere Terrassen von leuchtenden Schmuckgärten. Endlich hielten wir vor den drei Stockwerken unseres Hauses, dessen weiße Fassade die Sonne reflektierte. Das Haupthaus hat breite Fenster und wunderschöne Säulen. Zu einer offenen Veranda führen schwere Granitstufen, von denen jede einzelne so hoch ist, dass ich als kleines Kind kaum hinaufkam. Ich weiß noch, dass Su Li mich immer hinaufheben musste und zu mir herablächelte, während mein Gesicht vor Anstrengung ganz rot wurde.

Die großen Flügeltüren des Eingangs waren, wie immer bei Tag, komplett geöffnet und links und rechts gegen die Hauswand gefaltet, sodass ich ein Stück weit in die kühle dunkle Empfangshalle sehen konnte mit all ihren Säulen und Sofas und großen bauchigen Vasen, die die Gärtner jeden Morgen mit frischen Blumen füllten.

Daisy saß noch halb im Wagen und war mit den Füßen schon fast draußen, den Mund auf höchst undamenhafte Weise aufgerissen.

»Hazel«, sagte sie schließlich auffällig kleinlaut. »Ich stelle fest, dass ich euren Reichtum unterschätzt habe.«

Eine gewisse Seite an mir kann ich auf der Deepdean oder sonstwo in England tatsächlich nie zeigen. Anders als Daisys Vater ist meiner nämlich nicht zunehmend weniger reich, auch nicht mittelreich wie die Väter von Kitty und Lavinia, nicht einmal Reißzweckfabrik-neureich wie der Vater von Küken.

Nein, mein Vater ist so reich, dass wir nicht nur einen Wagen haben, sondern einen für jedes einzelne Familienmitglied. Mein Vater ist Jacht-reich, acht-Hausmädchen-reich, Villa-reich. Selbst für Hongkong-Verhältnisse ist er sehr reich; in einer Stadt, in der sich nun wirklich alles ums Geschäftemachen dreht. Doch hätte ich das meinen englischen Freunden je erklärt, hätten sie mich für eine Angeberin gehalten und noch eigenartiger gefunden als ohnehin schon. Das hätte ich nie riskiert.

»Ich … ich … es sieht schlimmer aus, als es ist«, stammelte ich.

»*Schlimmer?*« Nun musterte Daisy mich mit zutiefst abwägendem Blick. »Himmel, Hazel – wenn es eines ganz bestimmt nicht ist, dann schlimm. Aber in all den Jahren, in denen wir nun befreundet sind, hättest du ja vielleicht einmal erwähnen können, dass du so eine Art … Prinzessin bist.«

»Ich bin *keine* Prinzessin!«, zischte ich ihr zu, weil Wo On an die Wagentür trat, um uns herauszuhelfen. »Ich bin nur – ach, ich erkläre es dir später. Hier in Hongkong ist alles anders.«

»Das sehe ich«, meinte Daisy, und nun war ihr nachdenklicher Blick nach innen gerichtet. Gerne hätte ich sie gefragt, was sie dachte, doch in diesem Moment kam jemand aus dem Haus und stellte sich auf die Stufen der Veranda.

Es war mein Vater, das Gesicht geprägt von feierlichem Ernst, was mich daran erinnerte, dass wir hier waren, um zu trauern.

6

Wo On war mit geneigtem Kopf auf die Knie gefallen und auch Ping verbeugte sich tief.

»Hazel«, zischte Daisy mir ins Ohr. »Ihr *seid* adelig! Dein Vater ist ein König! Das hättest du mir sagen sollen!«

»Nein! Das … Sie verbeugen sich wegen Großvater. Es gehört zum Trauern dazu. Wir müssen ihm unseren Respekt erweisen. Äh, also jetzt müssen wir die Treppe bis zur Tür hochkrabbeln. Auf den Knien. Tut mir leid.«

Daisy blinzelte. »Krabbeln?«, wiederholte sie. »Im *Ernst*? Wie *famos*!«

»Nein! Das ist wirklich ernst. Du darfst dich nicht so freuen!«, sagte ich schnell. Ich kannte Daisy und mir war klar, dass dies für sie den größten Spaß bedeutete, doch ich wollte, dass sie, dieses eine Mal wenigstens, begriff, dass es kein Spiel war.

Also ließen Daisy und ich uns auf Hände und Knie sinken und krochen zur Haustür meines Vaters. Die Granitfliesen zerkratzten mir die Hände und ich begann, an Schläfen und Kniebeugen zu schwitzen. Ich hätte mir albern vorkommen sollen. Der Teil von mir, der ein englisches Schulmädchen war, sagte mir durchaus, dass es albern *war*. Nur irgendwie war es das eben nicht. Kriechen war angemessen, genau so schwer und grässlich wie der Gedanke, dass Großvater tot war und nicht wiederkommen würde.

Mit schmerzenden Händen erklomm ich die steinerne Treppe und verharrte am oberen Ende.

»Meine Hazel«, empfing mich mein Vater.

Ich sah seine Füße in den Schuhen, die er Zuhause immer trägt. Mein Vater kleidet sich wie ein Europäer, selbst in Hongkong, doch solange wir keinen Besuch empfangen, trägt er gerne chinesische Schlupfschuhe. Mein Großvater trug nie europäische Kleidung – allein dieser Gedanke trieb mir erneut die Tränen in die Augen, die ich jedoch rasch hinunterschluckte. Schnell stand ich auf und verbeugte mich vor meinem Vater, der seine Arme um mich legte und meinen Kopf küsste.

»Willkommen zu Hause, Hazel«, sagte er. Dann streckte er Daisy die Hand hin. »Willkommen im Haupthaus, Miss Wells. Danke, dass Sie Hazel begleiten.«

»Es ist mir eine Freude, Mr Wong«, sagte Daisy. Und obwohl ihre Beine vollkommen verschmutzt waren und ihr weißes Kleid reichlich ruiniert aussah, schaffte sie es, vollendet zu knicksen. »Danke für die Einladung.«

»Hazel«, wandte sich mein Vater an mich. Als ich zu ihm aufsah, standen auch seine Augen voller Tränen, doch er lächelte. »Mein herzliches Beileid. Ah Yeh war ein wundervoller Mensch.«

»Es tut mir leid, Vater«, sagte ich. »Es tut mir so leid.«

»Es ist schön, dich hier zu haben«, sagte mein Vater. »Ich bedaure, dass ich dich nicht im Hafen abholen konnte, doch nun sind wir alle versammelt und wollen euch begrüßen.«

Ich lächelte. Dann war also alles halb so wild. Mein Vater

hätte mich abgeholt, hätte er die Zeit gehabt. Eigentlich spielte es keine Rolle.

Dann entdeckte ich meine Schwestern, Rose und May. Sie standen auf den glatten weißen Fliesen der Halle und traten verlegen von einem Bein aufs andere. Rose, die in einer neuen weißen Jacke steckte, lächelte schüchtern, die Hände hinter dem Rücken versteckt. Sie war so groß geworden – und noch immer die Hübscheste von uns dreien, mit ihren langen Wimpern und dem kleinen Mund, den sie zu einem Grinsen verzog. May dagegen stürzte sich quietschend auf mich, als sie merkte, dass ich sie ansah, genau wie ein kleines Äffchen – passend zu ihrem Spitznamen. Als ich sie zuletzt gesehen hatte, war sie drei gewesen, und nun war sie fünf. Insgeheim hatte ich befürchtet, ich könnte sie nicht wiedererkennen, aber ihr Gesicht war mit dem kräftigen Kinn und den kleinen Knopfaugen so vertraut wie eh und je. Ich schlang die Arme um sie und vergrub das Gesicht in ihrem weichen Haar, das roch, als könne es Wasser und Seife vertragen.

»Du hast zugenommen!«, sagte May. »Gefällt mir. Du siehst hübsch aus.«

»Ich mag deinen Hut, große Schwester«, sagte Rose schüchtern.

»Danke, Ling Ling«, nannte ich sie bei ihrem Kosenamen, während ich sie in die Arme schloss. »Und du sei nicht so frech, Äffchen.« May schnitt mir eine Grimasse.

»MEI LI!«, schalt mein Vater sie. »Erweise deiner großen Schwester Respekt! Miss Wells, dies sind meine anderen Töchter, Rose und May. *Meistens* sind sie brave Mädchen, hmm?«

May kicherte.

»Und dies ist meine erste Frau, June.«

Meine Mutter trat vor, trippelte mit den kleinen Tanzschrittchen, die sie wegen ihrer abgebundenen Füße machen muss, auf uns zu und verneigte sich vor Daisy. Sie hatte eine neue Frisur, einen modischen gewellten Bobschnitt. Ihr Gesicht war sorgfältig geschminkt und ihre geschwungenen Lippen glänzten rot. In ihrem weißen *Cheongsam* sah sie wunderschön aus – und sehr unnahbar. Mein Herz klopfte.

»Guten Tag, Miss Wells«, sagte meine Mutter zu Daisy. »Sehr erfreut, Sie kennenzulernen.«

»Mich freut es auch sehr, Sie kennenzulernen, Mrs Wong«, erwiderte Daisy mit tadelloser Höflichkeit und schaute überallhin, nur nicht auf die winzigen Schuhe meiner Mutter.

Dann wandte meine Mutter sich mir zu. »Hallo, Ying Ying. Meine Güte, bist du dick geworden«, sagte sie auf Kantonesisch und warf mir aus den Winkeln ihrer mit Kohlstift umrahmten Augen einen scharfen Blick zu. »Zu viel englischer Kuchen, hmm? Und, was hast du an dieser Schule alles gelernt?«

»Geschichte«, antwortete ich, auf Englisch, damit Daisy es verstehen konnte. Auch meine Mutter beherrscht es bestens, selbst wenn sie es verabscheut. »Ich weiß nun alles über den englischen Bürgerkrieg. Und in Mathematik lernen wir Algebra.«

»Hazel ist die Zweit-Intelligenteste unseres Jahrgangs«, sagte Daisy freudig. »Natürlich bin ich klüger, aber daran lässt sich nun einmal nichts ändern. In Anbetracht dessen schlägt Hazel sich sehr gut.«

»Hm!«, machte meine Mutter. »Du bist so schrecklich braun, Hazel. Habt ihr auf dem Schiff keinen Sonnenschirm benutzt?«

»Ich ... Das habe ich vergessen«, murmelte ich und spürte, wie ich zitterte. Ich fühlte mich so klein, kleiner als Rose. Diese Wirkung hat meine Mutter schon immer auf mich gehabt und selbst nach zwei Jahren ohne sie hatte es sich nicht gebessert. Vorsichtig betrachtete ich ihr Gesicht. Ich fand, sie sah wütend aus – offensichtlich hatte sie mir nicht verziehen. Ich musste mir auf die Zunge beißen, damit ich mich nicht die ganze Zeit entschuldigte.

»Und dies ist Jie Jie«, sagte mein Vater und deutete auf sie. »Hazel hat Ihnen unsere Familienverhältnisse sicher erklärt, Miss Wells.«

Jie Jie neigte den Kopf. »Guten Tag«, sagte sie leise. »Miss Wells, guten Tag. Ying Ying, es freut mich, dich wiederzusehen.«

Jie Jie ist größer als meine Mutter, hat einen kleinen Mund wie Rose und Mays Knopfaugen. Für gewöhnlich sind sie von Lachfältchen umrahmt, und auch jetzt lächelte sie mich an, wenn auch irgendwie schüchtern, nicht so strahlend wie sonst, wenn sie den Kopf in den Nacken wirft – in der Gegenwart meiner Mutter ist auch sie immer etwas nervös. Ich lächelte zurück.

Jie Jie ist die Mutter von Rose und May. Auch wenn sie Teil unserer Familie ist, steht sie für den Rest der Welt unter meiner Mutter. Obwohl sie zu Hause die Ehefrau meines Vaters ist, spricht er außerhalb, in feiner Gesellschaft, nur von meiner Mutter. Das alles hatte ich versucht, Daisy auf dem Schiff zu erklären, aber als ich ihr erzählt hatte, dass meine Schwestern in der Öffentlichkeit als Kinder meiner Mutter gelten, zu Hause aber zu Jie Jie gehören, hatte sie mir nicht mehr folgen können. Für mich ist das alles logisch, für Engländer natürlich nicht.

Was ich Daisy nicht gesagt habe – was ich noch keinem gesagt habe –, ist, dass ich manchmal wünschte, ich würde gar nicht zu meiner Mutter gehören, sondern zu der freundlichen, warmherzigen, lächelnden Jie Jie.

»Und dann möchte euch noch jemand willkommen heißen, was nicht nur für Miss Wells eine Überraschung sein wird, Hazel, sondern auch für dich. Ich wünschte, die Umstände wären glücklichere, aber ... nun denn, du wirst sehen. Su Li!«

Aus dem Schatten einer Säule trat Su Li. Ich machte einen Satz und spürte, wie mein Lächeln breiter wurde. Su Li war endlich da! Jetzt würde sie sich zu mir drehen, lachen, die Arme ausbreiten und sagen: »Miss Hazel!« Ich hatte es Daisy nicht so richtig verständlich machen können, doch Su Li war für mich nicht nur Hetty, sondern auch Mrs Doherty. Sie war praktisch wie meine dritte Mutter.

Bestimmt war alles nur ein Missverständnis. Ab sofort würde sie wieder meine Magd sein und alles gut werden. Ping war nett, aber sie war nun einmal nicht meine Su Li.

»Su Li!«, rief ich. »Hallo!«

Doch Su Li schaute mich nicht an. Sie hielt den Kopf gesenkt und betrachtete etwas in ihren Armen, ein Bündel, das sie fest an die Brust drückte.

Plötzlich bewegte sich das Bündel und ich trat erschrocken einen Schritt zurück. Erst hielt ich es für ein Hündchen – oder einen echten Affen, so wie Rose immer einen hatte haben wollen, bevor May geboren wurde. Doch dann rutschte die Decke des Bündels ein Stück beiseite und ich erkannte, dass sie weder einen Hund noch einen Affen versteckte.

Es war ein pummeliges, verschlafenes Baby, das so dick eingewickelt war, dass nur das Gesicht hervorschaute. Es blinzelte mich an, bevor es die Stirn runzelte, als wäre es ebenso verwirrt über das Geschehen wie ich.

»Gah!«, machte es.

»Hazel«, sagte mein Vater hinter mir, die Stimme voller Stolz. »Miss Wells. Ich darf das neueste Mitglied der Familie und Su Lis neuen Schützling vorstellen, deinen kleinen Bruder Edward Wong.«

7

»Nein«, sagte ich.

Das Wort hallte durch den großen Raum.

»Nein?«, wiederholte mein Vater und runzelte die Stirn.

Ich atmete tief ein. Das Baby blinzelte mich an und endlich sah auch Su Li zu mir auf. Für einen kurzen Moment trafen sich unsere Blicke – dann weiteten sich ihre Augen, sie wurde rot und senkte ruckartig den Kopf.

»Nimm ihn, Hazel!«, verlangte meine Mutter verärgert. »Er ist zu fett, genau wie du. Su Li kann ihn nicht ewig halten.«

»Aber«, sagte ich. »Du … er … wie konntest du ein Baby bekommen?«

»Mit *mir* hatte das nichts zu tun«, sagte meine Mutter auf Kantonesisch, wütender denn je. Mir wurde klar, dass ich sie beleidigt hatte. Sie nickte mit ihrem wunderschönen angemalten Gesicht zu Jie Jie, die stolz grinste, was sie schnell hinter einer Hand verbarg.

Ich betrachtete das Baby in Su Lis Armen. Ich bin nicht dumm – ich weiß, woher die Babys kommen (auch wenn Kitty uns einige Dinge erzählt hat, die ich für glatte Lügen halte). Trotzdem konnte ich nicht begreifen, woher dieses gekommen war, ohne dass ich das Geringste davon erfahren hatte. Babys brauchen lange, um geboren zu werden – Monate! Und ich hatte meinen Vater erst im Sommer gesehen. Damals hatte er kein Wort von einem Bruder gesagt. Ich hatte sogar mit ihm telefoniert, vor einem Monat erst, und auch dabei hatte er kein Baby erwähnt.

Doch dann fiel mir ein, was auf dem Päckchen gestanden hatte, das er mir Weihnachten geschickt hatte: *Dein richtiges Geschenk wartet zu Hause auf dich*, und ich bekam ein ganz flaues Gefühl. Auf seine eigene Art *hatte* er mir mitgeteilt, dass Edward geboren worden war, nur hatte ich es nicht verstanden. Ich hatte angenommen, die Rede wäre von einem neuen Auto oder eigenen Regalen in der Bibliothek gewesen. Nicht *von dem hier*.

»Wir waren nicht sicher, erst nachdem ich vom Orientexpress heimgekehrt war«, sagte mein Vater. »Und damals wussten wir natürlich nicht, ob es ein Junge werden würde. Er kam im November zur Welt und war zuerst ziemlich krank, daher beschloss ich, dich bei deinem nächsten Besuch zu überraschen. Bist du überrascht, Hazel?«

»Sehr«, sagte ich taub.

In diesem Moment drückte Su Li mir das Baby einfach in die Arme. Plötzlich hielt ich Edward Wong. Er war wirklich ungeheuer schwer. Er verzog die Lippen zu einer Schnute und blubberte eine Blase.

»Es gab sogar Böller!«, erzählte May. »Die ganze Vorderseite vom Haus war damit behangen, genau wie für mich damals, nur dass ich kein Junge war, weiß du noch? Ich habe beim Anzünden geholfen, und es war SO laut. Er hat gebrüllt und gebrüllt. Das war lustig.«

»*Ich* nehme ihn, Hazel«, sagte Rose und nahm mir Edward ab. »Du lässt ihn noch fallen. Schau, *so* hält man ihn.«

Edward strahlte sie zahnlos an.

»Er mag jeden«, sagte May. »Wir nennen ihn Teddy.«

»Su Li ist nun sein Kindermädchen. Keine Widerrede, Hazel«, sagte meine Mutter, als hätte sie meine Gedanken gelesen. »Dein Vater hat es so beschlossen und deshalb wird es so gemacht. Ich denke mir, dass ihr nun gerne euer Zimmer sehen wollt, nicht wahr? Ping, bring beide nach oben.«

Ich war wie vom Donner gerührt. Alles war falsch. Ich streckte die Hand nach Su Li aus, doch sie wich vor mir zurück und weigerte sich, mich anzusehen.

»Su Li, das Baby braucht seine Nachmittagstinktur«, keifte meine Mutter.

»Teddy wird so ein kräftiger Junge werden!«, sagte mein Vater und blickte schon wieder milder drein. »Er muss seine Medizin nehmen. Kümmere dich darum, Su Li.«

In meinem Bauch schien sich ein riesiges Loch aufgetan zu haben. Ich war nervös gewesen, nach Hause zu kommen – wegen meiner Mutter. Im Traum wäre ich nicht darauf gekommen, dass ich mir wegen der völlig falschen Sache Sorgen machte.

8

Als älteste Tochter hatte mir das Zimmer zwischen dem meiner Mutter und dem meines Vaters im ersten Stock gehört – doch nun führte Ping Daisy und mich in einen Raum nahe der Brücke zu den Dienstbotenquartieren. Es war nicht das Kinderzimmer eines kleinen Mädchens, sondern eine Gästeunterkunft. Alles darin war blau und seidig: die Tagesdecken auf den zueinanderpassenden Teakbetten, der weiche Vorleger auf dem Teppichboden, die Gemälde von englischen Himmeln und Meeren an der Wand und die Blumensträuße in den blau-weißen Vasen. Ich hätte mich darüber freuen sollen, wie hübsch alles war, doch es gab mir nur ein Gefühl der Leere.

»In Ihrem alten Zimmer ist nun Teddy untergebracht, Miss«, sagte Ping zu mir und verbeugte sich sehr tief – mit einem recht mitfühlenden Blick, wie ich fand, der mir verriet, dass sie wusste, wie ich mich fühlte. »Aber hier ist es schön. Sie werden sehen.« Ich wusste, dass Ping absolut nichts dafür konnte, für nichts von allem, trotzdem brachte ich es kaum über mich, sie anzusehen.

Schließlich hatte Ping unsere Sachen aufgeräumt, unsere Betten aufgeschüttelt und war verlegen aus dem Raum getrippelt, um die Tür hinter sich zu schließen.

Ich setzte mich auf mein Bett, das weich unter mir nachgab – die Matratze war ebenso gepolstert wie das übrige Zimmer.

»Hazel«, sagte Daisy.

»Mir geht es gut!«, wehrte ich ab.

»Stimmt nicht. Würde es dir gut gehen, würdest du es mir nicht extra sagen. Außerdem hast du einen wirklich grässlichen Schock erlitten.«

»Es … So sollte das alles nicht sein!«, rief ich. »Ich weiß, dass Großvater tot ist. Wenigstens alles *andere* sollte so sein wie immer! Das ist unfair!«

Ich hörte selbst, wie kindisch ich klang, aber es war mir egal.

»Hazel, ich verstehe dich voll und ganz. Verwandte sind so ungeheuer nervenstrapazierend, nicht wahr? Hätte ich die Wahl gehabt, wäre ich lieber aus einem Ei geschlüpft. Und Babys sind immer eine grässlich Überraschung. Warum nur scheinen Erwachsene sie so zu mögen? Es ist unfair, dass von einem grundsätzlich erwartet wird, sich mit Geschwistern zu verstehen. Schielauge und ich haben uns gehasst, als wir klein waren. Einmal wollte er mich die Treppe runterstoßen, nur hat Mrs Doherty ihn aufgehalten. Mami hat ihm dafür den Hosenboden versohlt. Es war das erste Mal seit Wochen, dass wir sie zu Gesicht bekommen hatten, daher kann ich mich noch lebhaft daran erinnern.«

»Ich *hasse* Babys nicht«, sagte ich. »Rose und May habe ich nicht gehasst, als sie Babys waren, und jetzt hasse ich sie genauso wenig. Nur …«

Nur, dachte ich, *sind sie Mädchen, wie ich. Nur war ich nach wie vor der Liebling meines Vaters, als sie geboren wurden. Nur durfte ich allein deshalb in England zur Schule gehen, weil ich das älteste Mädchen war – weil Vater keinen Sohn hatte.*

Jetzt, da er einen hat, was wird sich alles ändern?

»Nur ist es in Hongkong anders«, sagte ich unbeholfen. »Einen Jungen zu haben, ist wichtig. Jungen sind … Jungen sind wichtiger als Mädchen. Natürlich nicht *wirklich*, aber die Leute hier glauben es eben.«

»In England ist es ganz genauso!«, sagte Daisy leichthin. »Als ich geboren wurde, hat sich niemand um mich geschert, weil Bertie ja schon da war. Und er ist noch immer der Einzige, von dem man erwartet, etwas Kluges zu tun, obwohl *du* ganz genau weißt, dass er nicht einmal *die Hälfte* meines Verstands hat. Er wäre viel glücklicher damit, eine Dame der Gesellschaft zu sein, als ich es je sein könnte.«

Ich seufzte. Daisy glaubte wirklich, sie würde es verstehen, aber ich wusste es besser. In Hongkong bedeutet ein Junge alles. Ein Bruder würde alles *verändern*. Ich versuchte noch einmal, es zu erklären.

»Teddy ist Jie Jies Sohn«, sagte ich. »Der zweiten Ehefrau meines Vaters, nicht der ersten. Wäre Teddy ein Mädchen, wäre er genau wie Rose und May – nicht so wichtig wie ich, weil ich ja die Tochter der ersten Ehefrau bin. Nur ist Teddy nun mal ein Junge, der Erste der Familie. Damit ist es völlig egal, wer seine echte Mutter ist. Er ist der Erbe meines Vaters. Jeder wird so tun, als wäre er der Sohn meiner Mutter, und man wird ihn behandeln, als wäre er wichtiger als der Rest von uns. Es hat ja schon angefangen. Er hat das Zimmer neben meiner Mutter bekommen.«

»Hazel«, sagte Daisy. »Das ist sehr seltsam.« Sie streckte die Hand aus und tätschelte meine Schulter. »Aber … es ist trotzdem nicht so schrecklich anders als in England.«

»Es ist *nicht* wie in England!«, rief ich. »Es bringt nichts, so zu tun, als ob. Du begreifst es nicht.«

Ich geriet so durcheinander, dass ich das wahrhaft Schreckliche noch gar nicht erwähnt hatte. Ja, Teddy brachte Chaos in meine Familienordnung. Aber das allein war es nicht – oder besser gesagt: Es war nicht das Entscheidende. Teddy schien mir Su Li bereits weggenommen zu haben.

Was, wenn er mir auch meinen Vater nehmen würde?

9

Ich war hier, um Ah Yeh zu betrauern – und, wie sich herausstellte, um die neue Rangordnung in meiner Familie kennenzulernen. Trotzdem blieb es schön, in Hongkong zu sein. Und während unserer ersten Woche wurde die Trauer gleich von mehreren Momenten durchbrochen, die sich nach echten Ferien anfühlten und mir wieder Luft zum Atmen verschafften.

Allerdings war es komisch, wie streng Daisy und ich in Hongkong bewacht wurden. In England hatte ich mich daran gewöhnt, dass wir teilweise stundenlang allein waren, ohne Lehrerin oder sonst einen Erwachsenen in der Nähe. Doch hier folgt man uns auf Schritt und Tritt – für gewöhnlich ist es Ping, die mit winzigen Schrittchen hinter uns her keucht. Ich gab mir Mühe, es ihr nicht zu verübeln, dass sie nicht Su Li war, und es gelang mir fast immer. Trotzdem war ihre Anwesenheit manchmal genau wie die Trauerkleider, die meine Mutter für mich ausgewählt hatte: ein klein wenig zu beengend für die Person, die ich inzwischen war.

Am Samstag fuhren Daisy und ich – begleitet von Ping und Wo On – mit der Seilbahn auf den Victoria Peak. Eigentlich sollte mein Vater uns begleiten, doch im letzten Moment fing Teddy an zu husten und mein Vater blieb zu Hause, um ihn im Auge zu behalten und ihm Medizin zu verabreichen. Ich redete mir ein, dass es mir nichts ausmachte.

Während die Bahn besorgniserregend steil in die Höhe ruckelte, schneller als meinem Magen lieb war, wurde ich in den Sitz unserer gepolsterten Erste-Klasse-Bank gedrückt. Ein Blick nach draußen zeigte mir eine verwackelte Seitenansicht Hongkongs in Grün, Blau, Braun und Weiß. Starr schaute ich auf die beiden leeren Sessel vor mir, die stets für den Gouverneur und seine Frau reserviert waren.

»Ist das Kabel schon mal gerissen?«, flüsterte Daisy mir ins Ohr.

»Ich … glaube … nicht«, presste ich heraus. Mit jedem Ruck nach oben machten die Knochen in meinem Körper einen Satz. Ich klammerte mich an die hölzerne Lehne und bemühte mich, nicht den Anschein zu erwecken, als würde ich beten. Ich habe die Gipfelbahn noch nie gemocht – aber ich liebe den Ausblick von oben. Als wir ausstiegen und uns umdrehten, legte Daisy verblüfft eine Hand an die Lippen und ich verspürte einen Anflug von Stolz. Als kleines Mädchen hielt ich England immer für den einzig perfekten Ort der Welt. Tagelang wünschte ich mich fort aus dem langweiligen, gewöhnlichen Hongkong und hinein in eine englische Bilderbuchwelt. Doch jetzt, nach meiner Rückkehr, begriff ich endlich, dass auch Hongkong voller Magie steckt.

Vor mir lag sie, meine Stadt, so tief unter uns, als bräuchte ich nur die Hand auszustrecken, um sie zu berühren. Das dichte Grün der Bergflanke war von weißen Villen durchzogen – sogar unsere sah man von hier, weit unten links. Die Straßen tief unter uns erschienen wie die Streben eines aufgeklappten Fächers. Auf der anderen Seite des Hafens lag Kowloon, wo die Fenster des Peninsula Hotels in der Sonne funkelten. Ich deutete nach rechts, wo die Gipfelbahn losgefahren war, und weiter, um Daisy die Bank meines Vaters zu zeigen, die nahe der glitzernden neuen Hongkong und Shanghai Bank lag, was wir von der Autofähre aus bereits gesehen hatten. Dann zeigte ich nach links, auf einen Ort, von dem ich wusste, dass er Daisy gefallen würde. »Das ist das Gefängnis«, erläuterte ich. »Da drüben, in der Nähe der Polizei. Dort fängt der Stadtteil Western an, wo die Banden regieren.«

»Ooh!«, machte Daisy anerkennend. Ping hatte sich hinter uns gestellt und schottete uns mit unseren Sonnenschirmen gegen die gelbe Morgensonne ab. Ich nickte ihr dankend zu.

»Und da – das ist der Man Mo Tempel, den Großvater regelmäßig besucht hat.« Ich deutete auf das kleine grüne Dach, das uns entgegenstrahlte. Noch während ich die Worte aussprach, spürte ich einen traurigen Stich. Alles erinnerte mich an ihn. Es fühlte sich an, als sollte ich auch nach ihm einfach so die Hand ausstrecken, ihn berühren können – doch das konnte ich nicht mehr.

Anschließend brachte ich Daisy in die russische Bäckerei in der Queen's Road, wo sie Schwarzwälder Kirschtorte servierten, deren Schokolade in der Hitze schmolz, und zierliche Obsttörtchen (nicht mit Erdbeeren oder Himbeeren belegt, sondern mit Litschi, Mango und Kiwi – denn immerhin waren wir in Hongkong). Ich aß gelben Kuchen, *Mah lai goh*, und war vollends glücklich.

Wir besuchten auch die zoologischen und botanischen Gärten, wo Daisy von einem Affen mit einer Erdnuss beschossen wurde, die sie glatt zurückfeuerte. Wir hatten prächtig viel Spaß, bis etwas Merkwürdiges passierte. Wenn ich jetzt daran zurückdenke, wird mir klar, dass Daisy und ich gleich hätten merken müssen, wie wichtig es war. Taten wir aber nicht – erst viel später, erst jetzt.

Unter einem kühlen grauen Himmel liefen wir zurück zum Wagen, als uns in der Straße eine Frau überholte, die kurz vor mir stolperte.

Instinktiv machte ich einen Schritt nach vorn, um sie aufzufangen (Wo sagte warnend: »Miss Hazel!«), und dabei bemerkte ich in ihrem Genick eine kleine Narbe wie ein Halbmond aus Punkten, direkt unter ihrem ordentlich hochgesteckten Haardutt.

»Geht es Ihnen gut?«, fragte ich sie. Die Frau antwortete

nicht. Aufmerksam sah sie mich an. Plötzlich packte sie mich am Ellbogen und riss mich so dicht an sich, dass ihre Lippen mein Ohr berührten.

»Nehmen Sie sich in Acht, Miss Wong«, wisperte sie – bevor sie aufstand und fortrannte, mitten ins Gewühl der Menschenmassen hinein.

Mit klopfendem Herzen sah ich ihr nach. Ping eilte zu mir und fing an, mich abzutasten. »Sind Sie verletzt?«, rief sie. »Kennen Sie diese Frau?«

»Nein«, sagte ich. Während Ping und Wo – und Daisy – mich musterten, stellte sich in meinem Magen ein seltsames Gefühl ein. Ich kannte sie eben *nicht* – also woher hatte sie *mich* gekannt?

10

Die Beisetzung meines Großvaters verpasst zu haben, tat weh. Man hatte ihn hoch oben auf dem chinesischen Friedhof begraben, draußen im Ortsteil Happy Valley. Doch zur Testamentsverlesung war ich anwesend, die am Sonntag, einen Tag nach unserem Ausflug in den Zoo stattfand.

Seinen Sekretär Maxwell an seiner Seite, saß mein Vater im größten Stuhl der großen Empfangshalle, wohin er den Anwalt gebeten hatte. Das fühlte sich seltsam an, denn dieser Stuhl, der schwarz-golden lackiert und mit einem dicken roten Kissen gepolstert war, hatte zuvor immer meinem Großvater gehört. In seiner Seidenjacke und den weiten Hosen hatte er dort gesessen, die Hände schwer auf die weit gespreizten Knie gelegt. Nun hatte mein Vater diesen Platz eingenommen, in seinem schicken dreiteiligen Anzug, die Miene hoch konzentriert und die Beine übereinandergeschlagen.

Die restliche Familie (Daisy wartete oben in unserem Zimmer) stand in einem sorgsam angeordneten Halbkreis hinter ihm. Mein Vater nickte dem Anwalt zu und forderte ihn auf, zu beginnen.

»Ehrenwerte Familie Wong«, sagte dieser.

Die Türen zum Garten standen offen, sodass die warme Frühlingsluft zu uns hereinwehte. Man hatte blühende Orangenbäume in die Töpfe der Halle gestellt, deren süßer, zarter Duft unsere Köpfe umwaberte. Ich hörte dem Anwalt nicht wirklich zu – bis er etwas sagte, was mich zurück in die Realität holte.

»Und meiner hoch geehrten Familie sage ich Folgendes: Vergesst nicht, wie wichtig es ist, vereint zu sein. Verschwendet keine Zeit mit Streit, sondern schätzt euch gegenseitig. Mein Sohn, liebe deine Frauen und deine Kinder. Und, Ehegattinnen meines Sohnes, gehorcht eurem Ehemann.

Meine Enkelinnen, euch gebe ich jeder ein Andenken an meine Liebe: eine Jadenadel, die extra für euch geschnitzt wurde. Tragt sie und denkt an mich.

Und meinem Enkel: Eine der Freuden meines hohen Alters war es, dich in dieser Welt begrüßen zu dürfen. Mein Sohn, ich hätte nicht erwartet, diesen Tag noch zu erleben, was mich traurig gestimmt hatte. Doch nun bin ich stolz auf dich und auf meinen Enkelsohn. Ich hinterlasse ihm einen Teil meines Reichtums, der treuhänderisch verwaltet werden soll, bis aus dem Kind ein Mann geworden ist. Alles Übrige gehört dir, mein Sohn, damit du es nutzt, um deine Familie zu versorgen – ich erbitte mir nur, dass du durchdacht handelst, deine Partner weise wählst und nicht vergisst, dass der gute Name der Familie mitunter mehr wert ist als Geld.«

Mir stockte der Atem. Jahrelang hatte ich meinen Großvater geliebt. Und nun bekam ich eine Haarnadel von ihm, während Teddy – der doch nur ein Baby war und Großvater lediglich ein paar Monate gekannt hatte – viel mehr erbte als Rose, May und ich zusammen. Ich sah zu meinem Vater, der Teddy anstrahlte – Teddy, der wie immer in Su Lis Armen lag.

Sie knuddelte ihn, ließ ihn an ihren Fingern nuckeln und wackelte mit der silbernen Rassel über seinem Kopf, um ihn zum Lachen zu bringen. Auch sie lächelte, so stolz – genau wie sie mich immer angelächelt hatte. Ich weiß noch, wie sie gegenüber den anderen Kindermädchen immer damit angegeben hatte, dass ich mehr las und klügere Gedanken hatte als deren kleine Mädchen. Doch was, wenn sie nur so stolz gewesen war, weil ich Mr Wongs älteste Tochter, das wichtigste Kind im Haus gewesen war? Was, wenn sie nun auf Teddy stolz war, nicht weil er Tag für Tag zunahm und fröhlicher wurde, sondern weil er der Erbe meines Großvaters war, der lang ersehnte Sohn meines Vaters?

Su Li hatte seit meiner Heimkehr noch immer nicht wirklich mit mir geredet, abgesehen von höflichen, leeren Floskeln. Offenbar scheute sie sich davor, mich auch nur anzusehen, und wenn sie es doch tat, war ihr Gesichtsausdruck stets steif und kontrolliert. Es gab mir das Gefühl, kaum eine Rolle zu spielen, als hätte ich ihr so gar nicht gefehlt, während ich sie viel mehr vermisst hatte als meine eigene Mutter.

Kopfschüttelnd wandte ich den Blick ab und sah zu meiner Mutter, die auffallend gerade dastand, obwohl ihr die Füße schmerzen mussten. Ihre Lippen waren geschürzt.

»Es ist schön, dass Ah Yeh Teddy ehrt«, sagte mein Vater und blinzelte ein paarmal.

»Hmm«, machte meine Mutter eisig.

»Er war so gütig«, sagte Jie Jie lächelnd. »Wir müssen ihn ehren, zum Wohl unserer Kinder.«

»Gewiss«, pflichtete meine Mutter bei, noch immer nicht wärmer. »Unsere Kinder. In der Tat.«

Plötzlich begann Teddy zu wimmern und wurde in Su Lis Armen unruhig. Alle drehten sich zu ihm um.

»Er hat Hunger«, stellte Jie Jie fest.

»Ich füttere ihn und gebe ihm seine Medizin«, sagte Su Li. »Er muss bei Kräften bleiben!«

»Bring ihn fort, Su Li«, sagte meine Mutter seufzend. »Tu, was immer du tun musst.«

»Ja, Madam«, antwortete Su Li und verließ mit Teddy im Arm den Raum.

Jie Jie atmete lange aus und meine Mutter rollte mit den Augen. »Andauernd braucht dieses Baby irgendetwas«, nörgelte sie.

»Teddy ist ein gutes Kind«, entgegnete Jie Jie. Doch meine Mutter funkelte sie lediglich an.

II

Ich hätte wie eine Detektivin denken sollen. Ich hätte alles objektiv beobachten müssen. Doch ich bemerkte nur, dass mein Vater und Su Li sich mehr und mehr von mir zu entfernen schienen.

Deshalb war ich auch so aufgeregt, als man mir mitteilte, dass mein Vater der Meinung war, ich sei nun alt genug, ihn zu Erwachsenen-Partys zu begleiten. An diesem Abend waren wir zu einer Feier im Haus der Svenssons eingeladen. An Mr Svensson – ein großer fröhlicher Schwede, mit dem mein Vater hin und wieder Geschäfte machte – konnte ich mich vage erinnern als einen der vielen Erwachsenen, die auf dem Weg zu einem kleinen Umtrunk in der Bibliothek an mir vorbeiliefen. Es war komisch, plötzlich alt genug zu sein, tatsächlich auch deren Beachtung verdient zu haben. Erwachsenwerden, dachte ich, schien vor allem dann zu passieren, wenn man gerade nicht aufpasste.

So oder so freute ich mich auf diese Abwechslung, weil es bedeutete, dass ich als Einzige von meinen Geschwistern mit meinem Vater einen Abend verbringen würde. Schon seltsam, wenn ich nun darüber nachdenke – jetzt, da ich weiß, ich hätte allen Grund zur Furcht gehabt.

Wir fuhren in einem großen schwarzen Rolls-Royce: mein Vater, meine Mutter, Daisy und ich. Jie Jie blieb zu Hause bei Rose, May und Teddy. Wenn mein Vater Europäer zu Hause besucht oder sie zu sich einlädt, stellt er meine Mutter als seine einzige Ehefrau vor. Und heute Abend würden wir einer europäischen Familie so ähnlich wie nur möglich sein.

Wir fuhren durch duftende Straßen, die Dunkelheit schwer, die Bäume erfüllt vom Sirren der Insekten. Daisy lehnte sich an meine Schulter und blickte zu den vorüberziehenden Häusern mit ihren goldenen Fenstern hinaus. Wir rollten eine Kieselauffahrt hinauf zu einer offenen Tür, hinter der es wie von Fackeln leuchtete. Auf den Stufen standen Diener, die sich grüßend vor uns verneigten. Wir waren bei den Svenssons angekommen.

Das Haus war neu – so neu, dass es nach frischer Farbe roch. Beinahe wirkte es wie die Karikatur eines englischen Landhauses, das man gepflückt und mitten im Dschungel Hongkongs hatte fallen lassen. Aus der offenen Eingangstür schwebte uns Musik entgegen, begleitet vom Lachen Erwachsener und dem lauten Knallen von Champagnerkorken.

Daisy, die ein hinreißendes hellblaues Kleid trug und die Haare mit einer funkelnden Diamantspange sehr erwachsen hochgesteckt hatte, lächelte mich an.

»Na komm schon, Hazel«, flüsterte sie mir ins Ohr. »Du siehst schrecklich hübsch aus.«

Ich hatte einen weißen *Cheongsam* aus Seide an und auch mein Haar war hochgesteckt, gehalten von der Nadel, die mein Großvater mir vermacht hatte. Der Jadekopf hatte passend zum Jahr meiner Geburt die Form eines Hahns. Trotz meiner Gefühle während der Testamentsverlesung liebte ich die Nadel. Alles in allem fühlte ich mich tatsächlich hübsch – möglicherweise, weil ich ausnahmsweise einmal kein Kleid trug, das aussah wie eine weniger interessante Ausgabe von Daisys Garderobe.

Mein Vater ging voran und meine Mutter folgte ihm anmutig mit ihren Trippelschrittchen. Kaum hatten wir einen weiten, hell erleuchteten Raum betreten, rauschte eine kleine Frau mit runden roten Wangen, blonden Locken und einem purpurnen Kleid auf uns zu.

»Vincent!«, rief sie. »June! Willkommen!«

Eigentlich heißt meine Mutter Ka Yan – aber für Europäer ist sie June.

»Mrs Svensson«, entgegnete meine Mutter mit einer Verbeugung.

»Oh, ich sage es Ihnen doch immer wieder: Nennen Sie mich Kendra, June!«, rief Mrs Svensson. Ich entdeckte einen Anflug von Ärger im Blick meiner Mutter, trotzdem nickte sie höflich.

»Dies ist meine Tochter Hazel!«, stellte mein Vater mich vor. »Vielleicht erinnern Sie sich an sie? Und ihre Freundin Miss Daisy Wells.«

»Daisy, Hazel, Sie müssen mich ebenfalls Kendra nennen! Inzwischen bin ich Mrs Svensson, aber vor meiner Heirat war ich Kendra Gilbertson.« Mrs Svensson sprach mit britischem Akzent. Ihr kleines Gesicht mit der Stupsnase war von der Sonne mit leichten Sommersprossen gesprenkelt. Der Duft, den sie verströmte, war lila wie ihr Kleid – ein leichter, sommerlicher Hauch von Lavendel. »Und wie geht es Ihrem Baby?«, fragte sie meine Mutter und meinen Vater. »Meinem Roald geht es ausgezeichnet. Nächste Woche wird er sechs Monate!«

»Oh, Teddy geht es sehr gut«, antwortete mein Vater strahlend. »Seit er seine Medizin nimmt, ist er tatsächlich bei bester Gesundheit. Ein Löffelchen pro Tag hat der Doktor angewiesen. Zuerst haben wir uns Sorgen gemacht, wie Sie ja wissen, aber er entwickelt sich zu einem solch strahlenden kleinen Kerl! Morgen Mittag hat er seinen monatlichen Kontrolltermin bei Dr. Aurelius – bestimmt ist alles in Ordnung.«

»Prächtig! Nun, Daisy Wells … Den Namen kenne ich. Hat Ihr Vater nicht –?«

»Und ich bin sicher, den Namen Gilbertson nicht zum ersten Mal zu hören!«, unterbrach Daisy sie sofort. Ihre Nase war gerümpft und auf ihren Wangen prangten zwei rote Punkte. Verständlicherweise hasst Daisy jegliche Erwähnung ihrer Eltern oder Fallingfords. »War Ihr Vater nicht der Mathematiker Professor Peter Gilbertson aus Cambridge? Meine Großtante hat eine sehr hohe Meinung von ihm!«

»Aber ja!« Mrs Svensson war entzückt. Dann unterhielten sie und Daisy sich über Stammbäume, und zwar mit der eigenartigen Begeisterung, zu der nur reiche Engländer fähig scheinen.

Ich wandte mich ab und lächelte meinen Vater an. Ich dachte, unser besonderer gemeinsamer Moment sei endlich gekommen. Endlich könnten wir uns wieder so nahe sein wie früher. Doch sein Blick war entrückt und in seinem Gesicht lag ein weicher, zärtlicher Ausdruck. Da begriff ich, dass er selbst hier an nichts anderes denken konnte als an Teddy.

Ich war so enttäuscht, dass ich mich vollkommen leer fühlte.

»Mrs Svensson, bitte entschuldigen Sie mich«, sagte Daisy in diesem Augenblick freundlich. »Ich glaube … Himmel, ist das etwa Lord Pallister? Hazel, komm mit …«

Bevor ich überhaupt Luft holen konnte, hatte sie mich schon von meinen Eltern fort und quer über den gemusterten Parkettboden gezogen.

»Vater …«, murmelte ich schluckend.

»Ich weiß«, sagte Daisy forsch. »Aber du kannst einfach nicht erwarten, dass alles bleibt, wie es früher war. Jetzt vergiss deine alberne Familie und setz dich hier neben mich.« Sie drückte mich auf einen von mehreren roten Plüschsesseln. »Gut, lass uns unseren detektivischen Spürsinn schärfen und den Raum observieren. Also, ich glaube ja nach wie vor, dass diese Hongkong-Party denselben Regeln folgt wie eine englische. Zum Beispiel hat die Dame dort einen höheren Rang als die neben ihr, allerdings gesteht die ihr das nicht zu, weshalb beide vor Wut schäumen.«

Ich lächelte zweifelnd, schaute aber brav in die Richtung ihres ausgestreckten Fingers. Sie zeigte auf zwei Frauen, eine in einem blauen Sari, die andere in einem europäischen rosa Kleid. Lächelnd hoben sie ihre Gläser an die Lippen.

»Sie unterhalten sich doch recht freundlich!«, stellte ich fest.

»Natürlich, was denn sonst?« Daisy strahlte. »Sie verabscheuen ihr Gegenüber sehr subtil. Ach, es ist herrlich, zu sehen, dass die Menschen überall gleich sind, egal wohin man reist!«

»Aber das stimmt nicht! Zumindest gilt es nicht für die Feinheiten. Nur siehst du es nicht, weil jeder Chinese hier so tut, als wäre er Europäer. Mein Vater zum Beispiel benimmt sich, als hätte er nur eine Frau. Und meine Mutter gibt Teddy als ihren Sohn aus. In England würde so etwas nie passieren.«

»Tja, natürlich sind die *Gepflogenheiten* andere.« Daisy winkte mit einer zierlichen Hand ab. »Die *Traditionen*. Aber die *Menschen* bleiben gleich. Möglich, dass sie sich unterschiedlich verhalten, doch ihre Gefühle sind dieselben.«

Ich war da anderer Meinung. Bestimmte Dinge kann man nicht übertragen.

Ich gab mir die größte Mühe, meinen Vater nicht anzusehen, trotzdem wurde mein Blick immer wieder vom anderen Ende des Zimmers angezogen, wo er sich aufhielt. Er unterhielt sich mit einem großen blonden Mann, der breite Schultern und stechend blaue Augen hatte. Sie kannten sich gut – das verriet die Art, wie sie sich einander zugewandt hatten. Gleichzeitig zeugten ihre Mienen davon, dass sie nicht unbedingt gute Freunde waren. Mein Vater stand breitbeinig da, runzelte die Stirn und schüttelte den Kopf. Der Blonde gestikulierte aufgeregt mit den Händen, wobei seine Augen blitzten und er voller Leidenschaft das Gesicht verzog.

Ich beobachtete meinen Vater. Er ist sehr beherrscht und gut darin, die Ruhe zu bewahren, selbst wenn er insgeheim alles andere als ruhig ist – was in diesem Moment eindeutig zutraf.

»Wer ist der Mann?«, fragte Daisy. Beinahe konnte ich ihre Neugier mit Händen greifen. »Kennst du ihn?«

»Ja«, antwortete ich langsam. »Das ist Mr Svensson.«

»Der Gastgeber? Meine Güte! Er sollte seinen Gästen gegenüber wirklich nicht so unverschämt sein! Ein schrecklicher Fauxpas.«

»Oje«, seufzte Mrs Svensson, die soeben zu uns trat. Ihr purpurrotes Kleid wogte vorteilhaft um ihren Körper. »Geht das schon wieder los! Ich wünschte, sie würden auf einer Feier nichts Geschäftliches besprechen.«

»Worüber reden sie?«, wollte Daisy wissen.

»Ach, immer dasselbe.« Mrs Stevenson rollte mit den Augen. »Sven will Mr Wong dazu bringen, in seine neueste Geschäftsidee zu investieren, doch Vincent weigert sich. Ehrlich, Männer sind so langweilig – nie können sie *Spaß* haben! Was soll's? Mädchen, Sie müssen die Häppchen probieren!«

Sie zeigte auf den Teller in den Händen eines chinesischen Kellners, der sich in seinem Frack und den europäischen Lackschuhen recht unwohl zu fühlen schien. Ich zögerte – doch dann wagte ich einen Blick und sah, was er da servierte.

Es waren winzige, zierliche Fischbällchen, genau wie diejenigen, die Su Li mir in Hong Kong Central immer bei den Straßenhändlern gekauft hatte und die nur anlässlich von Feierlichkeiten zubereitet werden. Strahlend griff ich nach einem und stieß Daisy an. »Versuch ruhig. Trau dich!«

Ich merkte Daisy die Unsicherheit an, doch natürlich ist sie die Höflichkeit in Person. Sie nahm eines der Häppchen und schob es in den Mund.

Ich beobachtete, wie ihre Miene sich von Verblüffung zu Entzücken verwandelte. Die Fischbällchen waren warm, üppig und würzig, äußerlich englisch, doch im Innern durch und durch chinesisch. Ich lächelte erst die Bällchen, dann Daisy an.

»Nicht schlecht, was? Unser Koch hat Geschick«, sagte Mrs Svensson. »Daisy, wie gefällt es Ihnen in Hongkong?«

»Oh, es ist einfach herrlich!«, antwortete Daisy, was mich umso mehr zum Strahlen brachte. Es war mir wichtig, dass Daisy sich in meiner Heimat wohlfühlte.

»Ja, nicht wahr?!«, rief Mrs Svensson begeistert. »Natürlich sind die Regeln, die hier gelten recht eigen, doch meistens ignoriere ich sie sowieso. Mein Personal hat es wirklich nicht leicht mit mir. Immer düse ich mit Roald auf eigene Faust davon – es ist mir zu lästig, auf das Dienstmädchen zu warten. Ich finde es viel spaßiger, Dinge allein zu unternehmen. Da kommt wohl die Internatsschülerin in mir durch. Ich kam vor drei Jahren hierher, als ich Sven heiratete, und war bestürzt bei meiner Ankunft – die Hitze, wissen Sie, und die Menschen! Aber jetzt finde ich es ganz entzückend, vor allem, seit das neue Haus fertig ist – mit nur zehn Monaten Verspätung und für das doppelte Budget, wie bei allem, was der liebe Sven organisiert. Doch immerhin müssen wir nun nicht mehr im Peninsula wohnen. Ein ganz reizendes Hotel, natürlich, aber nicht gerade gemütlich. Doch jetzt entschuldigen Sie mich bitte. Ich muss wieder die Gastgeberin spielen.« Damit eilte sie davon. Ständig schien sie unterwegs zu sein.

»Ich mag sie«, sagte ich zu Daisy.

»Oh, ich auch! Sie hat recht, was Hongkong angeht, weißt du? Es ist wunderschön, auch wenn es schrecklich fremd ist.«

»Hongkong ist für mich nicht fremder als England für dich!«, erklärte ich.

»Himmel!« Daisy blinzelte. »Was für ein komischer Alice-im-Wunderland-Gedanke! Vermutlich hast du recht. Für dich ist es hier kein bisschen fremd. Das vergesse ich immer wieder.«

12

Wir beobachteten, wie Mrs Svensson sich auf meinen Vater und Mr Svensson stürzte, sich auf die Zehenspitzen stellte und ihren Ehemann küsste. Er lachte und legte seinen Arm um sie – schon war seine aufbrausende Laune von eben Vergangenheit. Dennoch war sie nicht zu übersehen gewesen – und ich merkte Daisy an, dass sie deswegen genauso neugierig war wie ich. Leider gehörte es sich für uns als angehende Erwachsene, so zu tun, als kümmere es uns nicht. Schrecklich nervig!

»Komm«, sagte Daisy. »Beschatten wir zwei Gäste und sehen, ob sie es bemerken.«

»Nein! Das geht nicht, Daisy. Wir sind auf einer Party!«

»Und ob das geht!«, widersprach Daisy, bevor sie abrupt stockte und eine Frau musterte, die schwungvoll auf meinen Vater zuschritt. Es war eine ältere chinesische Dame in einem silbernen *Cheongsam* mit einem breiten, entschlossenen Gesicht und Kurzhaarschnitt. Auch sie kannte ich – es war Mrs Fu, eine Geschäftsfrau, deren Vater und Ehemann einmal sehr großen Einfluss gehabt hatten und die nun das Lieblings-Teehaus meiner Familie, das Luk Man, besaß. Ich wusste, dass mein Großvater ihr Investor gewesen war, in Gedenken an ihren Vater. Als sie meinen Vater ansprach, veränderte sich ihr Gesichtsausdruck ebenso unerwartet wie wenig zuvor der von Mr Svensson. Sie wirkte bestürzt, fast verzweifelt – und als mein Vater ihr antwortete, bemühte er sich einmal mehr, seine insgeheime Gereiztheit hinter einer Miene aus ruhiger Höflichkeit zu verbergen.

»Was geht da vor?«, zischte Daisy. »Wer ist das?«

»Mrs Fu«, erklärte ich. »Sie ist … na ja, sie ist Geschäftsführerin eines Restaurants. Ich dachte eigentlich, sie und mein Vater seien befreundet …«

Irgendwie brachte mich das aus der Fassung. Ich kannte Mrs Fu seit Jahren. Sie war nett, wenn auch willensstark, und mir gefiel, dass sie als Frau Geschäfte mit Männern machte. Diesen neuen Ausdruck in ihrem Gesicht konnte ich mir nicht erklären – noch nie hatte ich sie auch nur ansatzweise eingeschüchtert erlebt. Sonst hielt sie den Kopf immer hoch erhoben, egal mit wem sie sprach.

»Ich kann ihre Lippen nicht lesen!«, sagte Daisy enttäuscht.

»Das liegt daran, dass sie Kantonesisch reden. Warte – lass mich es versuchen.«

So gut wie Daisy im Lippenlesen bin ich nicht, aber immerhin gelang es mir, ein paar Worte aufzuschnappen. »Ich kann es nicht ändern!«, sagte mein Vater.

»… lächerlich«, entgegnete Mrs Fu. »Denken Sie an Vater.«

» … Geschäft!«, schnappte mein Vater. »Die Dinge müssen sich ändern!« Dann wandte er sich von ihr ab und meiner Mutter zu, die sich mit Mrs Svensson unterhielt, obwohl ihr das offenbar kein großes Vergnügen war.

»Miss Wong!«, ertönte eine Stimme. Als ich mich umdrehte, sah ich Mr Wa Fan auf uns zukommen. Er gehörte zu den ältesten Freunden meines Großvaters und war ein Mitglied der Tung Wah, der regionalen chinesischen Regierungsorganisation, der auch mein Großvater jahrelang angehört hatte. Ihre Zentrale befand sich in dem Tempel, den mein Großvater regelmäßig besucht hatte, dem Man Mo Tempel, von wo aus sie das Leben der Chinesen in jeder nur erdenklichen Form zu organisieren schienen. Ihn ohne meinen Großvater an seiner Seite zu sehen, versetzte mir einen Stich. Er trug eine prächtige Robe, eine Seidenkappe mit einer Pfauenfeder auf dem Kopf und sein weißer Bart war so lang und üppig wie immer, nur wirkte er irgendwie kleiner als ich ihn in Erinnerung hatte, verrunzelter, halb verloren in seinem Gewand.

»Guten Abend, Sir!«, grüßte ich höflich und verneigte mich. »Darf ich Ihnen meine Freundin Daisy Wells vorstellen?«

»Hm«, sagte Mr Wa Fan. »Dann sind Sie also zurück.« Er redete Kantonesisch mit mir und ignorierte Daisy. Aus dem Augenwinkel bemerkte ich, wie Daisys freudiges Lächeln schwand. Sie war es nicht gewohnt, links liegen gelassen zu werden.

»Um Ah Yeh zu betrauern«, sagte ich nickend. Selbstverständlich musste ich ebenfalls Kantonesisch sprechen, alles andere hätte sich nicht gehört.

»Braves Mädchen«, sagte Mr Wa Fan. »Sie sind eine pflichtbewusste Enkelin.«

Mein Magen verkrampfte sich. »Ich hätte hier sein sollen«, sagte ich. »Als es passierte.«

»Unfug.« Mr Wa Fan sah mich stirnrunzelnd an. »Sie konnten nichts dafür, dass Sie fort waren. Schuld war Ihr Vater.«

Ich blinzelte. »Oh. Aber –«

»Ihr Vater glaubt, die Schule der Europäer sei die Antwort auf alles.« Mr Wa Fan legte das Gesicht in noch mehr Falten. »Doch das stimmt nicht. Ihr Vater sollte sich darauf besinnen, was er seiner Gemeinde und seiner Familie schuldig ist. Wenn nicht, wird das Folgen haben.«

Ich war verwirrt und wusste nicht, was ich dazu sagen sollte. Daher war ich unendlich erleichtert, als mein Vater uns in diesem Moment zurief, es sei Zeit zu gehen. Verlegen verabschiedete ich mich von Mr Wa Fan, der zwischen mir und meinem Vater böse hin und her blickte, und zog Daisy mit mir davon.

»Wir müssen nach Hause«, sagte mein Vater zu der kleinen Gruppe, die sich um ihn geschart hatte. »Mein Sohn hat morgen Mittag einen Termin beim Arzt!«

Schon wieder Teddy!, dachte ich enttäuscht. Ich konnte es nicht ertragen. So schnell, dass es beinahe unhöflich war, hastete ich aus dem Raum. Daisy musste sich beeilen, um Schritt zu halten, und mir war wohl bewusst – was mich sowohl freute als auch nervös machte –, dass mein Vater mein Verhalten nicht gutheißen würde.

Erst als wir in der warmen Nacht standen und Assai, die Magd meiner Mutter, unsere Jacken brachte, fiel mir auf, dass meine Haare in einem dicken geflochtenen Zopf auf meinen Kragen fielen. Verdutzt fasste ich mir an den Kopf – und fand dort nichts. Meine Nadel war weg!

Erschrocken dämmerte mir, was geschehen war. Eben erst hatte ich sie bekommen – von Ah Yeh! Wie konnte ich sie bereits verloren haben? Das konnte ich meinen Eltern unmöglich beichten. Der Gedanke, sie noch mehr zu enttäuschen, als ich es bei meinem Besuch bisher ohnehin getan hatte, war schrecklich.

Also hielt ich den Mund, den ganzen Heimweg lang. Doch Ping, die uns willkommen hieß, als wir die Empfangshalle betraten, rief sofort: »Ihre Haarnadel!«

»Psst!«, zischte ich. »Ich habe sie verloren. Sie muss noch auf der Party sein – bitte sag nichts zu Vater und Mutter!«

»Oh, Miss Hazel!« Ping wirkte gequält. »Wo kann sie morgen für Sie abholen.«

»Danke«, sagte ich knapp. Ich wollte nicht länger darüber reden.

Bis zum folgenden Mittag verschwendete ich keinen Gedanken mehr an die Haarnadel. Wäre ich nur gleich zurück, um sie zu suchen, dann wäre alles anders gelaufen. Aber das konnte ich damals noch nicht wissen.

• TEIL ZWEI •

Der Tod lässt bitten

I

Montagmorgen regnete es – Hongkongs typischer Regen, der, verglichen mit dem dünnen, kalten englischen Nieseln, so warm und zäh ist wie Blut. Ich öffnete das Fenster unseres Zimmers und beugte mich hinaus, um die Tropfen in der offenen Hand zu fangen. Lachend stellte Daisy sich zu mir und lehnte sich ebenfalls vor, so weit, man hätte Angst um sie haben können. Ping, die unsere Kleider faltete, sah just in diesem Moment hoch und keuchte erschrocken auf.

»Alles gut!«, beruhigte ich sie. »Sie fällt nicht. Sie hat einen guten Gleichgewichtssinn.«

Ping öffnete den Mund, schloss ihn jedoch wieder und wirkte durcheinander. »Bitte sagen Sie ihr, dass sie damit aufhören soll, Miss«, sagte sie schließlich. »Ich will nicht, dass sie sich verletzt.«

»Daisy.« Ich stieß sie an. »Komm wieder rein.«

Seufzend zog Daisy sich zurück. »Ich hätte nie gedacht, dass man in Hongkong noch mehr feine Dame spielen muss, als in England.« Offensichtlich fühlte auch sie sich, als steckte sie in einem zu engen Kleid.

Beim Frühstück wirkte an diesem Morgen jeder angespannt. Ich glaube nicht, dass es mir nur im Nachhinein so vorkommt, wegen dem, was später geschehen ist – es war wirklich jeder nervös und irgendwie nicht er selbst.

Daisy hatte zum ersten Mal *Congee* probiert und fand keine Freude daran. Sie starrte ihre Schüssel an und murmelte:

»Das ist *kein bisschen* wie Milchreis.« Ihrer Miene nach zu urteilen, kam sie sich verraten vor.

Meine Mutter hatte Kopfschmerzen (was oft der Fall ist, wenn es regnet – oder wenn mein Vater etwas getan hat, was sie nicht gutheißt) und schlürfte mit saurer Miene ihren Tee.

May schmollte auf ihrem Stuhl, weil man sie dabei erwischt hatte, wie sie Orangen gegen die Decke geworfen hatte, um sie weicher zu machen. Zur Strafe hatte ihre *Mui tsai*, Ah Kwan, ihr Rizinusöl verabreicht und Rose zog sie deswegen auf, wofür ich Rose mit meinen Essstäbchen pikte.

»Hazel!«, fuhr mein Vater mich zornig an. »May! Rose! Beherrscht euch!«

Ich ärgerte mich. Bisher hatte ich immer als die große Schwester gegolten und sie als die Babys – nie waren wir in einen Topf geschmissen worden. Doch jetzt waren wir auf einmal alle die großen Schwestern und nur Teddy war das Baby. Wir drei mussten uns vorbildlich benehmen, während er es noch nicht konnte.

»Wo sind hier eigentlich die Bauernhöfe?«, fragte Daisy in aller Unschuld. Nur ich durchschaute, dass sie meinen Vater lediglich auf andere Gedanken bringen wollte. »Also, meine eigentliche Frage ist … warum gibt es nicht mehr Milch?«

»Wir sind hier nicht in England, Miss Wells. Bei uns gibt es schlicht kaum Bedarf daran. Doch in Pok Fu Lam gibt es einen Bauernhof und die Mönche von Lantau stellen Käse her. Dabei fällt mir ein, dass es bald Zeit ist, mit Teddy nach Lantau zu fahren. Er war bisher noch kein einziges Mal auf der Jacht.«

Wieder wurde mir ganz schwer ums Herz.

Jachtausflüge auf die Insel Lantau sind immer eine Sache zwischen Vater und mir gewesen. Mir ist durchaus bewusst, dass ich großes Glück habe, weil Mädchen diese Insel für gewöhnlich nicht besuchen. Da es eine so große Ehre ist, schlucke ich zu diesen Gelegenheiten sogar meine Angst vor Booten hinunter, klammere mich heimlich fest und tue so, als hätte ich Spaß. Ins Kloster selbst darf ich natürlich nicht, weil ich ja ein Mädchen bin, aber die Überfahrt über das blaugrüne Wasser bis zum großen grünen Hügel von Lantau ist Zeit, in der Vater und ich ganz allein sind, ungestört von Geschäften oder kleinen Schwestern. Gemeinsam, Seite an Seite, sitzen wir dann unter einem Sonnensegel und lesen unsere Bücher (zumindest Vater tut das – ich gebe mir Mühe, meine Seekrankheit zu verbergen). Die Luft schmeckt salzig, genau wie meine Oberlippe, wenn ich darüber lecke, während sich die Sonne im Wasser bricht und die Seiten unserer Lektüre anstrahlt. Dabei werde ich in der Regel sogar immer etwas braun, worüber sich meine Mutter zu Hause dann maßlos ärgert.

Und nun wollte mein Vater all das mit Teddy teilen? Das war nicht fair. Da spielte es auch keine Rolle mehr, dass ich mir oft genug sogar gewünscht hatte, mein Vater würde jemand anderen mitnehmen. Lantau war meins gewesen und jetzt verlor ich es. Böse blickte ich zu Teddy, der auf Su Lis Schoß hockte. Ich wünschte, er wäre irgendwo anders, nur nicht hier. Ich wollte, dass er aus unserem Zuhause verschwand.

Wenn ich das jetzt aufschreibe, wird mir selbst ganz schlecht.

Teddy grinste mich an und zeigte dabei seinen zahnlosen Mund. »Teddy ist recht jung für eine Schifffahrt«, sagte Su Li schnell.

»Wenn ich mich nicht irre, treffe hier immer noch ich die Entscheidungen«, entgegnete mein Vater kalt. »Davon abgesehen würde ich niemals etwas tun, was meinem Sohn schadet.«

Su Li zog den Kopf ein, bis er beinahe den von Teddy berührte. »Selbstverständlich, Sir. Ich bitte um Verzeihung, Sir.«

»Nun, Hazel, heute hat Teddy seinen Termin bei Dr. Aurelius«, wandte mein Vater sich an mich. »Da es deiner Mutter nicht gut geht, dachte ich, dass du ihn begleiten könntest – du und Miss Wells?«

Über den Rand seiner Brille hinweg spähte er mich mit zusammengezogenen Augenbrauen an. Genau genommen war es weder eine Bitte noch eine Frage.

»Hazel muss das nicht tun! Su Li ist durchaus in der Lage, ihre Aufgabe ohne Aufsicht zu verrichten!«, mischte meine Mutter sich verärgert ein.

»Hazel sollte sich allmählich wie eine große Schwester benehmen! Sie sollte ihren kleinen Bruder begleiten *wollen*!«, erwiderte mein Vater prompt.

»Hazel, ich bin froh, dass du zu Hause bist und in solchen Momenten helfen kannst«, sagte Jie Jie schnell und schaute zwischen meinem Vater und meiner Mutter hin und her.

Oft muss Jie Jie als eine Art Friedensstifterin herhalten. Ich merkte ihr an, dass sie sich über meine Hilfe freuen würde, also sagte ich ihr zuliebe – nicht für meinen Vater und ganz sicher nicht für Teddy: »Na schön. Ich komme mit.«

»Ausgezeichnet.« Mein Vater nickte mir zu. »Maxwell, haben wir die Papiere für den Liu-Vertrag? Bringen Sie mir alles herüber.«

Und damit war das Gespräch beendet.

2

An der Deepdean haben wir das Sanatorium, wo Mrs Minn allzeit bereitsteht, um uns zu trösten, zu verbinden, zu bandagieren und mit einem Keks zu versorgen. Auf Fallingford kommt Doktor Cooper mit seiner kleinen Ledertasche und seinem runden kahlen Kopf, wann immer man ihn ruft. In Hongkong trennt man die europäischen Ärzte gerne vom Rest der Stadt, hält sie in den Obergeschossen von Banken und Bürogebäuden, die kühl, blass und vornehm sind, hoch über den geschäftigen Straßen. Sie sind das genaue Gegenteil der chinesischen Ärzte, zu denen meine Mutter geht, bei denen es nach Ginko und Süßholz riecht und Dinge in Flaschen herumschwappen, die man sich nicht zu genau anschauen will.

Früher wurde ich von meinem Vater und meiner Mutter zwischen den europäischen und den chinesischen Ärzten hin- und hergeschleppt. Die einen klopften mir aufs Knie, drückten ihr kaltes rundes Stethoskop auf meine Brust und schärften mir ein, ja nicht den Atem anzuhalten. Die anderen spickten mich mit Nadeln, als wäre ich ein Nadelkissen, und redeten mir ein, ich würde dadurch weniger häufig rot anlaufen. Ich kenne also beide Seiten, und nachdem ich nun selbst in England gelebt habe, kommen sie mir wie eine perfekte Metapher für die verschiedenen Ansätze meiner Erziehung vor: englisch und chinesisch.

Ich war davon ausgegangen, wir würden die Praxis besuchen, in die auch Rose, May und ich jahrelang gebracht worden waren – aber ich sollte mich irren. Unser Familienarzt, Dr. Aurelius, hatte neue Räumlichkeiten in dem glückbringenden achten Stock des riesigen neuen weißen Gebäudes bezogen, das ich von der Fähre aus gesehen hatte – die Zentrale der Hongkong und Shanghai Bank. Als ich das erfuhr, wurde ich nervös, obwohl ich mir nicht erklären konnte, warum.

Um 11 Uhr 40 fuhr Teddys Wagen vor, ein weiterer funkelnder schwarzer Rolls-Royce, gesteuert von Wo On in tadelloser Livree. Su Li, die korrekt wie immer aussah, trug Teddy (eingewickelt in frische weiße Tücher) ins Auto. Daisy und ich folgten ihr, und uns wiederum folgte Ping, die ziemlich außer Puste war. Auch an diesem Tag weigerte Su Li sich, mich anzusehen. Sie betrachtete Teddy, richtete seine Decken und redete beruhigend auf ihn ein. Ich sagte mir, dass sie ja nur ihre Arbeit tat. Leider hätte das gleichzeitig bedeutet, dass auch *ich* nur ein Auftrag gewesen war, einer, der inzwischen erledigt war. Ich hatte sie angehimmelt, doch offensichtlich hatte ich mich darin getäuscht, wie sehr sie meine Liebe erwiderte.

Kurz nach elf hatte es aufgehört zu regnen, doch die Luft war noch feucht. Kleine Wassertropfen formten sich an den Schläfen und unter meinem Haar. Kurz bevor ich in den Wagen stieg, sah ich zum Haus und entdeckte an einem der oberen Fenster das Gesicht meiner Mutter. Sie beobachtete uns, doch als unsere Blicke sich kreuzten, wich sie plötzlich zurück. Offenbar nahm sie es mir übel, dass ich nachgegeben hatte und Teddy begleitete. Mein Magen zog sich betrübt zusammen. Um meinen Vater zufriedenzustellen, hatte ich meine Mutter umso mehr enttäuscht.

»Beeilung, Miss Hazel, sonst kommen wir zu spät!«, drängte Wo On vom Fahrersitz aus, also kletterte ich auf die Rückbank.

So fuhren wir los, den Hügel hinab, durch das bewachte Tor Richtung Innenstadt. Ein Stück den Berg hinab wurden die großen Häuser des Wohnviertels Mid-Levels von den steilen belebten Straßen Hong Kong Centrals abgelöst: Pfandleihen und Fischverkäufer, Möbelgeschäfte und Warenhäuser, in denen in der Sonne schwitzende Kulis ein- und ausgingen, beladen mit schweren an Bambusstöcken hängenden Gütern. Rechts von uns lag das Meer. Je weiter wir kamen, desto prächtiger wurden die Gebäude, ihre Farben strahlender, ihre Schilder schöner bemalt. Wir bewegten uns parallel zur Hauptroute der Trambahn und eine Weile fuhr eine der Bahnen direkt neben uns. Sie ratterte dahin und klingelte laut. Ihre Waggons waren proppenvoll mit schwitzenden, erschöpften Menschen im Schwarz-Weiß der Dienstbotenuniformen oder in den bunten Farben von Ladenbesitzern und Hausfrauen.

Su Li schaukelte Teddy auf ihrem Schoß und sang ihm ein Kinderlied vor.

»Früher hast du das mir vorgesungen«, sagte ich, ich konnte nicht anders.

Su Lis Kopf fuhr hoch und sie sah mich an. »Ja, Miss Hazel, das habe ich«, sagte sie ruhig. »Ich erinnere mich gern daran.«

Ich wusste nicht, wie ich reagieren sollte. Beinahe wirkte es liebenswürdig, doch ich traute Su Lis Liebenswürdigkeit nicht mehr.

An der Küste angekommen, bogen wir rechts ab, sodass wir den Victoria Peak vor uns hatten, und hielten endlich vor dem Bankgebäude. Wie eine weiße Pyramide ragte es vor uns auf, ein künstlicher Berg vor dem echten Berg, der die Sonne verdeckte.

3

»Junge!« Daisy keuchte. »Ganz schön beeindruckend so aus der Nähe, nicht?«, fragte sie mich.

Wo half uns aus dem Auto. Ich roch das nahe Meer und fühlte eine Brise in meinem Haar spielen. Dann traten wir in den Schatten der Bank. Wie bei den meisten chinesischen Gebäuden wurden die geschlossenen Bronzetüren vor uns von zwei riesigen Löwen flankiert, die ebenfalls aus Bronze waren und in der Sonne glitzerten. Einer, der zur Linken, gähnte mit weit aufgerissenem Maul, während der andere das Maul vornehm geschlossen hielt. Sie brachten mich zum Lächeln, weil sie für Hongkonger Verhältnisse so unerwartet putzig und europäisch erschienen.

»Stephen«, sagte Wo On zu mir und Daisy, während er auf den gähnenden – oder brüllenden – zeigte. »Und das ist Stitt. Es soll Glück bringen, sie zu streicheln.«

Am liebsten hätte ich es sofort getan, doch dann tat ich, als wäre ich nicht interessiert.

Teddy lugte unter Su Lis Armen hervor und verzog die Augen, während er sich vor dem Eingang umguckte. »Ah!«, machte er und streckte eine seiner kleinen dicken Fäuste aus der Tüchern in Richtung Stephen. Su Li trug ihn hinüber und er fuchtelte mit den Fingern an Stephens Metallmähne herum. Dabei wedelte er mit den Händen, wie Babys es eben tun, und verärgert stellte ich fest, wie entzückt Su Li darüber war, als hätte er ein Kunststück vollbracht.

»Eines Tages wird dir auch so eine Bank gehören«, sagte Su Li und lachte Teddy an.

Ich blieb bei Wo. Er wandte sich zu mir um und sagte: »Streicheln Sie die beiden doch auch. Sie können etwas

Glück brauchen, Miss Hazel. Sie haben es schwer. Sie wissen, dass Su Li –«

»Sie ist sehr stolz auf Teddy«, presste ich durch gefletschte Zähne hindurch.

»Ich wollte eigentlich etwas anderes sagen«, meinte Wo. »Aber es stimmt. Er ist ein braves Baby, Miss Hazel.«

»Miss Hazel, kommen Sie mit uns hinauf?«, rief Su Li. »Wir müssen uns beeilen, sonst kommen wir zu spät zu Dr. Aurelius.«

»Nein«, sagte ich. Sie hatte hoffnungsvoll geklungen, und plötzlich wollte ich sie ärgern. Ich wusste, dass meine Mutter an meiner Stelle nicht mitgekommen wäre. »Miss Wells und ich warten unten.«

»Wie Sie wünschen, Miss.« Su Li klang beinahe traurig. »Es wird nur zwanzig Minuten dauern.«

Gemeinsam durchquerten wir den Haupteingang, vorbei am Portier in Livree. Links von uns führte eine riesige Treppe schwungvoll nach oben in die Haupthalle der Hongkong und Shanghai Bank. Vor uns befanden sich drei Aufzüge, die zu den Stockwerken der Ärzte fuhren. Die goldenen Türen standen offen und die drei Fahrstuhlführer warteten im Innern auf Fahrgäste.

Den mittleren Lift verließ gerade ein bekanntes Gesicht. Mrs Fu, die Teehausbesitzerin, rauschte auf die Haupttreppe zu. Sie sah in die andere Richtung, während sie mit angespannten Schultern etwas in eine schmale Handtasche stopfte.

Als wir uns den Aufzügen näherten, verbeugten sich die Liftboys in ihren roten Uniformen mit den goldverzierten Aufschlägen und mit schicken Kappen auf dem Kopf. Zwei von ihnen waren schon recht alte, dürre Männer, doch der in der Mitte war jünger, mit einem schelmischen Funkeln in den Augen und einem attraktiven vorspringenden Kinn. »Hereinspaziert!«, rief er uns zu. Wo On wies Su Li den mittleren Lift zu, woraufhin der Liftboy sich einladend verneigte.

Plötzlich hielt Su Li inne. Als ich mich neugierig zu ihr drehte, sah ich, wie ihre Miene sich veränderte. Einen Augenblick wirkte sie … Nervös? Ängstlich? Ich war nicht sicher, außerdem war der Ausdruck auch schon wieder verschwunden, bevor ich ihn richtig deuten konnte. Langsam lief sie zum Aufzug.

»Achter Stock, bitte«, sagte sie. »Das Kind hat einen Termin.«

Der junge Mann nickte höflich – doch auch in seinem Blick lag etwas Seltsames. Fast Verbissenes. Er trat beiseite, um Su Li und Teddy den Weg freizugeben, bevor er hinter ihnen das Gitter und die Tür schloss. Die Anzeige über dem Aufzug tickte aufwärts. Zwei … drei … vier … fünf … »Komm, Daisy«, sagte ich kopfschüttelnd. »Schauen wir uns die Bank an.«

4

Zusammen stiegen Daisy und ich die Treppe hoch und gingen durch den gewölbten Eingang. Gefolgt von einer nervösen Ping, fanden wir uns in der Haupthalle der Bank wieder. Ich musste mir ein erstauntes Keuchen verkneifen, so prächtig war sie – so unfassbar hoch, gigantisch und golden. Auf beiden Seiten des Raums arbeiteten Männer in adretten schwarzen Anzügen fleißig an aufgereihten eindrucksvollen

Pulten mit Marmorplatten, während weit über ihren Köpfen ein riesiges goldenes Wandgemälde prangte.

Ich fand es wunderschön. Hongkong war schön, aufregend und wichtig. Wenn nur … wenn doch nur Teddy nicht hier wäre! Wenn ich es doch nur genießen könnte!

Warum ärgerte ich mich so über ihn? Er war weder hässlich, so wie May als Baby – ganz verkorkst und tobsüchtig. Noch war er kränklich wie Rose, die eine Frühgeburt und winzig gewesen war. Wochenlang hatte ich vor ihrem Kinderzimmer verbracht und so getan, als würde ich lesen, während ich in Wahrheit lauschte, was die Krankenschwestern miteinander redeten. Doch Rose und May hatten meine Familie nicht so aus den Fugen gehoben wie Teddy.

Auf einmal stieß jemand mich an und ich kam wieder zu mir. Daisy nickte in Richtung eines der Pulte.

»Hazel!«, zischte sie. »Mrs Fu war gerade bei einem der Kassierer und ist dann aus der Bank gedüst, wie von der Tarantel gestochen. Und stell dir vor, Mr Svensson ist auch da – er kommt gerade aus einem der Nebenzimmer! Ist das nicht seltsam? Erst gestern Abend haben wir beide gesehen – und nun schon wieder! Ich dachte, Hongkong sei eine Großstadt?«

Manchmal neigt Daisy dazu, Geheimnisse zu wittern, wo keine sind. Wir befanden uns in einer Bank. Es war ganz normal, dass sich Geschäftsmänner und -frauen hier aufhielten.

»Daisy! Zeig nicht mit dem Finger, das ist zu auffällig.«

»Na und? Warum sollten wir nicht auffallen?«, erwiderte sie trotzig. »Ich habe nichts zu verbergen. Ich bin lediglich dort, wohin mich der Vater meiner besten Freundin Hazel Wong geschickt hat. Ich frage mich, welche Erklärung Mr

Svensson vorzuweisen hat.« Sie hob ihre behandschuhte Hand, winkte wie wild und rief durch den hallenden Raum: »Mr Svensson! Hallo! Was für eine Überraschung!«

Erschrocken drehte Mr Svensson sich um und schwenkte seine große Aktentasche herum, wobei seine breiten Schultern und die stämmige Brust die Nähte des teuren neuen Anzugs sichtlich strapazierten. Ein Schatten huschte über sein Gesicht. Er wirkte alarmiert – was, wie ich mir sagte, schlicht daran liegen konnte, dass er nicht damit gerechnet hatte, mitten an einem Arbeitstag von der Tochter eines Bekannten belästigt zu werden. Doch etwas in seiner Miene, das er schnell überspielte, ließ die Detektivin in mir aufmerken. Er sah – ganz kurz nur – besorgt aus. Fast als wäre es ihm unangenehm, hier von uns gesehen zu werden. Doch das war albern, redete ich mir ein. Ich sah Gespenster: Den Ausdruck in den Gesichtern von Su Li und dem Liftboy hatte ich mir ebenso eingebildet wie den von Mr Svensson.

Als er nun auf uns zutrat, strahlte er.

»Miss Wong«, sagte er. »Und ... Miss Wells, richtig?«

»Ja – die *Ehrenwerte* Daisy Wells«, betonte Daisy. Mir fiel das kleine Zucken in ihrer Wange auf, und ich wusste, dass ihr durchaus aufgefallen war, in welcher Reihenfolge wir schon wieder begrüßt worden waren. In England sind wir Miss Wells und Miss Wong, doch hier, das begriffen wir beide, war ich die Tochter von Vincent Wong und Daisy nur meine Begleitung.

»Ja, natürlich.« Mr Svensson lächelte beinahe bis zu den Ohren und ergriff unsere Hände, um sie begeistert zu schütteln. Sein Griff war so kräftig, dass ich das Gesicht verzog.

»Wir warten auf meinen ... Bruder«, sagte ich. »Er hat oben beim Arzt einen Termin.«

Mr Svensson wurde zappelig.

»Und was haben Sie hier zu tun?«, fragte Daisy höflich, aber bestimmt.

»Ich hatte gerade einen Termin bei meinem Finanzberater«, antwortete Mr Svensson und zuckte übertrieben gelangweilt mit den Schultern. »Geschäfte, Sie wissen schon. Geldangelegenheiten. Nichts für kleine Mädchen.«

Mir entging nicht, dass Daisy sich darüber aufregte, doch sie kicherte nur und sagte: »Sie sagen es.«

»Und jetzt muss ich los, wenn Sie mich entschuldigen würden.« Mr Svensson schaute schnell auf seine Uhr. »Ich komme noch zu spät.«

Er drehte sich um und hastete davon. *Hastete* war wirklich das richtige Wort, dachte ich. Er eilte über den Fliesenboden, als wäre ein Tiger ihm auf den Fersen.

»Meine Güte!«, sagte Daisy. »Brennt es irgendwo?«

»Lass das«, zischte ich. Ich wollte nicht, dass sie nun auch noch albern wurde.

Wir spazierten laut meiner Armbanduhr weitere zehn Minuten in der Bank umher, wobei unsere Schritte durch das hohe Gewölbe hallten. Als ich erneut auf meine Uhr blickte, war es zwanzig nach zwölf.

»Su Li und Teddy sollten jeden Moment zurückkommen«, sagte ich. »Warten wir bei den Aufzügen auf sie.«

Wir ließen das hohle Dröhnen der Bankgespräche hinter uns und gingen die Haupttreppe hinab – wo wir erneut auf Mr Svensson trafen. Mit dem Rücken zu uns eilte er bemerkenswert schnell hinaus auf die Straße.

»Ist er nicht schon vor zehn Minuten gegangen?«, fragte Daisy stirnrunzelnd.

»Vielleicht hat er etwas vergessen?«, überlegte ich. Doch

gegen meinen Willen spürte ich unter der Haut ein unruhiges Kribbeln. Es *war* komisch. Heute passierten eine Menge komischer Dinge.

In diesem Moment kam Wo On zum Haupteingang herein. Als er uns neben den Aufzügen stehen sah, wirkte er verwirrt. »Wo sind sie denn?«, fragte er.

»Noch sind sie nicht nach unten gekommen«, berichtete ich. »Sie haben sich wohl verspätet.«

»Hazel«, sagte Daisy und stieß mich an. »Schau dir den Lift an, den sie vorhin genommen haben. Ich glaube, die Anzeige klemmt. Sie zeigt nicht ganz den achten Stock an.«

Ich verstand, was sie meinte. Der goldene Pfeil war zwischen der Sieben und der Acht stehengeblieben.

Mein Detektivsinn kommt nie ganz zur Ruhe. Er ist wie glühende Asche: Ein Luftstoß genügt und sie entflammt. Und in diesem Augenblick spürte ich, wie es zu glimmen anfing.

Wahrscheinlich war alles in bester Ordnung, redete ich mir entschlossen ein. Su Li kam lediglich zehn Minuten zu spät.

Nur dass ich Su Li kannte. Pünktlichkeit ist ihr wichtig. Auch mir hat sie beigebracht, stets pünktlich zu sein.

»Wir gehen rauf«, beschloss Wo On. Er führte uns in den wartenden linken Lift. »Achter Stock, bitte«, sagte er zu dem alternden Fahrstuhlführer.

Ich sah zuerst ihn an, dann Daisy und spürte, wie es in meinem Magen rumorte, denn was immer ich fühlte, sie fühlte es auch.

Der Aufzug setzte sich in Bewegung. Eins. Zwei. Drei. Vier. Fünf. Sechs. Sieben. Acht.

Dann öffneten sich die Türen.

5

Wir befanden uns in einem wunderschönen weißen Vorraum aus Marmor. Vor uns stand ein schwarz-goldener Tisch mit eleganten dünnen Beinen und einem riesigen Strauß weißer Blumen, die aus einer hohen schwarzen Vase ragten. Vor mir erstreckte sich in glänzend weißer Pracht ein Flur, an dessen Ende zwei breite Fenster den Blick auf den Hafen freigaben, wie auf ein lebendiges Gemälde. Flankiert wurde dieser Gang zu beiden Seiten von zahlreichen geschlossenen weißen Türen mit kleinen goldenen Plaketten darauf, auf die schnörkelreich Namen eingraviert waren. Acht ist eine immense Glückszahl, und hier im verheißungsvollsten achten Stockwerk des Gebäudes waren die Zahnärzte, Chirurgen, Frauenärzte und Freudianer untergebracht – jede Art von Arzt, die sich die reichsten Menschen Hongkongs wünschen konnten. Jede einzelne Praxis, das wusste ich, bestand aus mehreren Räumen, einem Warteraum und einem Behandlungszimmer. Hinter jeder dieser schweren weißen Türen würde man auf eine hübsche Empfangsdame hinter einem Tresen treffen, die einen über ihre Brille hinweg musterte.

Doch das spielte gerade keine Rolle. Wir waren auf der Suche nach Su Li und Teddy – von denen jede Spur fehlte.

Wo On schritt den Flur entlang, der auf die Fenster zu führte, und Daisy, Ping und ich folgten ihm. Mein Herz pochte, obwohl – bemühte ich mich, vernünftig zu sein – wir höchstwahrscheinlich nur eine verärgerte Su Li vorfinden würden, die noch immer im Wartezimmer festsaß, weil sich der Doktor verspätet hatte.

Wo On drückte die letzte weiße Tür zur Linken auf, auf der in goldenen Buchstaben DOKTOR CRISPIN AURELIUS stand. Eine Empfangsdame in einer adretten weißen Uniform und mit glänzendem hochgestecktem Haar blickte uns forschend an.

»Wir wollen Edward Wong und sein Kindermädchen abholen«, sagte Wo On. »Wo sind sie?«

»Noch nicht hier«, antwortete die Arzthelferin, auf deren Stirn sich eine kleine Mulde bildete, als sie die Augenbrauen missbilligend zusammenzog. »Sie verspäten sich.«

Neben mir stieß Daisy ein leises Zischen aus.

»Aber wir haben sie vor fast einer halben Stunde in den Aufzug steigen sehen«, sagte Wo On durchdringend. Schlagartig war sein Gesicht von Sorge gezeichnet. »Sie *müssen* hier gewesen sein.«

»Ich sage Ihnen doch, sie waren nicht da«, beharrte die Empfangsdame.

Wo On machte auf dem Absatz kehrt, lief in den Flur, zurück zu der Empfangsdame und wieder zum Flur, völlig durcheinander.

»Sie waren im Lift«, wiederholte er.

Diesmal drehten auch Daisy und ich uns um und schauten zum mittleren Aufzug, den Su Li mit Teddy vor einer halben Stunde betreten hatte. Es kribbelte in meinem Genick und meine Finger prickelten. Es bestand kein Zweifel. Etwas mit dem Lift *stimmte nicht*.

Die Türen waren geschlossen, was normalerweise hieß, dass er sich entweder zwischen den Stockwerken bewegte oder in einem der unteren Etagen Halt gemacht hatte. Doch die Anzeige über der Tür hing noch immer kurz unterhalb der Acht fest.

»Er muss steckengeblieben sein. Haben Sie niemanden rufen hören?«, fragte Wo On die Arzthelferin.

»Nein. Aber hier oben ist es schwierig, überhaupt etwas zu hören – diese neuen Türen und Wände sind dick.«

»Wir müssen in die Kabine!«, sagte Wo On so drängend, wie ich ihn noch nie gehört hatte. »Ein Baby könnte darin festsitzen!«

Er eilte auf den Lift zu. Daisy und ich rannten hinterher, gefolgt von einer hastenden Ping. Bevor die Tür sich schloss und keinen Laut mehr aus der Praxis ließ, hörte ich noch, wie die Empfangsdame etwas ins Telefon sprach.

Ich rutschte auf dem glatten Marmorboden aus. Es war tatsächlich merkwürdig, wie Geräusche an diesem Ort verschluckt wurden. Unsere eiligen Schritte schienen kaum einen Klang zu verursachen – oder lag es daran, dass es so laut in meinen Ohren rauschte?

Gemeinsam mühten sich Wo On und der alte Fahrstuhlführer, der uns in den achten Stock gebracht hatte, an der goldenen Aufzugtür in der Mitte ab und versuchten, die Flügel auseinanderzuzerren. Wo On klemmte seinen dicken Arm in die entstandene Lücke und stemmte sich dagegen (der Alte war zu gebrechlich, um eine große Hilfe zu sein). Quälend langsam zwang er die Türen auf.

Daisy schoss vor, um durch den Spalt zu linsen, und schob mich vor sich her. Die nervöse Angst, die in mir geschwelt hatte, glomm auf und loderte zu einer grauenhaften Flamme empor.

6

Früher, vor langer Zeit, war ich einmal in die Turnhalle der Deepdean gelaufen und dort auf die Leiche von Miss Bell gestoßen – der Auftakt zu all unseren Abenteuern. Ich weiß noch, dass ich anfangs unsicher gewesen bin, ob sie wirklich tot war. Sie sah nicht tot aus, lag nur sehr still da.

Diesmal bestand kein Zweifel.

Die Kabine, deren Gittertür nur halb geschlossen war, steckte ein Stück zu tief im Schacht, etwa dreißig Zentimeter unterhalb des weißen Marmorbodens des achten Stockwerks, sodass wir von oben hinabspähten. Das elektrische Licht im Innern brannte. Hell erleuchtet sahen wir Su Li, die auf dem Rücken lag. Ihre Beine waren angewinkelt, die Arme über der Brust verschränkt, die Hände von Kratzern übersät und ihr Hals stark gequetscht. Und noch etwas ließ mir den Atem stocken …

In ihrer Kehle steckte eine Nadel. Eine Haarnadel aus Jade in der Form eines Hahns. Und sie sah genau aus wie … Aber das konnte doch nicht sein …! Sie sah aus wie diejenige, die ich verloren hatte.

Mir wurde schwarz vor Augen.

Daisy hielt mich fest. »Hazel!« Mit Sicherheit war es ihr ebenfalls aufgefallen. Daisys Gedächtnis ist sogar noch besser als meins, und es sähe ihr gar nicht ähnlich, so ein Detail zu übersehen. Su Li und die offenen Lifttüren verschwammen vor mir. Was um alles in der Welt war geschehen?

»Wo ist Teddy?«, rief Ping panisch hinter mir. »Wo ist das Baby?«

Ich keuchte. Ich hatte nur eine Leiche bemerkt und war darüber erschrocken, wo meine Nadel aufgetaucht war.

Was – vielmehr wer *nicht* da war, war mir gar nicht aufgefallen. Bevor Ping seinen Namen aussprach, war Teddy mir nicht einmal in den Sinn gekommen. Ich war durch und durch Detektivin gewesen, nicht die große Schwester.

Wo On zwängte sich durch den Spalt und schob das Gitter beiseite, bevor er in die Kabine sprang. Er drehte Su Li um. Ich hielt den Atem an – doch es war nichts zu sehen. Teddy war nicht da.

Wo On rief Ping zu, sie solle Hilfe holen. Seine lauten Forderungen und die aufgelösten Schreie von Ping und dem alternden Liftboy schreckten schließlich doch noch die Leute aus den umliegenden Praxen auf. Plötzlich schienen überall Menschen zu wuseln. Ich klammerte mich an Daisys Arm, während sich mir die Details geradezu aufdrängten: der blutige Handabdruck an der Stelle, an der man das Gitter aufgeschoben hatte – eine große, breite Männerhand –, und einen zweiten auf dem Bedienfeld des Fahrstuhls; der Blutfleck auf dem Teppich; die Jadenadel, die im trüben Kabinenlicht schimmerte. Ich kam mir vor, wie in Watte gepackt – wirklich fühlen konnte ich nichts davon. Su Li war tot. Die Wut, die ich wegen Teddy auf sie gehabt hatte, löste sich schlagartig in Luft auf. Ich starrte in ihr entsetztes Gesicht und konnte an nichts anders denken, als dass Su Li mir wichtig gewesen war – und nun war sie tot. Und auch Teddy war fort.

»Es muss der Liftboy gewesen sein«, sagte Wo On, der mit offenem Mund und weit aufgerissenen Augen vor Su Lis Leiche kniete. Ich sah, wie seine Brust sich panisch hob und senkte. »Sehen Sie die Handabdrücke? Er hat Su Li getötet, den Lift angehalten, das Gitter aufgedrückt und Teddy entführt!«

»Bestimmt gehört er zur Kommunistischen Partei!«, rief jemand. »Es ist eine Verschwörung!«

»Nein!«, rief jemand anderes. »Es waren die Triaden. Schauen Sie sich die Nadel an! Das ist ihr Markenzeichen! Die Triaden haben das Kind!«

Ping brachte uns fort vom Tatort (Daisy verrenkte sich praktisch den Hals, um sich alles noch so lange wie möglich anzuschauen). Das Nächste, woran ich mich erinnere, sind niedrige Ledersessel, die einen seufzenden Laut verursachten, als man uns aufs Polster drückte. Wir waren – dämmerte mir – wieder im Wartezimmer von Dr. Aurelius.

»Hier ist etwas Tee«, sagte Ping. Ihr Gesicht war rot und tränenverschmiert, was mir seltsam vorkam, denn meines war so trocken. Es fühlte sich an, als säße in mir ein Korken, der sämtliche Gefühle unter Verschluss hielt.

Ich schlürfte den Tee, den Ping mir reichte, und schlürfte erneut, bevor ich merkte, dass ich mir längst den Mund verbrannt und mir wehgetan hatte.

»Oh, was sollen wir nur tun, Miss Hazel?«, fragte Ping mit bebender Stimme.

Ich wusste es nicht.

7

Irgendwann kam mein Vater. Ich hörte ihn draußen im Flur schreien. Als ich mich aufsetzte, platzte er bereits mit wehendem Jackett zur Tür herein. An den Füßen trug er noch immer seine Seidenpantoffeln. Vor meinem Stuhl ging er auf die Knie und legte seine großen Hände auf meine Schultern.

»Vater!«, sagte ich und erwartete, dass er mich umarmte.

Stattdessen schüttelte er mich. Er schüttelte mich so fest, dass die Zähne in meinem Mund klapperten und ich mir auf die Zunge biss.

»Warum warst du nicht im Fahrstuhl?«, rief er. »Warum warst du nicht bei ihnen?«

»Hazel wollte mir die Bank z–«, sagte Daisy laut.

»Ruhe, Miss Wells!«, fuhr mein Vater sie an. »Wong Fung Ying, *antworte mir*!«

»Ich dachte nicht, dass sie mich brauchen«, wisperte ich.

»Ich sollte dich verhauen«, sagte Vater. Ich schaute in sein Gesicht. Es war vollkommen rot, so sehr pulsierte das Blut unter der Haut. »Du hättest eine Tracht Prügel verdient. Du hast deinen Bruder alleingelassen und jetzt wurde er von diesem bösartigen Mann entführt!«

»Das konnte ich doch *nicht wissen*«, flüsterte ich. Lauter sprechen war unmöglich, der Korken in meiner Kehle saß zu fest.

Mein Vater ließ die Schultern sinken und mich los. Noch immer spürte ich die Abdrücke seiner Finger auf der Haut. »Natürlich konntest du das nicht«, sagte er leise. »Du bist ein Kind. Ich hätte nie erlauben dürfen, dass Teddy derart ohne Aufsicht ist. Du hast recht: Du bist nicht verantwortlich – ich bin es. Es ist meine Schuld. *Mein Sohn wurde entführt.*«

»Es tut mir leid«, presste ich heraus.

»Geh nach Hause, Hazel. Ping, bring die Mädchen heim!« Das war sein letztes Wort.

Ich wollte noch fragen, ob er die Nadel gesehen hatte und was es seiner Meinung nach bedeutete – doch ich brachte es nicht übers Herz. Alles war so verwirrend. *War* es das Markenzeichen der Triaden? Ich wusste, dass eine ganz bestimmte Bande aus der Gegend solche Symbole hinterließ.

Außerdem täuschte sich mein Vater. Ich war *kein* Kind. Ich war Teddys große Schwester und Detektivin. Wäre ich im Lift gewesen, hätte ich vielleicht verhindern können, was Teddy und Su Li zugestoßen war. Womöglich hätte ich sie retten können. Doch ich hatte mich dazu entschieden, sie alleinzulassen, und das *war* meine Schuld.

Egal, was Vater sagte, Teddy war fort und Su Li war tot, meinetwegen.

Ping brachte uns eilig in einem anderen Aufzug nach unten, so hastig, dass sie über ihre Hose stolperte. Ihre Hände zitterten und sie weinte so sehr, dass ihr Gesicht erhitzt und aufgequollen war.

»Arme Su Li!«, flüsterte sie immer wieder. »Armer Teddy!«

Als wir den Haupteingang durchquerten, hielten vor der Bank gerade wuchtige schwarze Polizeiautos. Missbilligend schnalzte Daisy mit der Zunge.

»Sie kommen zu spät! Sie verpassen das Wichtigste«, sagte sie zu mir. »Die Hälfte der Leute, die da waren, werden längst wieder fort sein. Wie wollen sie so Su Lis Mörder ausfindig machen? Wie wollen sie Teddy finden?«

»Ich weiß es nicht«, raunte ich. »Ich … ich kann gerade nicht denken.«

»Offensichtlich.«

Wütend drehte ich mich zu ihr um.

»Schau mich nicht so an, Hazel! Du *musst* nicht denken. Bleib einfach ruhig und überlasse das Denken mir. Alles wird gut, warte es ab.«

Ich verstand ja, dass Daisy nur helfen wollte. Sie kümmerte sich um mich, so gut sie es eben konnte. Trotzdem glaubte ich nicht daran. Ich war aufgewachsen mit grauenhaften Geschichten über Kinder, die gekidnappt wurden. In Hongkong kommt das bei Familien, die so reich sind wie meine, ziemlich häufig vor. Deshalb haben wir immer Dienstmägde und Chauffeure um uns, deshalb verbringen wir so viel Zeit im Haus. Sobald wir allein nach draußen gehen, könnte man uns verschleppen. Und genau das war nun tatsächlich geschehen – mit meinem eigenen Bruder.

Wir stiegen in den Wagen. Wo On saß bereits hinter dem Steuer und startete den Motor. Er gab Gas und wir rasten los. Wos Hände umklammerten das Lenkrad. Seine Schultern zitterten.

Draußen rollte Hongkong an uns vorbei, heiß und hell. Doch diesmal sah ich die Straßen in einem anderen Licht. Plötzlich waren es Orte, an denen Teddy sein könnte. Jedes der eingewickelten Babys, die an uns vorbeigetragen wurden und deren Gesichter sich an die Rücken der Frauen schmiegten, hätte er sein können. In jedem der Bündel auf den Karren hätte er sein können. In jenem Eimer oder dieser Rikscha.

Er könnte überall sein.

Auf Fallingford war die Detektei Wells & Wong schon einmal mit einem Rätsel konfrontiert worden, das uns sehr naheging – doch damals hatte es Daisy und ihre Familie betroffen, nicht mich. Ich war quasi nur Zuschauerin gewesen. Dieses Mal waren unsere Rollen vertauscht: Ich war verstrickt in das Grauen eines Verbrechens. *Mein* Bruder war verschleppt. *Mein* Dienstmädchen war tot.

Es war meine Schuld.

Unser Auto fuhr vor den Haupteingang unseres Hauses. Sobald wir die Granitstufen hinter uns gelassen hatten, fanden wir uns in einem heillosen Durcheinander wieder. Sämtliche Gärtner waren bewaffnet, man hatte die Hunde losgelassen, damit sie auch tagsüber patrouillierten, nicht nur nachts. Rose und May schluchzten in der Empfangshalle, gehalten von einer zitternden Jie Jie, und meine Mutter erwartete mich bereits.

»Wong Fung Ying«, keifte sie. »Was ist geschehen?«

»Er ist weg«, sagte ich. »Teddy ist weg. Und Su Li … Su Li wurde ermordet.«

Ich schluckte, während meine Augen brannten. Es war das erste Mal, dass ich es laut ausgesprochen hatte. Obwohl ich den Aufzug gesehen hatte, fühlte es sich kaum real an. Noch heute Morgen war Su Li am Leben gewesen – und jetzt, schlagartig, war sie es nicht mehr. Genau wie bei Ah Yeh hatte ich keine Gelegenheit gehabt, mich zu verabschieden. Ich war nicht nett zu ihr gewesen und jetzt konnte ich es nie wiedergutmachen. Ich dachte daran, wie sie sich verhalten hatte – wie freundlich sie zu mir auf der Fahrt gewesen war. Doch ich hatte ihr die kalte Schulter gezeigt. Und ihr Gesichtsausdruck, als sie auf den Fahrstuhl zuging … War das ein erster Hinweis gewesen? Hätte ich verhindern können, was sich danach zugetragen hatte, wäre ich eine bessere Detektivin gewesen? Ich hatte das schreckliche Gefühl, etwas übersehen zu haben. Su Li … *Su Li hatte diesen Mann gekannt.*

Jie Jie stieß ein halb ersticktes Wimmern aus.

»Du warst nicht bei ihnen?«, fragte meine Mutter. Sie stand mit verschränkten Armen da, wobei ihre Haare in der kühlen Dunkelheit der Halle zu verschwinden schienen, sodass nur ihr blasses, schönes Gesicht und die roten Lippen vor mir schwebten.

»Nein«, antwortete ich. »Nein, Ah Mah! Wir sind nicht in den Lift gestiegen. Wir haben erst gemerkt, dass etwas nicht stimmt, als wir oben nach ihnen gesucht haben. Dann hat Wo On die Tür aufgestemmt und ...«

Jie Jie hatte ihr Gesicht in Roses dunklen Haaren vergraben, doch jetzt riss sie den Kopf hoch. Noch nie hatte sie mich so angesehen – als würde sie mich hassen.

»*Du hättest bei ihm sein sollen*«, zischte sie. »Was für eine große Schwester bist du eigentlich?«

Meine Zunge fühlte sich bleiern an und meine Augen schmerzten. Da war sie wieder, dieselbe Frage, und noch immer hatte ich keine Antwort darauf.

»Ich weiß es nicht«, flüsterte ich. »Ich weiß es nicht.«

Ich drehte mich um und rannte durch die Halle und die Treppe hinauf.

»Fung Ying, komm sofort zurück!«, rief meine Mutter. Ich wusste, dass ich ihr gehorchen sollte – jede Faser Hongkong in mir wollte stehen bleiben, kehrtmachen und eine gute Tochter sein. Doch während meine Füße dahinpolterten und mein Herz laut pochte, fühlte ich mich so wenig als gute Tochter wie noch nie in meinem ganzen Leben.

8

Ich knallte die Tür unseres Zimmers zu und lehnte mich dagegen. Fast augenblicklich hämmerte Daisy daran.

»Hazel!«, rief sie. »Hazel! Eine gute Detektivin führt sich nicht so auf! Lass mich rein! Oh, da kommt Ping ... Hazel!«

Ich hielt inne. Zog die Tür einen Spaltbreit auf.

»Du kannst reinkommen«, sagte ich zu Daisy. »Ping, bitte lass uns kurz allein.«

»Ja, Miss Hazel«, erwiderte Ping mit erstickter Stimme. Ich hörte, wie sie langsam davonging – dann stemmte Daisy die Schulter gegen die Tür und drängte ins Zimmer.

»Au!«, beschwerte ich mich und rieb mir den Arm, den sie angerempelt hatte.

»Ich entschuldige mich, Hazel, aber das war nötig«, sagte sie, ohne das geringste bisschen Reue. »Du bist verärgert, was durchaus verständlich ist, aber über *mich* darfst du dich nicht ärgern. Ich bin immer noch deine beste Freundin und deine Vorsitzende, also wäre es Verrat und außerdem sehr unhöflich, wenn du nicht mit mir redest.«

»Es ist kein Verrat!«, protestierte ich, konnte mir aber ein Lächeln nicht verkneifen. Daisy schaffte es immer, mich aufzuheitern.

»Na also!«, sagte sie. »Da ist mein Watson. Und jetzt hör zu: Ich weiß, es geht dir furchtbar. Immerhin wird dein Bruder vermisst und dein Kindermädchen wurde ermordet. Hätte jemand Schieli verschleppt, würde ich mir schreckliche Sorgen machen – auch wenn es außer mir wohl allen egal wäre. Viele Talente hat er nicht gerade, abgesehen davon, eine grauenhafte Nervensäge zu sein. Und hätte man Hetty getötet, Himmel! Ich glaube, ich würde den Täter am liebsten selbst ermorden. Aber nichts davon ändert, wer wir sind. Es hat ein entsetzliches Verbrechen gegeben, Hazel, und wir müssen es aufklären. *Du* musst es aufklären, weil du Detektivin bist!«

»Aber … Ich hätte bei ihnen sein sollen und ich war es nicht. Und das Schlimmste ist, dass ich böse auf Su Li war und Teddy nicht einmal *leiden* kann!«

»Hazel, du Riesenkamel! Wer, wenn nicht du, fühlt sich grauenhaft, nur weil er nicht mehr als einhundert Prozent loyal war. Dein Vater hat dich mit einem kleinen Bruder überfallen und *deinem* Kindermädchen befohlen, sich ab sofort um *ihn* zu kümmern. Das ist wirklich schlechter Stil und ich an deiner Stelle hätte getobt. Ich hätte *mit Sachen geworfen*, Hazel! Du bist nicht diejenige, die Teddy entführt hat, auch nicht diejenige, die Su Li umgebracht hat. Und es geht dir nahe. Ich weiß, dass es dir nahe geht. Es würde dich ja schon kümmern, hätte man ein wildfremdes Baby auf der Straße verschleppt – natürlich kümmert es dich umso mehr, weil es um deinen kleinen Bruder geht. Genau wie es dir nahegeht, dass Su Li tot ist, auch wenn sie den ganzen Besuch bisher ungeheuer mies zu dir gewesen ist.«

»Tut es ja auch!«, sagte ich. »Natürlich. Sie … sie hat nur ihre Arbeit gemacht, Daisy. Und … sie hat zu meiner Familie gehört.«

»Ganz genau. Es spielt keine Rolle, wie mies sich Familienmitglieder manchmal verhalten, sie sind und bleiben Familie. Also, wollen wir herausfinden, was passiert ist, damit wir Su Li rächen und Teddy zurückholen können?«

»Na gut«, antwortete ich unsicher.

»Fein. Ausgezeichnet. Ich bin froh, dass du das sagst. Na schön, dieser Fall scheint ziemlich eindeutig, oder nicht? Eine Frau und ein Baby steigen mit einem Mann in einen Fahrstuhl. Zwanzig Minuten später stellt sich heraus, dass der Lift zwischen zwei Stockwerken feststeckt. Die Frau ist tot und der Mann und das Baby sind verschwunden. Wovon also können wir ausgehen? Die Frau hat es nicht getan, weil sie zum Opfer wurde. Das Baby scheidet aus, weil es nur ein Baby ist. Auf dem halb offenen Aufzuggitter findet sich ein großer blutiger Handabdruck – der Abdruck eines Mannes – und ein zweiter auf den Aufzugknöpfen. Noch dazu hat der Fahrstuhl zwischen den Etagen angehalten, was nur ein gelernter Liftboy – so wie besagter Mann – bewerkstelligen kann. Was also schlussfolgern wir?«

»Dass der Mann den Lift angehalten, die Frau getötet und sich mit dem Baby aus dem Aufzug in den achten Stock geschlichen hat«, sagte ich. »Es sei denn – was, wenn jemand zugestiegen ist?«

»Wo steckt der Fahrstuhlführer dann, sollte er unschuldig sein?«, gab Daisy zu bedenken. »Und was hätte auf eine weitere Person hingewiesen? Außerdem – vergiss nicht, wir haben zugesehen, als der Lift nach oben fuhr. Bevor wir in die Halle sind, war er schon im fünften Stock. Es ist sehr unwahrscheinlich, dass jemand in der sechsten oder siebten Etage in einen Lift zusteigt, der weiter nach oben fährt. Nein, Hazel, die einfachste Erklärung scheint mir in diesem Fall die beste: dass der Liftboy der Mörder von Su Li und der Entführer von Teddy ist. Was wir noch herausfinden müssen, ist, *warum* er es getan hat und wo Teddy steckt. Und … nun ja …«

Sie hielt inne. »*Etwas* macht aus einem augenscheinlich höchst einfachen Fall einen weit merkwürdigeren.« Der Ausdruck in ihrem Gesicht ließ mich schaudern. »Hazel, die Nadel, die in Su Lis Hals steckte. Ich weiß, wonach sie *aussah*. Nämlich genau wie die, die du gestern Abend getragen hast.«

»Nein!« Ich geriet in Panik. »Das ist reiner Zufall, es kann ja gar nicht anders sein …«

»Nur, dass du selbst nicht daran glaubst, oder?« Daisys blaue Augen funkelten. »Bevor du dich deswegen verrückt machst, lass uns logisch denken. Welche unschuldige, schlichte Erklärung könnte es dafür geben, dass deine Haarnadel am Tatort auftaucht?«

»Was, wenn Su Li sie gefunden hat und deshalb bei sich hatte? Der Mörder könnte sie ihr abgenommen und als Waffe benutzt haben.«

Daisy schüttelte den Kopf. »Tut mir leid, aber das funktioniert nicht. Du hast sie gestern Abend auf einer Party verloren, auf der Su Li nicht war. Nächster Versuch.«

»Der … Aufzugführer könnte auf der Party gewesen sein«, zog ich an den Haaren herbei. »Vielleicht hat er eine zweite Stelle als Kellner.«

»Nur habe ich ihn nicht gesehen«, meinte Daisy. »Und ich habe mir die Gesichter aller gut eingeprägt, das mache ich immer – an ihn kann ich mich nicht erinnern. Du etwa?«

»Nein«, gab ich widerwillig zu und schüttelte den Kopf. »Ich habe ihn noch nie gesehen. Aber … ich glaube, Su Li kannte ihn.«

»Ja, das ist mir auch aufgefallen.« Daisy nickte. »Diesem Umstand müssen wir nachgehen. Aber bleiben wir bei der aktuellen Frage. Gibt es eine Erklärung für die Nadel?«

»Jeder, der auf der Party war, könnte sie dem Liftboy im Laufe des Vormittags gegeben haben – Daisy, das ist es! Weißt du noch? Am Tatort sagte jemand, die Triaden könnten dahinterstecken! Eine der Triadenbanden der Gegend benutzt Haarnadeln als Markenzeichen. Der Liftboy könnte von jemandem angeheuert worden sein, von einer Bande – die gibt es hier sehr oft, Daisy. Anders als in England sind die allermeisten Verbrechen organisiert.«

Ich war so erleichtert. Alles ergab Sinn. Einer der Kellner auf der Feier musste Mitglied der Triaden gewesen sein. Er hatte meine Nadel gefunden und sie dem Liftboy zugesteckt, damit er damit das Verbrechen verübte. Eine Triadenbande hatte Teddy entführt.

»Hazel«, sagte Daisy. »Ich sage es nicht gern, nachdem wir schon an so vielen Fällen zusammengearbeitet haben, aber das ist absolut albern!«

»Gar nicht!«, sagte ich verletzt. »Triadenbanden sind vollkommen real. Das habe ich nicht erfunden.«

»Das bezweifle ich keine Sekunde.« Daisy hob eine Augenbraue. »Trotzdem bleibe ich dabei, dass die Erklärung, die du da gerade vorbringst, absolut fantastisch ist. Ein Mitglied einer Bande fand *zufällig* deine Haarnadel und *rein zufällig*, von all den Millionen von leicht greifbaren Jadenadeln Hongkongs, gibt er ausgerechnet *diese* dem Liftboy, *Stunden* vor einem geplanten Mord?«

»Ja?«

»*Nein*. Ich will eine einfache Erklärung, Hazel. Was würden wir denken, würde es sich hierbei um irgendein Verbrechen handeln und hätten wir bei der Leiche ein leicht zuzuordnendes Beweisstück gefunden?«

»Dass der Eigentümer der Hauptverdächtige ist«, flüsterte ich. Mir wurde immer kälter.

»Natürlich weiß ich, dass du es nicht warst«, sagte Daisy, »weil du meine Hazel bist und ich jeden Gedanken in deinem Kopf kenne. In jede Art von Mordvorhaben hättest du mich eingeweiht. Außerdem war ich den ganzen Morgen bei dir und kann bezeugen, dass du heute Vormittag keine Gelegenheit hattest, dem Fahrstuhlführer deine Nadel zu geben. Aber unterm Strich … Tja. Jeder konnte sehen, was du von Teddy hältst. Er war eine Bedrohung für dich. Jetzt ist er verschwunden und deine Nadel wurde bei der Leiche seines ermordeten Kindermädchens gefunden – ein Kindermädchen, das *vor Teddy* deines war. Wenn du es also nicht getan hast – was feststeht –, was sagt uns das?«

»Jemand will, dass es so *aussieht*, als wäre ich es gewesen«, sagte ich.

»Genau!«, rief Daisy. »Jemand, der gestern Abend auf der Party war, half dem Liftboy dabei, Mord und Entführung zu planen und durchzuführen. Und dieser Jemand …nun, der will alles dir in die Schuhe schieben.«

9

»Aber …«, sagte ich. »Warum?«

»Nun. Genau das gilt es herauszufinden. Denn haben wir erst das geklärt, ist offensichtlich der ganze Fall geklärt. Gut, Hazel, erklärst du mir bitte ein wenig mehr über diese Triadenleute? Wer sind sie?«

»Triaden sind Gangsterbanden. Männer, die Geld machen, indem sie andere betrügen, Kinder entführen und … na ja, auch Schlimmeres. Sie *sind* schlimm. Jeder hat Angst vor ihnen und sie sind überall.«

»Ooh!« Daisy riss die Augen auf. »Hazel, wie aufregend – ich meine: wie schrecklich, sollten sie Teddy wirklich haben! Machen sie solche Sachen öfter?«

Ich nickte. Es war komisch, dass Daisy diesmal nicht alle Fakten kannte und ich ihr alles erklären musste. »Ständig. Hier bringt man schon den kleinen Kindern bei, auf genau solche Dinge aufzupassen. Deshalb lassen wir nachts die Hunde los und deshalb dürfen wir nirgends alleine hin. Den Chengs ist das auch passiert – Alfreds Onkel und Tante.

Victoria Chengs große Schwester wurde verschleppt, als sie etwa in Mays Alter war. Die Chengs bekamen sie wieder, aber sie mussten eine Menge Geld zahlen.«

»Dann wäre es also logisch, dass die Triaden dahinterstecken?«

»Ja«, sagte ich. »Triaden sind gut darin, sich über ihre Zielpersonen zu informieren. Diese Entführung war von langer Hand geplant. Die Fahrt im Lift zur Arztpraxis ist praktisch die einzige Gelegenheit, bei der Teddy nicht gleichzeitig von Su Li und Wo On bewacht wird. Selbst wenn meine Mutter mitgekommen wäre, hätte sie unten im Auto gewartet, um ihren Füßen eine Pause zu gönnen. Eine Bande hätte das leicht herausgefunden.«

»Sind Triaden für gewöhnlich rachsüchtig?«, fragte Daisy. »*Deine* Haarnadel in einer Leiche zurückzulassen – wären wir in England, würde ich darauf tippen, dass hier jemand auf dich ganz persönlich wütend ist.«

Ich runzelte die Stirn. »Ich weiß. Es … es ergibt keinen Sinn, Daisy. Ich habe den Triaden nie etwas getan, genauso wenig wie Vater … zumindest nicht, dass ich wüsste.«

Daisy blinzelte. »Hazel! Ich glaube, du hast da gerade etwas sehr Brauchbares gesagt. *Dein Vater.* Gestern auf der Party … wir waren da, weil er uns mitgenommen hatte. *Dir* ein Verbrechen zuzuschustern, ergibt keinen Sinn, aber was, wenn jemand damit *ihn* bestrafen will?

»Nein, *Teddy zu entführen,* das könnte eine Art Bestrafung sein«, meinte ich. »Teddy ist der, der ihm wichtig ist, nicht ich.«

»Oh, *Hazel* …«, begann Daisy verärgert. Dann schüttelte sie den Kopf. »Tu einfach mal kurz so, einverstanden? Stell dir vor, dein Vater ist das eigentliche Ziel, nicht du. Wer war gestern auf der Feier, der deinen Vater nicht mag? Scheint mir leicht: Mr Svensson, Mrs Fu und dieser griesgrämige alte Mann – wie hieß er noch gleich? Mr Wa Dingsbums? Hol dein Fallbuch, dann machen wir eine ordentliche Liste!«

Ich hatte das brandneue Buch von Daisy griffbereit in meiner Tasche. Mit einem Stechen im Herzen zog ich es heraus. Heutzutage habe ich immer ein Notizheft bei mir, trotzdem hätte ich nie damit gerechnet, Daisys Geschenk bei diesem Besuch einzuweihen.

Ich atmete tief und zitternd ein. »Zuerst Mr Svensson«, sagte ich. »Wir haben beobachtet, dass er gestern Abend mit meinem Vater Streit hatte. Laut Mrs Svensson will er meinen Vater dazu bringen, in irgendetwas zu investieren, doch mein Vater weigert sich. Er wusste, dass Teddy heute einen Termin hatte und wir haben ihn in der Bank getroffen.«

»Das stimmt!«, sagte Daisy. »Und wie und wann er gegangen ist, war seltsam. Warum hat er vom Bankschalter bis zum Hauptausgang fast zehn Minuten gebraucht? Das dauert höchstens eine Minute.«

»Mrs Fu haben wir ebenfalls in der Bank gesehen, Daisy. Sie kam aus dem mittleren Lift, also hätte sie Gelegenheit gehabt, dem Aufzugführer die Nadel zu geben. Und auch sie hat gestern Abend mit Vater gestritten – es ging um irgendetwas Geschäftliches. Vater sagte: *Die Dinge müssen sich ändern* und Mrs Fu wirkte sehr verärgert.«

»Ausgezeichnet, Hazel«, sagte Daisy. »Schreib das auf! Und was ist mit diesem … Ach, wie hieß er?«

»Mr Wa Fan? Er war mit meinem Großvater befreundet, aber gestern war er so verbittert. Er sagte, mein Vater würde seine Pflichten als Sohn vernachlässigen und er schien wütend auf ihn. Aber … war er in der Bank?«

»Müssen wir herausfinden«, sagte Daisy. »Hier, siehst du? Drei Verdächtige, die nicht zu den Triaden gehören, alle mit hervorragenden persönlichen Motiven, deinen Vater und damit auch dich nicht zu mögen.«

»Ich finde, wir sollten die Triaden mit auf die Liste setzen«, sagte ich. »Sie könnten die Finger im Spiel haben. Es wäre die eine einfache Erklärung – einfach ausschließen können wir sie jedenfalls nicht. Genauso wenig wie wir mit Sicherheit ausschließen können, dass der Liftboy allein gehandelt hat. Ich habe gesehen, wie er Su Li angeschaut hat. Ich glaube, dass die beiden sich kannten und ihr nicht wohl dabei war. Was, wenn er persönliche Gründe hatte, sie zu töten, und ganz spontan beschlossen hat, Teddy mitzunehmen, um Lösegeld zu kassieren?«

»Kann sein«, räumte Daisy ein. »Du hast völlig recht, Hazel: Wir müssen jede Möglichkeit in Betracht ziehen. Streng genommen … Können wir denn sicher sein, dass Ping und Wo On nicht Teil des Plans waren?«

»Daisy!«, rief ich. »Ping war den ganzen Vormittag bei uns, also hätte sie dem Fahrstuhlführer die Nadel nicht geben können, genauso wenig wie Wo On.«

»Nicht relevant«, sagte Daisy und warf sich das Haar in den Nacken. »Wir sagen ja nur, dass sie irgendwie beim Planen geholfen haben könnten. Wir müssen sie befragen und beweisen, dass sie unschuldig sind. Außerdem müssen wir herausfinden, was *nach* Su Lis Ermordung passiert ist. Warum hat keiner den Liftboy nach dem Verbrechen gesehen? Wie hat er Teddy aus dem Gebäude bringen können? Wohin hat er ihn gebracht? In diesem Fall müssen wir uns auf zwei Dinge konzentrieren: Teddy und Su Li.«

Ich nickte und schrieb alles auf.

Liste der Verdächtigen

1. *Der Liftboy* (Namen herausfinden!)
Die einfachste Erklärung ist, dass er das Verbrechen begangen hat. Nur warum? Wir glauben, dass er und Su Li sich gekannt haben und sie Angst vor ihm hatte, allerdings müssen wir dafür Beweise finden. Hatte er für den Mord ein persönliches Motiv und Teddy quasi spontan gekidnappt oder war er vor allem daran interessiert, durch eine Entführung Teddys Geld zu erpressen, und Su Li stand ihm im Weg? Arbeitete er selbstständig oder im Auftrag? (Die Nadel lässt mit großer Wahrscheinlichkeit darauf schließen, dass er mit einem anderen Verbrecher zusammenarbeitet.) Und wenn ja, wer hat ihn angeheuert und warum?

2. *Triadenbande.* MOTIV FÜR TEDDYS ENTFÜHRUNG: Geld, schlicht und einfach! Die Nadel, die man in Su Lis Hals gestochen hat, ist das Markenzeichen einer Triadenbande (wir haben gehört, wie jemand das erwähnt hat, und Hazel bestätigt es). Allerdings ist es seltsam, dass ausgerechnet Hazels Haarnadel verwendet wurde. Will man ihr das Verbrechen in die Schuhe schieben? War es bloßer Zufall?

3. *Mr Svensson.* MOTIV FÜR TEDDYS ENTFÜHRUNG: Er braucht Geld, das Mr Wong ihm nicht geben will. Außerdem ist er wütend auf Mr Wong –

könnte das ein Motiv dafür sein, Hazel ein Verbrechen in die Schuhe zu schieben? ANMERKUNGEN: Er wurde zum Zeitpunkt des Verbrechens in seltsamer Stimmung in der Bank beobachtet. Zudem war er zehn Minuten lang verschwunden und es ist nicht bekannt, was er in dieser Zeit getan hat. Auch er war am Vorabend auf der Party, daher könnte er Hazels Haarnadel dort gefunden und dem Liftboy gegeben haben! Er wusste, wann Teddy den Termin beim Arzt hatte, weil Mr Wong ihm davon erzählt hat.

4. *Mrs Fu.* MOTIV FÜR TEDDYS ENTFÜHRUNG: Auch sie scheint Geld zu brauchen – und sie hat am Abend der Feier wütend auf Mr Wong reagiert. ANMERKUNGEN: Sie wurde zum Tatzeitpunkt von Hazel Wong und Daisy Wells in der Bank gesehen und könnte dem Liftboy die Nadel zugesteckt haben. Am Vorabend war sie auf der Party, könnte also Hazels Nadel gefunden und von Teddys Termin erfahren haben!

5. *Mr Wa Fan.* MOTIV FÜR TEDDYS ENTFÜHRUNG: Er ärgert sich über Mr Wong, weil er glaubt, er würde seine Pflichten vernachlässigen. Doch reicht das als Motiv für eine Entführung? Er war auf der Feier, könnte also die Haarnadel gefunden und von dem Termin erfahren haben. In der Bank wurde er allerdings nicht gesehen und wir wissen nicht, ob er ein Patient von Dr. Aurelius ist.

Schlachtplan

1. Wo On und Ping als Verdächtige ausschließen.

2. Mehr über den Liftboy in Erfahrung bringen: Wer ist er und warum wurde er zum Mörder und Entführer? Wurde er dafür bezahlt oder hatte er ein persönliches Motiv?

3. Mehr über die Triadenbande in Erfahrung bringen, die Haarnadeln als Markenzeichen verwendet.

4. Die Motive unserer Verdächtigen genauer in Augenschein nehmen.

5. Mehr über die Praxis von Dr. Aurelius herausfinden, um zu begreifen, warum man das Verbrechen nicht bemerkte und wie Teddy aus dem Gebäude geschafft wurde.

»Na schön«, sagte Daisy plötzlich. »Mein Spürsinn sagt mir, dass wir sofort nach unten gehen sollten.«

»Warum?«, fragte ich.

»Ein Fremder ist vorgefahren. Hörst du die Wachhunde nicht bellen?«

10

Tatsächlich spazierte in diesem Moment jemand durch die weite Eingangstür unseres Hauses.

Für einen Chinesen war er mittelgroß, dafür aber gebaut wie ein Schrank – nicht dick, sondern voller Muskeln. Sein Haar war kurzgeschnitten und auf seiner Wange prangte eine lange Narbe, wodurch sein Gesicht etwas schief und irgendwie abschreckend wirkte. Seine Augen waren ziemlich groß und im rechten prangte ein schwarzer Fleck inmitten des Weiß. Als er mich vom anderen Ende der Halle aus aufmerksam anschaute, sog ich nervös die Luft ein.

Inzwischen bin ich vielen Ermittlern begegnet. Es gibt schnelle und langsame, aufgeblasene und ernste. Doch einen guten Detektiv, das habe ich gelernt, erkennt man sofort. Es liegt nicht daran, wie sie aussehen, sondern wie sie einen ansehen. Als ich unseren englischen Detektiv, Inspektor Priestley (ich betrachte ihn als *unseren* – Daisy und ich haben mit seiner Hilfe nun schon drei Fälle aufgeklärt), zum ersten Mal getroffen habe, fühlte ich mich danach wie ein Schmetterling, den man an ein Brett gespießt hatte, und fast genauso fühlte ich mich auch jetzt. Dieser Mann *sah* mich und innerhalb einer schwindelerregenden Sekunde war mir klar, dass er zu den guten Ermittlern gehörte. Er wäre ein hervorragender Verbündeter und ein noch viel hervorragenderer Gegenspieler.

Auch mein Vater war wieder zu Hause. Er stand am Eingang zur Bibliothek und betrachtete den Mann stirnrunzelnd.

»Wer sind Sie?«, wollte er wissen.

»Ich bin Detektiv Leung«, antwortete der Fremde und verneigte sich respektvoll. »Mr Wa Fan und die Tung Wah schicken mich, um Ihnen bei der Suche nach Ihrem Sohn behilflich zu sein.«

»Die Polizei sucht ihn bereits«, sagte mein Vater, dessen Miene sich zusehends verfinsterte. »Ich kann darauf verzichten, dass die Tung Wah ihre Nase in diese Angelegenheit stecken. Habe ich Wa Fan nicht deutlich genug gemacht, dass ich mit ihnen fertig bin?«

»Die Polizei von Hongkong taugt für Chinesen nicht, Sir«, sagte Detektiv Leung. »Diese Fälle nehmen unter ihrer Leitung oft kein gutes Ende. Mr Wa Fan fand, Sie könnten zusätzliche Hilfe gebrauchen und hat mich gewählt.«

»Ich sagte: Nein!«, keifte mein Vater. »Hört mir denn keiner mehr zu?«

»Was sind diese Tung Wah?«, zischte Daisy mir ins Ohr.

»Eine Art … regionales Regierungsgremium, zu dem auch Großvater gehörte«, flüsterte ich zurück. »Ein chinesisches. Sie organisieren Sachen wie Krankenhäuser und Polizei für Chinesen. Vater meint, sie mischen sich zu viel ein und gehen nicht mit der Zeit – er mag sie überhaupt nicht.«

Daisy schaute mich vielsagend an und ich fühlte ein Kribbeln auf der Haut.

»Sir«, sagte Detektiv Leung. »Ich verstehe Sie, aber gewiss ist doch jede Hilfe nützlich? Offensichtlich geht es hier um ein gefährliches Verbrechen. Ich habe von der Haarnadel erfahren.«

Ich zuckte zusammen.

»Was ist mit der Nadel?«, fragte mein Vater scharf.

»Die Nadel, die in dem Opfer Su Li steckte. Eine Jadenadel ist das Symbol einer der gefährlichsten Banden der

Gegend, den Fünf Jadefiguren«, erklärte Detektiv Leung. »Falls ihr Anführer Sai Yat in die Sache verwickelt ist, haben Sie es nicht nur mit einem Einzeltäter zu tun, der auf eigene Faust handelt. Sai Yats Bande hat Einfluss und Sie werden alle Hilfe brauchen, die Sie kriegen können.«

»Erzählen Sie mir nicht, was ich brauche und was nicht!«, fuhr mein Vater ihn an. »Ich regle das. Maxwell wartet am Fernsprechapparat und mein Wächter Baboo hat am Haupttor Stellung bezogen, um nach jeder Form von Nachricht Ausschau zu halten.«

»Sir«, sagte Detektiv Leung. »Das verstehe ich, doch lassen Sie mich helfen. Es geht um Ihren Sohn.«

Mein Vater überlegte. Kurz war ich sicher, er würde Detektiv Leung fortschicken – doch dann winkte er gebrochen mit der Hand. »Na schön. Helfen Sie, wenn Sie können. Aber wenn nicht, kann ich es nicht gebrauchen, dass Sie mir falsche Hoffnungen machen.«

»Das verstehe ich.« Detektiv Leung verbeugte sich. »Würden Sie mir die Erlaubnis geben, heute Nachmittag mit ihrem Haushalt zu reden, um herauszufinden, ob jemand etwas weiß? Wer auch immer diesen Plan geschmiedet hat, wusste genau, wo der Junge sich aufhalten würde und wann. Ich vermute, dass er Hilfe aus dem Haus hatte.«

»Wenn es sein muss«, antwortete mein Vater. »Ich habe angeordnet, dass heute Nachmittag niemand außer Haus geht. Mich finden Sie in der Nähe des Telefons.« Er drehte sich um und schaute mich und Daisy an. Zu gerne hätte ich ihm gesagt, dass alles in Ordnung kommt, dass auch wir ermitteln würden, genau wie Detektiv Leung – doch es war unmöglich. Nach einem Moment zog sich mein Vater in die Bibliothek zurück. Ich hörte, wie er leise mit Maxwell sprach und wie dieser antwortete. Solange mein Vater nicht von den Entführern gehört hatte, hätte er für nichts anderes ein offenes Ohr. Er war jetzt allein Teddys Vater, und das tat weh.

Daisy und ich blieben mit dem Detektiv allein zurück.

Ich verbeugte mich und stieß Daisy an, die knickste, sich fing und dann ebenfalls verneigte.

»Guten Tag«, sagte Detektiv Leung.

»Guten Tag«, erwiderte ich.

»Sie müssen die älteste Tochter sein«, wandte sich Detektiv Leung an mich. »Soweit ich erfahren habe, waren Sie zur Zeit der Entführung in der Bank. Haben Sie irgendetwas gesehen oder gehört, was Ihrer Meinung nach interessant sein könnte?«

»Ich bin Miss Wongs Busenfreundin, die Ehrenwerte Miss Daisy Wells«, drängte Daisy sich in den Mittelpunkt des Gesprächs. »Wir erinnern uns an nicht viel, oder, Hazel? Wegen dieses grauenhaften Ereignisses sind wir völlig aufgelöst – wer wäre das nicht?! Wir haben gesehen, wie das Kindermädchen mit Teddy den Lift betreten hat, dann haben wir uns in der Bank selbst umgeschaut. Anschließend sind wir wieder ins Foyer, wo der Chauffeur zu uns eilte und sich bereits wunderte, wo Teddy und sein Mädchen steckten. Gemeinsam sind wir in einem der anderen Aufzüge nach oben gefahren. Wenig später haben wir den mittleren Lift geöffnet und … nun … da lag sie!«

Gekonnt stockte ihr Atem, während sie den Detektiv mit großen Augen und bebender Brust anblickte. »Es war *grauenhaft*«, hauchte sie.

»Hm«, machte Detektiv Leung. »Trifft das zu?«, fragte er mich.

»Ja«, antwortete ich leise. Es *traf* zu – nur dass wir die Haarnadel nicht erwähnten. Der Detektiv durfte auf keinen Fall erfahren, dass es die war, die ich verloren hatte, sonst käme er noch auf die Idee, mich zu verdächtigen. »Aber es geht um mehr als Entführung. Su Li wurde ermordet.«

»Das ist mir durchaus bewusst«, sagte Detektiv Leung. »Das eine Verbrechen aufzuklären, bedeutet, auch das zweite zu enträtseln, und beide sind entscheidend. Deshalb müssen Sie mir sagen, falls Sie sich an noch etwas erinnern können. Ein Leben hängt davon ab.«

Er schien unter meine Haut zu sehen, auf dieselbe unangenehme Art wie Inspektor Priestley in England. Doch ich reagierte nicht und schließlich verneigte Detektiv Leung sich vor uns, um sich durch die Halle zur Treppe im hinteren Teil des Hauses aufzumachen.

Niedergeschlagen lehnte ich mich gegen einen der großen Töpfe und ließ mich vom süßen, leichten Duft der Orangenblüten einhüllen.

»Hazel.« Daisy lehnte sich neben mich, sodass unsere Gesichter im Schatten lagen. »Ich sehe, dass du dir Sorgen machst. Du denkst, dass Leung mit den Dienstboten sprechen, herausfinden wird, dass es deine Nadel ist, und dich anschließend für Teddys Entführung und Su Lis Ermordung verhaftet, bevor wir überhaupt ordentlich ermitteln können, oder?«

»Nein«, sagte ich wenig überzeugend.

»Hab keine Angst, Hazel. Kopf hoch und sei einfach die Hazel, die ich kenne. Ich weiß, es macht Angst und es geht dir wahnsinnig nahe, aber du musst dich zusammenreißen. Keine Ausreden! Du darfst nicht verzweifeln. Himmel –

hätte ich auf Fallingford einfach so aufgegeben, hätten wir den Fall vielleicht nie gelöst!«

Wie immer bei Daisy, trifft das nicht ganz zu. Ich habe sie noch nie so dicht vorm Aufgeben erlebt wie damals, als Mr Curtis starb und das Grauen der Auflösung zu dem Mord allmählich näher rückte. Beim Gedanken daran schauderte ich.

»Wir können noch eine Menge unternehmen, um dir zu helfen. Ich weiß, wir sind in einem fremden Land – zumindest fremd für mich –, aber es gelten dieselben Detektivregeln. Je früher wir den Fall lösen, desto früher können wir beweisen, dass du unschuldig bist. Nicht aufgeben! Detektiv Leung hat die Ermittlungen aufgenommen, aber wir auch! Wir *können* dieses Rätsel vor ihm lösen und beweisen, dass du nichts mit der Entführung zu tun hast. Das weiß ich. Und das heißt – ich hasse es, es auszusprechen, Hazel: Diesmal musst du die Führung übernehmen. Das soll nicht heißen, dass du ab sofort Vorsitzende der Detektei bist, keinesfalls! Es bedeutet nur, dass ich dir die Verantwortung vorübergehend übertrage. Du kennst dieses Haus und die Leute darin. Du weißt, was wir als Nächstes unternehmen sollten.«

»Oh«, sagte ich. In vergangenen Fällen bin ich immer besser darin geworden, selbstständig zu denken – oft zu Daisys Leidwesen. Doch ich hatte noch nie erlebt, dass sie mich darum *bittet*. Einen Augenblick lang war ich verblüfft, doch dann begriff ich, dass sie recht hatte: Obwohl ich zwei Jahre lang fort gewesen war, obwohl sich nach dem Tod meines Großvaters vieles verändert hatte, kannte ich mich in unserem Haus und den Menschen darin aus. Wenn ich die Führung übernehmen sollte, dann konnte ich das.

• TEIL DREI •

Ein Haus voller Geheimnisse

1

Detektiv Leung zu folgen, erwies sich als recht leicht. Überall im Haus schien man seine Anwesenheit zu spüren und seinen leichten, aber entschlossenen Gang zu hören. Wir verbargen uns vor ihm in Schatten und hinter Ecken, wann immer er uns zu nahe kam. Und wenn er mit den Dienstmädchen redete, lauschten wir an der Tür.

Er war ruhig, er war gelassen – und er hatte einen messerscharfen Verstand. Jeder, mit dem er sich unterhielt, war am Ende verblüfft, wie mühelos er ihm seine Geheimnisse entlockt hatte. Er versuchte herauszufinden, ob Su Li an der Intrige um Teddys Entführung beteiligt gewesen war oder ob ein anderer aus dem Haus dabei geholfen hatte. Noch hielt er die Haarnadel für einen Beweis dafür, dass die Triaden ihre Hände im Spiel hatten – doch das lag nur daran, dass er noch nichts von *meiner* verlorenen Nadel wusste. Wann immer die Sprache darauf kam, stockte mir der Atem. Es bräuchte ihn nur jemand mit der Nase darauf stoßen …

Mays Magd, Ah Kwan, sagte – beladen mit aufgesammeltem Spielzeug –, dass Su Li Teddy *niemals* etwas angetan hätte, trotzdem ließ sie Su Li nicht gerade nett dastehen. »Sie war viel zu stolz auf ihn«, meinte Ah Kwan. »Außerdem führte sie sich auf, als sei sie etwas Besseres, nachdem man sie ihm zugeteilt hatte! Wir alle hätten die Stelle gerne gehabt, aber Mr Wong hat sich für sie entschieden. Männerbekanntschaften? Sind uns nicht erlaubt – aber Su Li ging mit einem Jungen, Wu Shing. Vergangenes Jahr hat sie mit ihm Schluss gemacht – hochnäsig wie sie war! Wu Shing war der Liftboy? Du meine Güte! Dann hat er also doch noch seine Rache gekriegt. Und eine Haarnadel? Ist das nicht das Markenzeichen der Sai-Yat-Triadenbande? Armer kleiner Teddy, in dieses Schlamassel hineinzugeraten!«

Roses Mädchen, Pik An, die gerade im Musikzimmer aufräumte, bestätigte Ah Kwans Aussage über Su Lis Liebschaft: »Sie erzählte allen, dass er sie schrecklich behandelte. Hat gar nicht mehr aufgehört, sich darüber den Mund zu zerreißen!« – aber von einer Haarnadel, sagte sie, wüsste sie nichts.

»Mir ist zu Ohren gekommen, dass Sie zu den Triaden gehören«, sagte Detektiv Leung gefasst, woraufhin Pik An einen empörten Schrei ausstieß.

»Ich?«, rief sie. »Nicht die *Mägde* in diesem Haus gehören zu den Triaden!« Doch dann verstummte sie hastig.

»Danke«, sagte Detektiv Leung zufrieden. Sobald er sich der Tür näherte, gingen Daisy und ich hinter dem großen Paravent in Deckung, kurz bevor er die Halle betrat.

Plötzlich schoss mir ein Gedanke durch den Kopf. Ich hatte über Su Li nachgedacht und erinnerte mich an etwas – ich wusste ganz genau, wohin wir als Nächstes mussten. Ich winkte Daisy zu mir und gemeinsam schlichen wir die Treppe hinauf. Mir folgen zu müssen, missfiel ihr deutlich. Immerzu murmelte sie ärgerlich: »Hazel, wohin gehen wir? Hazel, nun *rede mit mir*!«

Tat ich aber nicht.

Ich führte Daisy ins Stockwerk über der Küche, wo die Hausmädchen und *Mui tsai* in kleinen heißen Holzkammern wohnen. »Ooh!«, sagte Daisy hinter mir. »Clever, Hazel!«

Es dauerte etwas, bis ich Su Lis Zimmer gefunden hatte, denn man hatte sie umquartiert. Erst als ich die Tür neben der Kammer Assais, der persönlichen Magd meiner Mutter, aufschob, entdeckte ich Su Lis kleinen Dekor-Emaillevogel auf dem Nachttisch. »Hier sind wir richtig!«, flüsterte ich Daisy zu und winkte sie hinein.

Su Lis Bett war ordentlich gemacht und abgesehen von dem Vogel war ihr Nachttisch leer. Als ich ihren kleinen Schrank öffnete, fand ich ihre Uniformen, die blass und schlaff wie Gespenster vom Haken hingen. Ich schauderte. Am Boden des Kleiderschranks stand eine Kiste, ein recht billiger Pappkarton, tiefrot angemalt. Mir fiel ein, wie ich mit baumelnden Beinen auf Su Lis Bett gesessen und ihr dabei zugesehen hatte, wie sie behutsam ihre Schätze darin verstaute. Die wichtigsten waren immer ganz unten gewesen.

Vorsichtig ging ich den Inhalt der Schachtel durch, schob getrocknete Blumen, hübsche Papiere und Seiten aus alten Zeitschriften meiner Mutter beiseite. Darunter befanden sich zwei kleine abgegriffene Fotografien. Auf einer war ein gutaussehender junger Mann mit einem schelmischen Funkeln im Blick. Obwohl ich ihm nur ein einziges Mal begegnet war, erkannte ich ihn sofort.

»Schau!«, wisperte ich Daisy zu. »Ah Kwan hat es vorhin gesagt: Der Liftboy war Su Lis Ex-Freund. Oh, Daisy, sie *hat* ihn gekannt. Und er hat sie getötet. Wie schrecklich! Meinst du, er hat es getan, weil sie mit ihm Schluss gemacht hatte?«

»Ein gebrochenes Herz sollte *kein* Grund sein, jemanden zu ermorden«, sagte Daisy entschieden. »Wenn das sein Motiv war, ist er wirklich bösartig.«

Fröstelnd gab ich ihr recht. Wir hatten es bereits in früheren Fällen mit Verdächtigen zu tun, deren Liebe verschmäht worden war, und ich hatte es immer furchtbar falsch gefunden, jemandem den Tod zu wünschen, nur weil er oder sie einen nicht mehr liebte.

»Hm … was, wenn es bei allem tatsächlich nur um Su Li geht?«, fragte Daisy und legte die Stirn in Falten. »Ach, was für ein merkwürdiger Fall!«

Ich schaute mir das andere Foto an. Darauf war ein Junge, nur wenige Jahre jünger als wir, der mit einem schiefen Lächeln auf dem schmalen Gesicht in die Kamera blickte. Er wirkte ziemlich frech.

»Gut, wir wissen, wer Wu Shing ist, aber wer ist *das*?«, fragte Daisy neugierig.

»Keine Ahnung!« Ich wurde seltsam traurig. Su Lis Leben bestand aus so viel mehr als ich je geahnt hatte. Sie hatte eine Beziehung gehabt und mir nichts davon verraten. Plötzlich dachte ich an ihre Familie. Ich hatte sie nie kennengelernt – eigentlich hatte ich Su Li gar nicht gekannt.

Doch dann stießen meine Finger zwischen den Bildern auf etwas anderes: ein weiches Stück Stoff, das um etwas Kratziges gewickelt war. Als ich es herauszog, sah ich, dass es eine Schleife aus einem schmalen orangen Seidenband war, die eine dunkle Haarsträhne zusammenhielt. Darunter befand sich ein gefalteter Brief.

»Oh!«, sagte Daisy. »Ein romantisches Andenken?«

»Nein«, krächzte ich. Beim Aufklappen des Zettels war mein Hals ganz trocken geworden. »Ganz und gar nicht. Daisy – das ist mein Babyhaar. Und der Brief … er stammt von *mir*. Es ist einer der ersten, die ich nach Hause geschickt habe, kurz nachdem ich an die Deepdean kam. Sie ... sie hat ihn genommen und behalten.«

Meine Hände zitterten. In den letzten Tagen hatte ich mir eine neue Wahrheit eingeredet: Dass Su Li sich nie wirklich etwas aus mir gemacht hatte. Dass sie mich nur zu gern durch Teddy ersetzt hatte und die Freundlichkeit am Tag ihres Todes aufgesetzt gewesen war. Doch wenn das stimmte, warum hatte sie meine Haare an dem Ort aufgehoben, der ihren Schätzen vorbehalten war? Warum hatte sie meinen Brief aufbewahrt? Ich hatte geglaubt, Teddy hätte meinen alten Platz eingenommen. Aber was, wenn ich alles völlig falsch gedeutet hatte? Immerhin hatte Su Li nicht darum *gebeten*, sich um Teddy kümmern zu dürfen. Mehrfach hatte man uns berichtet, dass mein Vater es so bestimmt hatte. Ah Kwan hatte erzählt, dass Su Li stolz war – aber warum sollte ich das glauben? Warum hatte ich nicht begriffen, dass die anderen Mägde und *Mui tsai* ebenso eifersüchtig gewesen waren wie ich, wenn auch aus anderen Gründen? Ja, Su Li hatte mich ignoriert. Doch was, wenn sie sich dazu *gezwungen* hatte?

Mit brennenden Wangen schob ich Haar und Schleife in meine Hosentasche.

»Daisy«, sagte ich mit bebender Stimme. »Ich glaube, wir lagen falsch, was Su Li angeht. Sie hat sich in den vergangenen zwei Jahren nicht auf einmal verändert, ist stolz oder gemein oder sonst etwas geworden. Sie war ganz die Alte. Man hat sie *gezwungen*, Teddys Kindermädchen zu werden. Und weil sie diese neue Stellung hatte, waren alle anderen Dienstmädchen eifersüchtig. Als ich nach Hause kam, *musste* sie mich ignorieren. Ich habe es falsch verstanden, Daisy.

Ich … habe nicht darauf geachtet, was wirklich vor sich ging. Sie wollte es mir sagen, aber ich habe nicht auf sie gehört. Und jetzt ist sie tot und ich kann mich nicht mehr entschuldigen!«

»Oh, Hazel!« Ausnahmsweise einmal fehlten Daisy die Worte. Ich rieb mir mit dem Taschentuch über die Augen, während sie meinen Arm tätschelte. »Aber … na ja … uns bringt das was, nicht? Es wird immer deutlicher, dass Su Li nichts mit dieser ganzen Verschwörung zu tun hatte. Sie war das Opfer. Wir haben herausgefunden, warum Wu Shing ihren Tod gewollt haben könnte, und jetzt wissen wir, warum sie gezögert hat, bevor sie zu ihm in den Aufzug gestiegen ist.«

Ich schluckte. »Aber …«, stammelte ich. »Gestern haben wir es nicht begriffen. Wir hätten ihr helfen sollen, Daisy. Ich hätte ihr helfen sollen!«

Der Gedanke war so schrecklich, dass ich ihn nicht ertragen konnte. Ich wollte irgendwohin, wo ich mich sicher und geborgen fühlte, nach allem, was ich gerade erfahren hatte. Und dafür kam nur ein Ort infrage.

2

Die Küche ist mit dem Haupthaus durch einen schmalen, ruhigen Durchgang im Erdgeschoss verbunden – ein bisschen erinnert das Ganze an eine Eieruhr. Auf dem Weg durch diesen Gang sah ich durch das Fenster links von uns den Bambushain, den roten Pavillon und den Garten für die Schnittblumen. Dann tauchten wir in die brutale Hitze der Küche ein.

Ich dachte an die Küche auf Fallingford, kalt und leer, der nur das Wuseln der kleinen Mrs Doherty und Hettys rote Haare Leben einhauchten. Und ich konnte mir keinen größeren Gegensatz vorstellen. Die Küche in unserem Haus ist grundsätzlich voll – voll mit Köchen in weißen Kitteln und Kellnern, voll mit Dampf, Gerüchen und dem Funkeln von Messern, die sich heben und nach unten sausen, um Gemüse zu teilen und Fleisch von Knochen zu trennen.

Am Eingang stand ein Teller mit Kuchen bereit – der extra für die Kinder dort aufgestellt worden war, genau wie früher immer, bevor ich nach England gezogen bin. Als ich ihn sah, musste ich lächeln – wenigstens das hatte sich nicht geändert.

Ich nahm eins der Küchlein. Dick und golden lag es in meiner Hand, oval wie ein Ei, und blätterte etwas ab. Als ich hineinbiss, quoll süße Lotuspaste in meinen Mund, die ein winziges Stück eingelegtes Ei umhüllte.

»Hazel«, sagte Daisy und spähte in ihr Küchlein. »Ich glaube, meins ist schlecht. Es ist im Innern ganz … schwarz.«

»Ach, das ist nur das tausendjährige Ei«, erklärte ich. »Das gehört so.«

»Himmel!«, sagte Daisy. »Es … schmeckt schrecklich intensiv. Hmm.«

Sie reichte mir ihr Küchlein, das ich gern an ihrer Stelle verputzte. Dann trat sie einen Schritt hinter mir zurück und betrachtete mit höchst Daisy-untypischer Zurückhaltung das emsige Treiben in der Küche.

»Miss Wong! Hallo!«, rief Ng, der Koch, und eilte in seinem weißen Anzug auf uns zu. Wie immer glänzte sein Gesicht vor Schweiß, denn er war immer am Wirbeln. Er war groß, dünn und hatte ein Gesicht wie ein umgedrehtes

Dreieck. Man hätte meinen können, er wäre völlig haarlos, denn sein Zopf war unter der Kochmütze verschwunden und seine Augenbrauen waren so fein und dünn, dass man sie kaum erkennen konnte. Aus ihm drang ein Schwall von Worten, die so energiegeladen waren wie er selbst.

»Miss Wong! Was tun Sie hier? Weiß Ihr Vater Bescheid? *Sollten* Sie hier sein, nach dem, was geschehen ist? Armer Master Teddy … und arme Su Li, auch wenn sie so eingebildet war. Sterben hatte sie trotzdem nicht verdient. Ihrer großen englischen Freundin hat der Kuchen wohl nicht geschmeckt, was? Hah!«

Daisy schaute erschrocken drein. Diesen Gesichtsausdruck sah ich immer öfter an ihr, jedes Mal, wenn ich Kantonesisch redete. Ich fühlte mich dabei ganz komisch, als wäre ich gewachsen – oder als wäre Daisy geschrumpft.

»Ich vermisse deine Kuchen, Ng«, sagte ich und war vor Traurigkeit ganz wacklig auf den Beinen. »Ich habe dich vermisst.«

»Was für ein schlechter Zeitpunkt, um heimzukommen«, sagte Ng. »Sie kamen wegen Ihres Großvaters, was schon traurig genug ist, aber nun auch noch das, was? Armer kleiner Teddy, und arme Su Li«, wiederholte er.

»Jeder sagt so ekelhafte Sachen über Su Li!«, sagte ich schnell. »Aber sie ist *tot*!«

»Es tut mir leid, Miss Hazel«, erwiderte Ng. »Ich weiß. Es ist ein trauriges und seltsames Verbrechen.«

»Wie meinst du das?«, fragte ich.

»Diese Haarnadel soll von den Triaden kommen, was?«, sagte Ng. »Stimmt aber nicht. Fragen Sie mich nicht, woher ich es weiß, aber ich weiß es nun einmal: Sai Yats Bande hat nichts damit zu tun.«

Ich ballte die Hände zu Fäusten. Worauf wollte Ng hinaus?

»Auf der anderen Seite gibt es viele Menschen, die Ihren Vater gerne leiden sehen würden«, meinte Ng. »In letzter Zeit gibt er sich so große Mühe, ein guter Geschäftsmann zu sein, dass er glatt vergisst, ein pflichtbewusster Sohn zu sein, was? Will kein Mitglied der Tung Wah werden, obwohl Ihr Großvater immer im Ratsvorsitz war. Mr Wa Fan schickte vor einigen Wochen eine offizielle Einladung, aber Ihr Vater hat sich geweigert, darauf einzugehen.«

»Woher weißt du das?«, fragte ich.

»Ich habe meine Augen und Ohren überall.« Ng zuckte mit den Schultern und wackelte mit seinen dünnen Augenbrauen. »Und bei seinen Geschäften ist es dasselbe: Er tritt anderen auf die Füße. Vor ein paar Tagen kam Mr Svensson vorbei, um Mr Wong zu bitten, ihn bei einem neuen Projekt zu unterstützen. Ich habe ihnen Tee und Laopo-Kuchen serviert, aber sie ließen alles unangetastet zurückgehen. Essen fällt schwer, wenn man nur mit Streiten beschäftigt ist, was? Mr Svensson braucht das Geld. Er sieht reich aus, aber ich habe gehört, dass er für sein neues Haus ein Vermögen ausgegeben hat. Ihr Vater weiß das, deshalb beißt er auch nicht an. Eine alte Bittstellerin Ihres Großvaters hat er genauso zum Teufel gejagt. Die Zeiten haben sich geändert, was? Und nicht unbedingt zum Besseren.«

Ich war ganz aufgeregt. Ng hatte einiges erwähnt, was uns bei unseren Ermittlungen weiterhelfen konnte.

»Das ist ja interessant!«, sagte ich. »Hast du dem Detektiv erzählt, was du von der Idee mit den Triaden hältst?«

»Mit Detektiven rede ich nicht, Miss Hazel«, antwortete Ng. »Wenn er vorbeikommt, werde ich wohl keine Zeit für ihn haben.«

Ich wollte ihm danken – aber mir war klar, wie verdächtig ich mich dadurch gemacht hätte. Also verneigte ich mich lediglich, drehte mich um und bugsierte Daisy aus der Küche.

3

Als wir hinter dem großen Paravent die Empfangshalle betraten, hörte ich Detektiv Leung auf Kantonesisch rufen: »Sie da!«

Ich dachte, er meinte uns, und zuckte schon zusammen, da …

»Sie sind Miss Wongs Magd, oder nicht?«

»Ja, Sir«, antwortete Ping recht nervös. Ich konnte mir ausmalen, wie sie panisch die Hände auf die Wangen drückte. »Ich heiße Ping.«

»Warte!«, zischte ich Daisy zu, schnappte mir ihr Handgelenk und zog sie zurück hinter den Schirm. »Das ist Ping! Leung hat sie gefunden!«

»Ich muss Ihnen einige Fragen stellen«, fuhr der Detektiv fort. »Sie waren heute Vormittag bei Miss Wong und ihrer Freundin, nicht wahr? Sie haben sie zu keiner Zeit aus den Augen gelassen?«

»Ja, Sir«, wisperte Ping. »Und nein, Sir. Ich blieb bei ihnen, bis … bis wir wieder zu Hause waren, heute Nachmittag.«

»Sie haben die Leiche gesehen?«

»Ja, Sir.« In Pings Stimme lag ein Schluchzen. »Arme Su Li! Armer Teddy!«

»Kam Ihnen am Tatort irgendetwas merkwürdig vor?«, wollte Detektiv Leung wissen.

»Dort war eine Tote, Sir«, sagte Ping. »Es war grauenhaft! Und die Nadel in ihrem Körper … das Zeichen einer Triadenbande!«

»Ja, davon habe ich gehört«, sagte Detektiv Leung. Bildete ich es mir nur ein oder war in seiner Stimme etwas Schneidendes? »Und Miss Wong – wie nimmt sie die Sache auf?«

Ich schnappte nach Luft und umklammerte Daisys Arm. »Worum geht es?«, zischte sie mir zu. Ich schüttelte abwehrend den Kopf.

»Miss Hazel war so traurig, dass sie sich in ihrem Zimmer eingeschlossen hat, Sir. Es hat ihr das Herz gebrochen.« Doch ich hörte die Unsicherheit in ihrem Tonfall und wusste, dass dies auch Detektiv Leung nicht entgangen war.

»Jetzt sind Sie nicht bei ihr«, stellte er fest. »Wo ist sie?«

»Ich … ich weiß es nicht«, antwortete Ping.

»Geht sie Ihnen öfter durch die Lappen? Verlässt sie allein das Haus?«, fragte der Detektiv. »Haben Sie je gesehen, dass Miss Wong mit … verdächtigen Personen geredet hätte?«

»Nein, Sir«, sagte Ping schnell. »Natürlich nicht! Nur …«

Sie verstummte. Plötzlich hatte ich Schwierigkeiten zu atmen. Mir war klar, dass sie an die Frau dachte – diejenige, die mich angerempelt hatte. Mehr als ich es sah, spürte ich regelrecht, wie Daisy mich musterte, und konnte mir bestens die besorgte, frustrierte Miene auf ihrem Gesicht vorstellen. Daisy wusste, dass etwas schrecklich schieflief, aber obwohl sie es sich vermutlich denken konnte, verstand sie nicht, worum es in dem Gespräch ging.

»Aber was?«, bohrte Detektiv Leung nach.

»Nichts, Sir«, sagte Ping so leise, dass ich sie kaum hören konnte. »Ich habe nichts mehr zu sagen.«

»Ich verstehe. Danke, Ping. Fürs Erste wäre das alles.«

4

Ich traute mich nicht nachzusehen, doch Daisy steckte den Kopf hinter dem Paravent hervor. »Er ist nach draußen gegangen!«, wisperte sie mir zu. »Ping ist allein. Die Luft ist rein. Was ist passiert?«

»Er fragte Ping, wie ich mich benehme«, flüsterte ich zurück. »Er wollte wissen, ob ich irgendwann allein unterwegs war. Daisy, ich glaube, er verdächtigt mich! Komm mit, wir müssen mit ihr reden.«

Gemeinsam traten wir hinter dem Sichtschirm hervor und Ping kreischte auf. Ihr Gesicht war so rot wie noch nie.

»Miss Hazel!«, sagte sie. »Sie haben mich erschreckt. Ich bin ganz … oh, alles ist so furchtbar! So ein gruseliger Mann!«

»Du hast ihm nicht gesagt, dass die Haarnadel wie meine aussah!«, sagte ich auf Kantonesisch zu Ping. »Warum?«

»Weil ich weiß, dass es irgendein Irrtum sein muss. Sie *sah* aus wie Ihre, aber … Su Li war *Ihr* Kindermädchen. Sie hätten ihr nie etwas getan. Genauso wenig hätten Sie Teddy in Gefahr gebracht.«

»Danke«, sagte ich ganz benommen zu Ping. »Das … Vielen, vielen Dank.« Ping schaute mich ernsthaft verängstigt und verwirrt an. In diesem Augenblick erkannte ich, dass sie mich gründlich abwog und schließlich für unschuldig befand – zudem wurde mir klar, dass wir sie ausschließen konnten.

»Miss, ich glaube, er wollte jetzt zu Wo«, sagte Ping. »Was, wenn er etwas sagt? Er weiß auch von Ihrer Haarnadel.«

Panisch starrten wir uns an.

»Hazel!«, beschwerte Daisy sich. »Hazel, worüber redet ihr? Was hast du vor? Du guckst wirklich schrecklich komisch – HAZEL!«

Doch Ping und ich waren schon auf halbem Weg zur Haustür.

Wo On hatte offensichtlich den Wagen meines Vaters poliert. Das Leder hielt er noch in den Händen, während er sich mit Detektiv Leung unterhielt. Gerade schüttelte er den Kopf und ich hörte, wie er sagte: »Nein. Ich war bei den anderen Fahrern, von dem Moment an, als Su Li in den Aufzug ging, bis ich sie um zwanzig nach zwölf suchen ging.«

»Sie haben die Leiche gesehen?«, erkundigte sich Detektiv Leung.

»Ja«, antwortete Wo. »Ich habe die Lifttüren aufgestemmt.«

»Ist Ihnen die Haarnadel aufgefallen?«, fuhr Detektiv Leung fort.

Ich bemerkte, dass Wo die Schultern spannte. Er reckte das Kinn in die Höhe – und entdeckte uns, als wir zu dritt die Stufen hinab auf ihn zuliefen.

»Oh ja, eine Haarnadel habe ich gesehen«, sagte er laut.

»Das ist das Markenzeichen der Sai-Yat-Bande – jeder weiß das.«

»In der Tat.« Detektiv Leung drehte sich zu uns um.

Ich erstarrte. Das brave Mädchen in mir wusste, dass ich alles gestehen sollte. Doch dieser Teil von mir war im Augenblick sehr, sehr klein. Alles, was an mir Detektivin war, wusste nämlich, dass ich das unbedingt bleiben lassen sollte. Ich atmete tief ein, reckte wie Wo On trotzig das Kinn vor und sah Detektiv Leung direkt in die Augen.

»Ich habe das auch gehört«, sagte ich zu ihm. Noch nie hatte ich mich so sehr wie Daisy gefühlt wie in diesem Moment.

»Arme Miss Hazel«, sagte Wo und verschränkte die Arme. »Das hat sie hart getroffen. Su Li war früher ihr Mädchen, und Teddy ist ihr kleiner Bruder. Sie war schrecklich außer sich, als sie das Verbrechen bemerkte.«

»Es war grauenhaft«, sagte Daisy laut auf Englisch. »Hazel und ich haben einfach *keine* Vorstellung, was da passiert sein könnte, darauf haben Sie mein Wort – als *Ehrenwehrte*!«

Natürlich dachte sie, er ließe sich davon beeindrucken, doch ich sah Detektiv Leungs verdatterten Gesichtsausdruck und musste beinahe kichern. Er bemühte sich um Höflichkeit, begriff aber nicht, was sie damit sagen wollte.

»Nun«, meinte Detektiv Leung schließlich. »Danke, Miss Wong, Miss Wells. Ich habe zu diesem Zeitpunkt keine weiteren Fragen an Sie oder Ihre Dienstboten. Mir scheint, der nächste Schritt ist es, Sai Yat und seine Bande zu überprüfen.«

Ich nickte nur, weil ich keinen Ton herausbrachte, und sah zu, wie er sich von uns abwandte und die Granitstufen zum

Haupthaus hinauflief. Ich kam mir vor wie im Auge des Sturms, umringt von Gewitterwolken. Mir war wohl bewusst, dass jeden Augenblick ein Donnerwetter losbrechen könnte – doch im Moment war ich sicher. Ich atmete auf.

»Danke«, sagte ich zu Wo. »Vielen, vielen Dank.«

Wo schnitt eine Grimasse. »Ich hätte nie etwas anderes getan. Mir ist klar, dass es wegen dieser Haarnadel irgendeine Verwechslung gegeben haben muss. Sie sah aus wie Ihre, aber Sie haben mit dieser Sache nichts zu tun. Ich würde meine Pflicht vernachlässigen, würde ich Sie nicht aus diesem Schlamassel heraushalten.«

»*Pflicht*«, wiederholte ich. Obwohl ich gerade erst den Beweis dafür gefunden hatte, dass ich für Su Li mehr als nur Pflicht gewesen war, traf mich das Wort hart.

»Pflicht und Zuneigung.« Wong zwinkerte mir zu. »Für jeden hier im Haus würde ich das nicht tun, das verspreche ich Ihnen. Seit Sie fort sind, hat sich hier mehr verändert, als Sie sich vorstellen können. Teddy ist ein braves Baby, aber als er geboren wurde, war jeder wie vor den Kopf gestoßen. Ihre Mutter war nicht gerade begeistert, und als Su Li Teddys Amme wurde, stand das ganze Haus Kopf. Ihre Mutter und Ihr Vater hatten einen ihrer …« Er wedelte mit den Händen – ich sah es vor mir: das lange Schweigen, das Vermitteln von Botschaften durch Diener und Kinder und Jie Jie, so wie es bei Streitereien zwischen meinen Eltern immer ablief. »Sie wissen, was ich meine. Dann starb Ihr Großvater. Seit Monaten schon ist hier nichts mehr in Ordnung.«

»Ich weiß«, sagte ich mit belegter Stimme. Plötzlich war ich wütend, weil ich noch nicht erwachsen war. Womöglich wüsste ich dann, wie ich Teddy zurückholen könnte. Ich wüsste, wie ich mit meinen Gefühlen umgehen sollte – mit dem Tod von Su Li, die mir so viel bedeutet hatte, und dem Tod von Ah Yeh, den man nicht wieder ungeschehen machen noch lösen und erst recht niemandem *vorwerfen* konnte. Ich wäre alt genug, meinen Vater nicht mehr zu brauchen. Er zumindest machte gewiss den Eindruck, als würde er mich nicht mehr brauchen.

»Ihr Großvater hatte ein gutes Leben und einen guten Tod«, sagte Wo On. »Doch Su Li … Sie hatte nicht verdient, was ihr zugestoßen ist.«

»Hast du irgendetwas gesehen, was vielleicht wichtig sein könnte?«, brachte ich schließlich heraus.

Wo On zuckte mit den Schultern. »Ich war bis zwanzig nach zwölf draußen, Miss Hazel, wie ich dem Detektiv schon sagte, und gesehen habe ich nur diesen alten Mr Wa Fan, der am Wagen vorbeilief, kurz bevor ich reinging, um nach Ihnen allen zu suchen. Er hatte eine Arzneiflasche in der Hand. Schon komisch – immer tut er so, als würde er allein der chinesischen Medizin vertrauen, und dann rennt er zu den europäischen Ärzten!«

Mir stockte der Atem. Mr Wa Fan war der Einzige auf unserer Verdächtigenliste, der anscheinend weder in der Bank noch bei den Ärzten gewesen war – doch nun hatten wir einen Zeugen, der ihn dem Tatort zuordnen konnte!

5

Ich musste fort! Ohne Vorwarnung zerrte ich Daisy in den Bambushain neben dem Haus. Wir schoben uns durch die raschelnden grünen Blätter, und absichtlich sagte ich Daisy nicht, dass sie auf Schlangen achtgeben sollte.

Der Pavillon in unserem Garten ist ganz anders als der auf dem Sportgelände der Deepdean. Er ist aus rot bemaltem Holz und nach allen Seiten hin offen. Schweigend setzten wir uns auf die Bänke darin. Eine Weile fächerte Daisy sich Luft zu, betrachtete den Garten ringsum und sah mich nicht an.

»Himmel. Hier ist es sogar heiß, wenn es nicht heiß ist«, stellte sie fest.

Ich saß da und atmete tief durch, bis ich nicht länger den Eindruck hatte, jeden Moment losheulen zu müssen. Der Tod meines Großvaters, der Mord an Su Li, der Verlust von Teddy und dann auch noch diese Haarnadel schienen mir die Luft abzuschnüren. Doch nach ein paar Minuten lichtete sich das Chaos und ich konnte wieder wie eine Detektivin denken.

»Danke«, sagte ich endlich.

»Keine Ursache, Hazel«, sagte Daisy und wedelte abwehrend mit der Hand. »Obwohl ich dich doch sehr darum bitten möchte, mir zu erklären, was um alle Welt gerade passiert ist. Ich konnte so gut wie nichts verstehen! Ich finde es wirklich unfair, dass du eine andere Sprache sprechen kannst. Erzähl mir alles! Der Detektiv hat dich doch nicht beschuldigt, oder?«

»Nein. Weil Ping und Wo mich beschützen. Aber ich weiß nicht, wie lange das noch gut geht. Bestimmt verdächtigt Detektiv Leung mich allmählich.«

»Watson, wir stehen das durch, du wirst sehen. Und falls dein Vater von der Nadel erfährt – tja, dann bleibt zu hoffen, dass er *weiß*, dass du es nicht warst. Bei Familienmitgliedern *weiß* man so etwas. Aber jetzt erzähl, was du alles erfahren hast!«

»Ng – der Koch – glaubt nicht, dass die Triaden Teddy entführt haben. Er glaubt, es war jemand, der Vater nicht mag. Er hat mir von einem Streit zwischen Vater und Mr Svensson berichtet, bei dem es um Geld ging. Ich vermute, darum ging es auch bei dem Zank auf der Party – Mr Svensson braucht Geld, weil er zu viel für sein neues Haus ausgegeben hat. Und dann wäre da noch Mr Wa Fan. Ng sagt, er ist wütend auf Vater, weil er sich den Tung Wah nicht anschließen will. Für mich klang es so, als könnte es ihm tatsächlich wichtig genug sein, um ein Motiv darzustellen. Und dann hätten wir Mrs Fu. Ng erwähnte, dass Großvater eine Bittstellerin unterstützt hat, was Vater aber beenden will – nach dem Gespräch auf der Party frage ich mich, ob Ng von Mrs Fu geredet hat.«

Daisy nickte. »Interessant. Sehr interessant. Na schön, was noch?«

»So wie Wo und Ping sich benehmen, glaube ich, dass wir sie von der Liste streichen können. Wären sie in die Sache verwickelt, würden sie mich nicht beschützen – außerdem waren sie gestern Abend nicht auf der Feier und ich war noch gar nicht dazu gekommen, Wo darum zu bitten, die Haarnadel zu holen. Daher hätte keiner von ihnen sie Wu Shing geben können! Außerdem erwähnte Wo, dass er heute Mittag Mr Wa Fan gesehen hat – er kam aus der Bank, mit Medizin in der Hand, also muss er bei einem der Ärzte gewesen sein. Wir sind davon ausgegangen, dass er nicht am Tatort war, aber nun wissen wir es besser! Und noch etwas«, sagte ich. »Ich weiß, es klingt dämlich und an den Haaren herbeigezogen, aber in Hongkong sind die Triaden wirklich überall. Ich glaube … ich glaube, Ng könnte eines ihrer Mitglieder sein.«

Daisy strahlte. »Oh, wie aufregend! Triadengangster, *hier* bei euch zu Hause! Echte Kriminelle – stell dir das vor! Wenn das keine nette Abwechslung ist!«

»Das ist keine Abwechslung«, sagte ich. »In England haben wir jede Menge Kriminelle kennengelernt.«

»Ach von mir aus, dann eben nicht.« Daisy zwinkerte mir zu. »Sag schon, wie fangen wir es an, unsere Verdächtigen zu überprüfen?«

»Ich finde –«, setzte ich an.

Plötzlich preschte May durch den Bambus auf uns zu. Sie wedelte mit einem Stück Holz, dem abgebrochenen Zweig eines Pfirsichbaums, und brüllte etwas. Ihr Ast schlug gegen die hohlen Bambusstiele. Mit klopfendem Herzen stand ich auf: »May! Schlangen!«, rief ich auf Englisch.

»ICH BIN NICHT MAY, SONDERN DIE PIRATIN ZHENG YISAO. PIRATEN SIND SCHLANGEN EGAL!«, brüllte May mich an.

Bevor ich mich rühren konnte, raschelte es in den Büschen hinter uns und einer der Gärtnerjungen tauchte auf. Er rannte zu May und schleppte sie aus dem Bambus. Kreischend trat sie nach ihm und versuchte, sich zu befreien. Eigentlich hätte es ihr leichtfallen sollen, denn der linke Arm des Jungen endete knapp unterhalb des Ellbogens. Dafür war sein rechter Arm so kräftig, dass er May ohne Anstrengung in Schach hielt.

»Sagtest du *Schlangen*, Hazel?«, fragte Daisy recht blass. »Nicht, dass mir Schlangen etwas ausmachen würden, ganz und gar nicht, aber …«

»Im Bambus gibt es Schlangen«, antwortete ich grinsend. »Wir sind in Hongkong, Daisy.«

»Als könnte ich das vergessen«, murmelte sie.

Der Gärtnerjunge kam mit May unter dem Arm zum Pavillon.

»Miss Hazel«, sagte er und verbeugte sich höflich. Sein Haar war zu einem chinesischen Zopf gebunden und auf den Knien seiner Uniform prangten Schmutz und Grasflecken. Er schien unser Alter zu haben, vielleicht ein Jahr älter. Als ich sein Gesicht sah, bekam ich einen Schreck. Ich hatte ihn noch nie getroffen – wie viele der Diener war er nach meiner Abreise nach England eingestellt worden. Trotzdem kannte ich ihn – er war der Junge mit dem schmalen Gesicht von Su Lis Bild! Daisy stieß mich unnötig fest an – auch sie hatte ihn erkannt.

»Ihre Schwester. Ich musste sie in Sicherheit bringen.« Er sprach Kantonesisch.

»Danke«, erwiderte ich. »Wir kümmern uns um sie und bringen sie gleich zurück ins Haus.«

Mir kam ein ziemlich unbequemer Gedanke. Der Junge musste während unserer Unterhaltung in der Nähe gewesen sein. Hatte er uns belauscht? Und warum bewahrte Su Li sein Bild in ihrer Schatzkiste auf? War er irgendwie in diesen Fall verwickelt? Konnten wir ihm trauen?

»Auf deinem Rücken sitzt eine Schlange«, sagte ich auf Englisch. Das Lächeln im Gesicht des Jungen blieb unverändert. Ich war erleichtert – alles war in Ordnung. Er hatte nicht verstanden, worüber wir geredet hatten.

Ich schnappte mir May – vielleicht etwas unsanfter als nötig (sie quiekte und beschwerte sich: »He, große Schwester! Au!«).

»Miss Hazel?«, wandte der Junge sich auf Kantonesisch an mich. Ich drehte mich noch einmal um. Er lächelte noch immer übers ganze Gesicht. »Geben Sie acht. Auch auf Ihrem Rücken sitzt eine Schlange.«

Schnell wie der Blitz rannte er in den Blumengarten und ließ mich schlotternd zurück.

6

Wieder im Haus stießen wir auf Ping, die bereits auf uns wartete und nervös von der Treppe aus winkte.

»Bibliothek!«, raunte sie. »Schnell! Es ist etwas passiert!«

Sicherlich hatte mein Vater von der Haarnadel erfahren! Ich sah mich in unsere Bibliothek kommen, in der es immer nach Leder und sanft vermodernden Büchern roch, egal wie gründlich mein Vater sie lüften ließ, und ihm in seinem Schreibtischstuhl gegenübertreten. Ich konnte ihn praktisch schon schreien hören.

Doch als Daisy und ich kleinlaut in den Raum schlichen, fanden wir dort ein Durcheinander vor, mit dem ich so gar nicht gerechnet hatte. Das ist das Problem mit der Vorstellung: Je mehr man sie nutzt, desto mehr muss man einsehen, dass die Welt im Kopf so gar nicht die ist, in der man lebt.

Wenigstens die Bibliothek selbst war wie immer: Die chinesischen Bücher standen links, die englischen rechts neben den großen Fenstern. Mitten im Raum stand der große goldene Globus, den man drehen und mit dem Finger über die dahinrauschenden Länder streifen kann. Als ich klein war, habe ich das zu gern getan. Neben dem zweiten Fenster, von dem aus man auf den Victoria Peak blickt, befand sich der Schreibtisch meines Vaters mit dem Fernsprecher darauf.

An diesem Tisch saß Maxwell, den Kopf in die Hände gestützt, während mein Vater vor ihm aufgebracht über das Parkett tigerte. Auch Jie Jie war da, lehnte mit dem Rücken an einem Regal und rang mit Tränen auf den Wangen die Hände.

»Was ist passiert?«, fragte ich nervös.

Erst jetzt wirbelte Vater herum und sah mich. Sein Haar war durcheinander und seine Brille saß schief. Die Adern in seinen Augen traten hervor, wodurch das Weiß darin dunkler und er ziemlich furchterregend erschien.

»Es gibt eine Lösegeldforderung«, sagte er. Mein Vater bebte vor Wut, gleichzeitig war seine Stimme vor Verzweiflung heiser, was ich nicht von ihm kannte.

»Eine Lösegeldforderung?«, wiederholte ich und hörte, dass auch meine Stimme zitterte. »Was wollen sie?«

»Einhunderttausend Dollar«, antwortete mir Maxwell. »Zu übergeben am Donnerstagmittag in den Kowloon Docks. In drei Tagen.«

»Teddy … angeblich ist er in Sicherheit«, berichtete Jie Jie leise – so leise, wie ich sie noch nie habe reden hören. Normalerweise ist Jie Jie so fröhlich und laut wie May, aber jetzt war sie aschfahl im Gesicht und ihre Augen hatten rote Ränder.

»Er lebt. Ich konnte ein Baby weinen hören«, sagte mein Vater. Jie Jie brach in Tränen aus und mein Vater, den ich noch nie dabei gesehen hatte, wie er eine seiner Frauen auch nur berührte, schlang die Arme um sie. Sie stützten sich gegenseitig, gespiegelt vom glänzenden Parkettboden. Verlegen wandte ich den Blick ab.

Dabei entdeckte ich Daisy. Klammheimlich war sie von meiner Seite gewichen und an den Tisch meines Vaters getreten. Sie stützte sich dagegen – allem Anschein nach gebannt von dem Moment zwischen Jie Jie und meinem Vater –, legte die Hand auf einige Papiere am Rand und fächerte sie etwas auf.

Kurz darauf hatte sie bereits eins der Blätter in den Falten ihres Rocks verschwinden lassen und stützte betrübt die Hand in die Taille. Als sie bemerkte, dass ich sie beobachtete, zwinkerte sie mir zu. Es vergeht keine Sekunde, in der Daisy keine Detektivin ist.

»Der Mann flüsterte«, erläuterte mein Vater, bevor er sich räusperte und von Jie Jie zurückwich, die ihre Augen trocknete, die Arme über dem Bauch verschränkte und zu Boden sah. »Er sprach so leise, dass ich ihn kaum verstehen konnte. Und im Hintergrund war ... so ein Scheppern. Wahrscheinlich Rohre.«

Mein Vater, dachte ich mir, würde keinen schlechten Detektiv abgeben.

»Was tun wir jetzt?«, fragte Jie Jie.

»Wir holen uns Teddy zurück«, sagte mein Vater, in dessen Stimme erneut Wut trat. »Wir zahlen das Geld und dann sorgen wir dafür, dass dieser Mann sich wünscht, mir niemals *meinen* Sohn weggenommen zu haben. Ein Kind zu entführen, ein *Baby* ...! Er wird dafür büßen.«

Ich wollte bleiben und mich um meinen Vater kümmern, aber ich merkte, dass es dort keinen Platz für mich oder Daisy gab. Ich winkte Daisy zu mir und gemeinsam huschten wir davon.

Draußen auf dem Flur stießen wir auf Mutter. Sie lungerte im Schatten des großen Pflanztopfs, hinter dem Daisy und ich uns zuvor verborgen hatten – ich hatte den Eindruck, sie würde die Tür zur Bibliothek beobachten. Als sie uns sah, eilte sie sofort zu uns.

»Ying Ying«, sagte meine Mutter. »Miss Wells.«

»Ah Mah«, erwiderte ich und verneigte mich.

Meine Mutter sah uns mit geschürzten Lippen an. »Dir geht es gut?«, fragte sie. »Du siehst sehr erhitzt aus. Bewege dich langsamer.«

»Ja, Ah Mah«, sagte ich.

»Mein dämlicher Gatte!«, schimpfte meine Mutter. »Du hättest heute nicht dabei sein sollen, Ying Ying. Du begibst dich in Gefahr. Man munkelt, der Mörder gehöre zu einer Bande.«

»Ich habe mich nicht absichtlich in Gefahr gebracht!«, verteidigte ich mich mit einem Anflug von Übelkeit. »Ich konnte doch nicht wissen, was passieren würde, Ah Mah!«

»Du siehst äußerst ungepflegt aus«, redete sie weiter und schenkte meinen Worten gar keine Beachtung. »Zum Abendessen erwarte ich, dass du dich angemessen kleidest. Trag den weißen *Cheongsam*, der dir so gut steht, und deine neue Jadenadel, wenn es recht ist.«

Ich merkte, wie ich erst blass, dann rot wurde. »Ich … ich kann nicht.«

»Achtloses Mädchen!«, zeterte meine Mutter. »Du hast sie doch nicht etwa verloren?«

Ich stand da und starrte sie entsetzt an. In ihrem Gesicht stand Ärger, dann Verwirrung und schließlich – urplötzlich – ein Ausdruck, der zu meinem passte.

»Ying Ying«, hauchte sie. »Diese Nadel …«

»Ich habe keine Ahnung, wie sie dorthin gekommen ist!«, plapperte ich drauflos. »Bitte, Ah Mah! Sag Vater nichts davon! Ich habe sie verloren. Ich schwöre, das alles ist ein großes Missverständnis –«

»Kein Wort mehr!«, keifte meine Mutter. »Du redest nie wieder davon. Es ist vergessen. Und jetzt geh auf dein Zimmer. Dieses Gespräch hat nie stattgefunden!«

Zitternd drehte ich mich um.

»Was ist los?«, wisperte Daisy, als wir zusammen die Treppe nach oben liefen.

»Mutter weiß von der Nadel«, flüsterte ich. »Und … Daisy, ich weiß nicht, ob sie es wirklich für sich behalten kann.«

7

Ping war in unserem Zimmer und stapelte Kleider, die von der Näh-*Amah* wieder instand gesetzt werden sollten. Sie hatte uns geholfen und ich war davon überzeugt, dass wir ihr trauen konnten – trotzdem war ich unsicher, ob wir sie in unsere Detektivarbeit einweihen sollten.

Ich brannte darauf, zu erfahren, worauf Daisy gestoßen war, zwang mich aber dazu, brav mit meinem Fallbuch auf dem Schoß dazusitzen und die bisherigen Ereignisse des Tages aufzuzeichnen. Mein Stift flog übers Papier, goss all meine Sorgen und meinen Schmerz aus, bis mein Kopf sich endlich ruhiger und geordneter anfühlte. Daisy saß neben mir und versuchte, *Tod in den Wolken* zu lesen (sie war dabei schrecklich zappelig und kam nur vier Seiten weiter). Dann trat sie ans Fenster und sah den Gärtnern dabei zu, wie sie mit Rechen, Scheren und mit Erde beladenen Schubkarren hantierten.

Endlich wurde Ping fortgerufen, um Ah Kwan dabei zu helfen, May zu baden (eine Person alleine schafft das nicht), sodass wir frei reden konnten.

Schwungvoll drehte Daisy sich zu mir um. »Hazel, wir machen Fortschritte! Aber eins nach dem anderen. Soll ich dir zeigen, was ich im Arbeitszimmer deines Vaters gefunden habe? Es ist wirklich gut.«

»Natürlich!«, antwortete ich neugierig.

Daisy lachte. »Siehst du, jetzt denkst du wie ein richtiger Watson. Schau her!«

Sie holte aus *Tod in den Wolken* ein zerknittertes Blatt Papier, das sie auf ihren Knien glattstrich.

Teehaus Luk Man
20. Februar 1936

Hoch verehrter Mr Wong,

Ihr Sekretär ließ mich wissen, dass sie keine Zeit hätten, mich zu treffen, doch ich muss Sie bitten, Ihren Entschluss zu überdenken. Ihr verehrter Vater war ein guter Mann, der mir in schwierigen Zeiten schon oft geholfen hat, und ein Sohn sollte die Wünsche seines Vaters achten. Ich bitte Sie erneut um das Geld, das ich brauche, um das Luk Man vor der Schließung zu bewahren. Verwehren Sie es mir nicht.

Bessie Fu

»Du meine Güte!«, sagte ich, nachdem ich es gelesen hatte.

»Du sagst es! Ich fasse zusammen: Für Mr Wa Fan und Mr Svensson haben wir bereits Motive. Hier ist nun der Beweis, dass Mrs Fu Geld brauchte und dein Vater sie abblitzen ließ. Wenn das kein Motiv ist!«

Sie hatte recht. Wir fanden immer mehr über unsere Verdächtigen heraus. Alle drei waren am Vorabend auf der Party und heute in der Bank gewesen – und sie alle hätten einen guten Grund, Teddy zu entführen.

»Vater meinte, der Mann am Telefon habe so leise geredet, dass er ihn kaum verstehen konnte.« Ich dachte nach. »Damit können wir keinen unserer Verdächtigen ausschließen. Mrs Fu hätte die Stimme verstellen können, oder nicht?«

»Immerhin hat er Teddy gehört!«, stellte Daisy fest. »Und Scheppern, was ich ja noch viel interessanter finde. Dieser Anruf bringt uns weiter. Er verrät uns, dass Teddy am Leben ist und dass sein Entführer für seine Freilassung Geld will. Dieser Fall *könnte* eine Verbindung zu Su Li haben, aber *eindeutig* geht es um Geld. Wo wir von Entführungen reden – hast du schon einmal vom Lindbergh-Baby gehört?«

»Hmmm«, sagte ich vorsichtig. »Stammt das aus einem Buch?«

»Hazel, manchmal hörst du mir einfach nicht zu! Also das Lindbergh-Baby hat es tatsächlich gegeben und es war eine der Inspirationen für den großartigsten Roman, der je geschrieben wurde: Mrs Christies *Mord im Orientexpress*. Sein Vater war der Pilot Charles Lindbergh und es wurde von gemeinen Kidnappern gestohlen, die Lindberghs komplettes Geld erpressen wollten. Alles lief schief und man hat das Baby nicht retten können.«

»Warum erzählt du mir das?«, fragte ich entgeistert. Mir wurde klar, dass ich allein die Vorstellung, Teddy nicht mehr lebend wiederzusehen, unerträglich fand.

»Aus zwei Gründen«, antwortete Daisy. »Erstens, weil ich sehen wollte, wie es dir bei dem Gedanken geht, dass man Teddy vielleicht nicht findet. Ich wollte dir beweisen, dass er dir wichtig ist, obwohl du es dir nicht eingestehst. Und zweitens, weil im Lindbergh-Fall sämtliche Ermittler von den Lösegeldforderungen monatelang auf den Holzweg geführt wurden. Man hielt sie nämlich für die wichtigste Spur, die es zu verfolgen galt, was absolut nirgendwohin führte – zumindest half es nicht dabei, das Baby wiederzufinden.«

»Und?«

»Natürlich ist der Anruf des Erpressers nicht unwichtig. Aber wir dürfen uns nicht so sehr darauf versteifen wie die Erwachsenen. Wir müssen weiterhin logisch über Verdächtige und Motive nachdenken. Und wir müssen raus aus dem Haus und mehr über Sai Yat in Erfahrung bringen. Das dürfen wir nicht dem Detektiv überlassen!«

»Daisy, das geht nicht! Es ist schrecklich gefährlich. Du weißt, dass wir das Haus nicht ohne Aufsicht verlassen dürfen, vor allem nicht, um eine Triadenbande ausfindig zu machen.«

Daisy schaute mich störrisch an. »Trotzdem führt kein Weg daran vorbei. Und da wäre noch etwas, was ich einfach erwähnen muss: Wir gehen davon aus, dass ein Außenseiter am Werk ist, aber … wir können deine Familie nicht *komplett* ausschließen. Es liegt auf der Hand, dass der Haussegen bei euch schief hängt, zudem kennt sich der Entführer offenbar bestens bei euch aus.«

»So was darfst du nicht mal aussprechen!«, fuhr ich sie an. »Jie Jie ist Teddys Mutter, auch wenn sie das in der Öffentlichkeit nicht zeigen darf – und du hast selbst gesehen, wie sehr sie ihn liebt. Sie hat keinen Grund, ihn verschleppen zu lassen. Mein Vater … Nun, er *könnte* es einfach nicht, Daisy. Er könnte niemals nur so tun, so verletzt zu sein – und was hätte er überhaupt davon, seinen eigenen Sohn entführen zu lassen? May und Rose sind praktisch selbst noch Babys. Und meine Mutter … Nein, Daisy. Sie weiß, dass mein Vater im ganzen Leben kein Wort mehr mit ihr sprechen würde, und wenn Teddy erst zurückkommt, würden ihn alle nur noch mehr anhimmeln. Es war doch immer klar, dass Jie Jie noch einen Sohn zur Welt bringen könnte. Das *erwartet* man hier. Damit muss man einfach leben. Du kannst das nicht verstehen.«

»Hmmm«, machte Daisy. »Nun, im Großen und Ganzen verstehe ich, was du sagen willst. Aber, Hazel, ich glaube, wir *müssen* deine Mutter auf die Liste setzen, zumindest vorübergehend. Ganz bestimmt können wir ihre Unschuld beweisen, doch du musst einsehen, dass sie ein gutes Motiv hätte – obwohl sie mit ihren Füßen nicht so schnell laufen kann wie du oder ich.«

»Abgebundene Füße waren hier früher ganz normal, Daisy«, sagte ich schnell. »Die meisten erwachsenen Frauen haben sie. Laufen kann man damit trotzdem.« Erst als die Worte meinen Mund verließen, wurde mir klar, dass ich meine Mutter damit nicht gerade entlastete. »Aber sie mochte Su Li! Sie haben sich ständig unterhalten. Deshalb war Su Li ja auch meine Magd, weil meine Mutter sie von allen *Mui tsai* am liebsten mochte. Sie hätte sie nicht *umgebracht*! Außerdem war sie heute gar nicht in der Bank. Sie hatte keine Gelegenheit, die Haarnadel zu übergeben.«

»Das sind alles sehr brauchbare Fakten, Hazel«, sagte Daisy. »Es kann uns dabei helfen, sie auszuschließen.«

Schweren Herzens nahm ich erneut meinen Stift.

»Gut«, sagte Daisy. »Hazel, du weißt, ich will nur gründlich sein.«

»Ich weiß«, sagte ich. Doch als ich mein Fallbuch schloss und mich fürs Abendessen bereit machte, wollte mir die Sache nicht aus dem Kopf gehen. Wieder und wieder sah ich das Gesicht meiner Mutter am Fenster vor mir – genau wie den Gärtnerjungen, den wir am Nachmittag getroffen hatten.

Ich dachte an seine Worte: *Geben Sie acht. Auch auf Ihrem Rücken sitzt eine Schlange.*

Liste der Verdächtigen

1. Der Liftboy ~~(Namen herausfinden!)~~ Wu Shing.

Die einfachste Erklärung ist, dass er das Verbrechen begangen hat. Nur warum? Wir glauben, dass er und Su Li sich gekannt haben und sie Angst vor ihm hatte, allerdings müssen wir dafür Beweise finden. Hatte er für den Mord ein persönliches Motiv und Teddy quasi spontan gekidnappt oder war er vor allem daran interessiert, durch eine Entführung Teddys Geld zu erpressen, und Su Li stand ihm im Weg? Arbeitete er selbstständig oder im Auftrag? (Die Nadel lässt mit großer Wahrscheinlichkeit darauf schließen, dass er mit einem anderen Verbrecher zusammenarbeitet.) Und wenn ja, wer hat ihn angeheuert und warum?

ANMERKUNGEN: Durch das Foto wissen wir, dass er Su Li kannte! Er war ihr Ex-Freund. Also hatte man ihn dafür bezahlt, sie zu töten, oder hat er sie ermordet, weil er sie nicht mehr mochte?

2. *Sai Yats Triadenbande.* MOTIV FÜR TEDDYS ENTFÜHRUNG: Geld, schlicht und einfach! Die Nadel, die man in Su Lis Hals gestochen hat, ist das Markenzeichen einer Triadenbande (wir haben gehört, wie jemand das erwähnt hat, und Hazel bestätigt es). Allerdings ist es seltsam, dass ausgerechnet Hazels Haarnadel verwendet wurde. Will man ihr das Verbrechen in die Schuhe schieben? War es bloßer Zufall?
ANMERKUNGEN: Pik An ist der Meinung, dass einige unserer Diener tatsächlich zu den Triaden gehören. Vielleicht auch Ng? Er sagt, Sai Yat hätte nichts mit dem Verbrechen zu tun – könnte das eine Finte sein?

3. *Mr Svensson.* MOTIV FÜR TEDDYS ENTFÜHRUNG: Er braucht Geld, das Mr Wong ihm nicht geben will. Außerdem ist er wütend auf Mr Wong – könnte das ein Motiv dafür sein, Hazel ein Verbrechen in die Schuhe zu schieben?
ANMERKUNGEN: Er wurde zum Zeitpunkt des Verbrechens in seltsamer Stimmung in der Bank beobachtet.

Zudem war er zehn Minuten lang verschwunden und es ist unbekannt, was er in dieser Zeit getan hat. Auch er war am Vorabend auf der Party, daher könnte er Hazels Haarnadel dort gefunden und dem Liftboy gegeben haben! Er wusste, wann Teddy den Termin beim Arzt hatte, weil Mr Wong ihm davon erzählt hat. Ng bestätigt, dass Mr Svensson Geldnöte hat!

4. *Mrs Fu.* MOTIV FÜR TEDDYS ENTFÜHRUNG: Auch sie scheint Geld zu brauchen – und sie hat am Abend der Feier wütend auf Mr Wong reagiert. ANMERKUNGEN: Sie wurde zum Tatzeitpunkt von Hazel Wong und Daisy Wells in der Bank gesehen und könnte dem Liftboy die Nadel zugesteckt haben. Am Vorabend war sie auf der Party, könnte also Hazels Nadel gefunden und von Teddys Termin erfahren haben! Wir fanden einen Brief von ihr an Mr Wong, in dem sie ihn um Geld bittet, um ihr Teehaus retten zu können!

5. *Mr Wa Fan.* MOTIV FÜR TEDDYS ENTFÜHRUNG: Er ärgert sich über Mr Wong, weil er glaubt, er würde seine Pflichten vernachlässigen. Doch reicht das als Motiv für eine Entführung? Er war auf der Feier, könnte also die Haarnadel gefunden und von dem Termin erfahren haben. ~~In der Bank wurde er allerdings nicht gesehen und wir wissen nicht, ob er ein Patient von Dr. Aurelius ist.~~

ANMERKUNGEN: Der Chauffeur Wo On sagt, dass er Mr Wa Fan mit einer Arzneiflasche aus der Bank kommen sah, kurz bevor man den Mord entdeckte. Er war am Tatort, noch dazu in Eile! Er hat den Detektiv, Mr Leung, angeheuert, um bei der Suche nach Teddy zu helfen. Doch ist das eine freundliche Geste – oder dient es dazu, die Kontrolle zu behalten?

6. *June Wong.* MOTIV FÜR TEDDYS ENTFÜHRUNG: Sie kann ihn nicht leiden, weil er der Sohn der anderen Frau ihres Ehemanns ist. Aber, sollte sie seine Entführung arrangiert haben, muss sie wissen, dass er umso mehr geliebt wird, wenn er erst zurück ist. Hazel erinnert sich, dass sie mit Su Li befreundet war – warum sollte sie sie umbringen lassen?

ANMERKUNGEN: Am Tag des Verbrechens war sie nicht in der Bank – sie hatte Kopfschmerzen. Und die Haarnadel lässt Hazel, ihre eigene Tochter, verdächtig erscheinen – warum sollte sie ein Verbrechen mit solchen Folgen planen? Ihre abgebundenen Füße würden sie behindern, aber ausschließen kann man sie deswegen nicht.

Schlachtplan

~~1. Wo On und Ping als Verdächtige ausschließen.~~

2. Mehr über den Liftboy in Erfahrung bringen: ~~Wer ist er und~~ Warum wurde er zum Mörder und Entführer? Wurde er dafür bezahlt oder hatte er ein persönliches Motiv?

~~3. Mehr über die Triadenbande in Erfahrung bringen, die Haarnadeln als Markenzeichen verwendet.~~

~~4. Die Motive unserer Verdächtiger genauer in Augenschein nehmen.~~

5. Mehr über die Praxis von Dr. Aurelius herausfinden, um zu begreifen, warum man das Verbrechen nicht bemerkte und wie Teddy aus dem Gebäude geschafft wurde.

6. Einen Weg finden, mehr über Sai Yat zu erfahren.

7. Alibis der Verdächtigen recherchieren.

8

Am nächsten Morgen regnete es wieder. Als ich aufwachte, fühlte ich mich klar und gefasst. Allerdings nicht lange, denn prompt fiel es wie ein schwarzes Gewicht auf mich: Su Li war tot. Teddy war verschwunden. Und ich gehörte womöglich zum Kreis der Verdächtigen. Diese Tatsache vergaß ich beinahe immer wieder, bis sie mich wie eine verirrte Stecknadel im Saum einer unfertigen Bluse stach.

Als ich mich mühsam aufsetzte, stellte ich fest, dass Daisy bereits wach war, mit verschränkten Beinen auf ihrem Bett hockte und mich musterte.

»Guten Morgen, Hazel«, sagte sie.

»Was *treibst* du da?«

»Über den Fall nachdenken«, antwortete Daisy. »Ich versuche, ein harte Nuss zu knacken: Wie können wir unseren kniffeligsten Verdächtigen näher unter die Lupe nehmen? Sai Yat ist immerhin kein Dauergast bei euch, also müssen wir irgendwie raus, um an ihn ranzukommen. Leider führt ihr hier ein viel strafferes Regiment als an der Deepdean. Uns mit Ausgehkleidern unter den Mänteln aus dem Haus zu schleichen, wird nicht reichen. Diesmal müssen wir uns etwas erheblich Besseres einfallen lassen, um zu entkommen.«

»Nachts werden die Hunde losgelassen«, sagte ich. »Und tagsüber sind überall Gärtner. Ich habe es dir doch gesagt, wir schaffen es niemals aus dem Haus, ohne gesehen zu werden, Daisy. Wir sind nicht in England. Wir *können* nicht, wohin wir wollen, nicht allein. Es ist unmöglich. Es hat gar keinen Sinn, überhaupt darüber zu reden. Du verstehst es nicht.«

»Hazel.« Daisy blinzelte mich an, dass es mich verrückt machte. »Ich bin mir sehr wohl bewusst, dass ich es nicht verstehe. Darum geht es ja. *Du* verstehst es zu gut und bist so daran gewöhnt, dass du es nicht einmal versuchen willst. *Ich* sage, wir *müssen* es versuchen, egal wie unmöglich es erscheint. Und tatsächlich hatte ich heute Morgen kurz nach Sonnenaufgang eine ziemlich gute Idee. Ich werde sie mir durch den Kopf gehen lassen, bis sie ausgereift ist – aber ich habe da so eine Ahnung, wie wir vom Grundstück gelangen könnten, ganz ohne Ping oder Wo On oder sonst einem Erwachsenen, die dein Vater so um uns schart.«

»Er beschützt uns nur«, sagte ich. Es kam ganz automatisch aus meinem Mund, wegen all der vielen Jahre, die mir das eingetrichtert worden war. Mein Vater fällte ausschließlich kluge Entscheidungen zu meinem eigenen Besten. Selbst im Orientexpress hatte er nicht *falsch* gehandelt, sondern lediglich aufgrund falscher Informationen. Nun lagen die Dinge jedoch anders: Mein Vater hatte Teddy mir vorgezogen und ihn in Su Lis Obhut gegeben, gegen ihren Willen. Konnte ich wirklich blind auf ihn vertrauen, so wie früher?

Offenbar sah man mir den inneren Kampf an, denn Daisy streckte die Hand aus und tätschelte meinen Arm.

Dann kam Ping herein, um uns beim Anziehen zu helfen, sodass Daisy und ich nicht weiter über ihre Idee reden konnten.

»Heute werde ich den Man Mo Tempel besuchen«, verkündete mein Vater beim Frühstück. Alle waren überrascht. Es war der Tempel meines Großvaters und der Tung Wah – mein Vater war noch nie gern dorthin gegangen.

»Ich muss mich mit Detektiv Leung treffen«, erklärte er grimmig. An diesem Morgen waren seine Augen so rot wie nie und seine Lippen gräulich. »Termin. Maxwell wird beim Telefon bleiben, solange ich fort bin.«

»Dürfen Daisy und ich mit?«, fragte ich wie aus der Pistole geschossen. Mein Vater stierte mich mit blutunterlaufenen Augen an.

»Ich … Er hat Ah Yeh immer so viel bedeutet«, stammelte ich. »Ich würde ihn gerne wiedersehen.«

Mein Vater schnitt eine verärgerte Grimasse, doch schließlich sagte er: »Na schön. Wenn es sein muss. Seid in einer halben Stunde bereit.«

Die Wagen setzten uns in der Hollywood Road ab, sodass wir das letzte Stück zu Fuß laufen konnten. Die Menschen auf der Straße drehten sich nach Daisy und ihrem auffällig goldblonden Haar um. Daisy erwiderte die neugierigen Blicke stolz – allerdings auch etwas nervös.

Die Wurzeln und Ranken der Bäume über uns ragten bis in die Straße und die Luft war schwer von Feuchtigkeit. Wir waren umgeben vom Geruch nach Holz, das geschnitten, gedrechselt und lackiert wurde. Vor uns lag der Tempel mit seinen weißen Wänden, den abfallenden grünen Ziegeldächern und flatternden roten Papiergebeten.

Sobald wir ihn betraten, hüllte uns die Dunkelheit wie ein Mantel ein. Aus dem Rot und Gold Hunderter rechteckiger Laternen drang sanftes Licht und die Luft war von Räucherkerzen ganz dick. Daisy hustete und ich verneigte mich. Wir gingen auf die rot-goldenen Götter am hinteren Ende zu, während die spiralförmigen Räucherstäbchen über uns wie heiße Küsse Asche auf unsere Arme, Hände und Nacken regnen ließen.

Ich liebe die Tao-Tempel Hongkongs. Die Altäre der Götter sind voller leuchtender, süß duftender Gaben wie Obst, Blumen und Papiergeld in bunten Päckchen. Christliche Kirchen kommen mir im Vergleich immer so nackt vor. Ich weiß noch, wie mein Vater mich einmal mit in die St. John's Kathedrale mitgenommen hatte, als ich noch ganz klein war. Damals dachte ich, dass Jesus Hunger haben müsste, wenn er nur sauren Wein und flaches Brot zu essen bekam. Ich weiß nicht, ob die Götter meines Großvaters wirklich auf mich achten, aber heute fand ich, dass ein Versuch nicht schaden könnte. Außerdem ist Man ein Gott der Bücher und des Lernens und Mo ein Gott des Krieges, daher ging ich davon aus, den beiden würde es nichts ausmachen, in einem Detektivfall um Hilfe gebeten zu werden. Ich schloss die Augen und hoffte, dass wir Teddy wohlauf finden würden und Su Li gebührend rächen könnten. Ich dachte an Großvater, der an all das hier geglaubt hatte, auch wenn ich an meiner eigenen Überzeugung Zweifel hatte.

Mir wurde das Herz schwer. Selbst wenn wir Teddy zurückbekämen – mit meinem Großvater oder Su Li würde ich nie wieder hierher kommen. Bei jedem Besuch würde ich die Leere spüren, die sie hinterlassen hatten. Das brachte mich zum Weinen. Ich versuchte so zu tun, als wäre Asche in meine Augen gefallen, aber bestimmt hat Daisy sich nicht austricksen lassen. Auch mein Vater wischt sich mit seinem seidenen Taschentuch über seine roten Augen. Er tat mir ehrlich leid – obwohl ich noch immer wütend auf ihn war.

Schließlich trat Mr Wa Fan ein, dicht gefolgt von Detektiv Leung. Mein Vater hielt inne und verbeugte sich tief, bevor Mr Wa Fan uns zu sich winkte.

»Guten Morgen, Vincent«, begrüßte er meinen Vater. »Und auch Ihnen einen guten Morgen, Miss Wong und Miss Wells. Es ist gut, dass Vincent Sie mitgebracht hat.« Mr Wa Fan redete wie aus großer Höhe. Die Seidenjacke mit den goldenen Knöpfen, die er heute trug, war tiefrot. Es versetzte meinem Herzen einen Stich, wie sehr er mich an meinen Großvater erinnerte, als er so mit verschränkten Händen dastand. Dabei fiel mir auf, dass die Ringe an seinen knochigen Fingern locker saßen.

»Sir, guten Morgen«, sagte ich in respektvollem Kantonesisch, verneigte mich und stieß Daisy an, um sie daran zu erinnern, sich ebenfalls zu verbeugen.

»Vincent, wir wollen Ihnen helfen«, sagte Mr Wa Fan. »Vergessen Sie das nicht.«

»Es ist mir durchaus bewusst«, erwiderte mein Vater steif. »Welche Neuigkeiten haben Sie?«

»Ich verfolge Wu Shings Spur«, berichtete Detektiv Leung auf Mr Wa Fans Nicken hin. »Und Sai Yats Bande scheint in Aufruhr. Die Männer verhalten sich auffällig. Ich werde weiterhin ein Auge auf sie haben und bin überzeugt, den Jungen bald zu finden. Gestern habe ich eine Beteiligung der Magd ausschließen können – sie war ein unschuldiges Opfer, weiter nichts.«

»Viel ist das nicht«, setzte mein Vater an, bevor er Mr Wa Fans Blick sah und verstummte. Ich wusste, was er hatte sagen wollen: Dass er bedauerte, deswegen extra in den Tempel gekommen zu sein. Ich betrachtete Mr Wa Fan. Er lächelte, was freundlich hätte wirken sollen, doch irgendwie erschien es auf seinem schmalen Gesicht gruselig. Mr Wa Fan hatte meinen Vater dazu gebracht, etwas zu tun, was er nicht hatte tun wollen. Und ich merkte, wie viel ihm das bedeutete.

Ich sah ihn durch die Augen eines Detektivs und erkannte einen alten Mann, der in seinem Glauben verwurzelt war und bestimmte Dinge ebenso rigoros missbilligte wie seinerzeit mein Großvater.

Plötzlich dachte ich an die Beziehung zwischen ihm und meinem Vater und begriff, wie oft Ah Yeh meinem Vater Vorschriften gemacht hatte. Nur wenn Vater das Haus verließ, konnte er der Mr Wong sein, den der Rest der Welt zu Gesicht bekam. Ich begriff, dass Ah Yehs Tod meinem Vater ermöglichte, viel mehr der Mensch zu sein, der er sein wollte – und jetzt versuchte Mr Wa Fan, Vater zu kontrollieren.

»Woher haben Sie überhaupt erfahren, was gestern geschehen ist?«, fragte ich Mr Wa Fan unschuldig. »Der Detektiv war so schnell bei uns, es war wie ein Wunder!«

»Neuigkeiten sprechen sich schnell herum«, antwortete Mr Wa Fan und sah mich mürrisch an. »Ich war hier, im Man Mo Tempel, als es passierte, doch bei meiner Heimkehr haben mich meine Diener sofort informiert.«

»Ach so.« Ich bemühte mich um eine gefasste und unbeteiligte Miene. Mr Wa Fan hatte mich angelogen! Ich wusste von Wo, dass er ganz und gar nicht im Tempel gewesen war – er war aus der Bank gekommen.

»Detektiv Leung wird das Kind bald finden, Sie werden sehen. Er wird den Fall aufklären«, sagte Mr Wa Fan und schnitt durch seinen Bart hindurch ein düsteres Gesicht.

Er bedeutete Detektiv Leung, ihm zu folgen, doch zuvor blieb der Ermittler vor uns stehen, beugte sich zu mir und blickte mich durchdringend an. Der kleine schwarze Fleck in seinem Augenwinkel wackelte und nervös drängte ich mich dichter an Daisy.

»Hazel Wong«, sagte Detektiv Leung sehr leise. »Ich habe Sie im Visier.«

9

Aufgewühlt kehrte ich nach Hause zurück, doch schon bald musste ich mich zusammenreißen. Kaum hatten wir die Halle betreten, kam ein steter Strom an Besuchern die Auffahrt herauf, um meinen Vater aufzusuchen.

Den Anfang machte Mrs Fu, die sich noch auf der Schwelle sehr tief verneigte. Heute Vormittag trug sie einen himmelblauen *Cheongsam*.

»Mr Wong!«, rief sie, als sie die Bibliothek betrat (Daisy und ich stellten uns links und rechts der Tür auf, sodass wir das Gespräch belauschen konnten, und auch Rose spazierte zu uns und setzte sich mit ihrer Puppe im Schoß daneben). »Gibt es schon etwas Neues?«

»Danke für Ihren Besuch, Mrs Fu«, sagte mein Vater. Seine Stimme klang kalt. »Gewiss hat es in dem Fall viele Entwicklungen gegeben. Wir haben eine Lösegeldforderung der Entführer erhalten und man hat uns Zeit und Datum für die Übergabe der Summe genannt.«

»Sie verlangen hunderttausend!«, platzte Mrs Fu heraus. »Zumindest habe ich das gehört. Es spricht sich herum.«

»Tatsächlich«, donnerte mein Vater. »Und wie hat es sich zu Ihnen herumgesprochen?«

»Ich habe meine Quellen«, entgegnete Mrs Fu. »Hongkong ist eine kleine Stadt.«

»Falls Sie gekommen sind, um erneut Geld zu verlangen: Ich kann Ihnen keines geben«, fuhr mein Vater sie an. »Ich habe mit anderen Dingen zu tun.«

»Wie es der Zufall so will, bin ich nicht deswegen hier«, sagte Mrs Fu naserümpfend. »Seit unserem letzten Gespräch hat sich meine Lage geändert. Ich kann nun andernorts Geldmittel erhalten. Ich bin lediglich gekommen, um mich nach Ihrem Sohn zu erkundigen.«

Mein Vater entgegnete etwas, was ich hier nicht aufschreiben will, und kurz darauf eilte Mrs Fu aus der Bibliothek. Daisy und ich gaben uns Mühe, so zu tun, als hätten wir nicht gelauscht, doch Rose starrte sie fasziniert an.

»Rose!«, zischte ich und stieß sie an.

»Unverschämtheit!«, sagte Mrs Fu und schenkte uns einen bösen Blick.

Ich dachte hastig nach. Mrs Fu war ein sehr direkter Mensch – es schien das Vernünftigste, ihr eine direkte Frage zu stellen. »Mrs Fu«, sagte ich. »Haben wir Sie nicht gestern in der Bank gesehen? Ich bin mir sicher.«

Mrs Fu wurde kreidebleich. Ihre Lippen wurden ganz spitz und ihre Schlüsselbeine standen hervor, als ihre Schultern sich anspannten.

»Wagen Sie es ja nicht, das ihrem Vater zu erzählen!«, rief sie. »Es hatte nichts mit dem zu tun, was geschehen ist.«

Einmal noch, mit einem wütenden Ausdruck im Gesicht, sah sie erst mich, dann Rose an, bevor sie aus dem Haus und die Vordertreppe hinunterrauschte.

»Was hatte das zu bedeuten?«, zischte Daisy. »Was hat sie zu dir gesagt? Oh, Menschen Chinesisch reden zu hören, ist wie hinter den Spiegeln zu wandeln!«

»Als ich ihr sagte, dass wir sie in der Bank gesehen haben, hat sie sich sehr aufgeregt«, berichtete ich. »Und davor bei Vater wusste sie genau, wie hoch die Lösegeldforderung ist, ohne dass er es verraten hätte. Sie sagte ihm außerdem, sie hätte jetzt Geld und müsse sich nichts mehr von ihm leihen. Er hat sie rausgeschmissen.«

»Interessant!«, sagte Daisy. »Dann glaubst du also –?«

»Was macht ihr zwei?«, mischte Rose sich neugierig ein. Ihr Englisch ist inzwischen so gut, dass sie beinahe alles verstanden hatte. Daisy und ich stockten, dann starrte ich Rose durchdringend an.

»Das geht dich nichts an!«, schärfte ich ihr ein. »Hör auf zu lauschen!«

»*Du* belauschst doch alle«, entgegnete Rose.

»Ich bin älter als du, ich darf das«, sagte ich schärfer, als ich normalerweise mit ihr rede.

Roses Lippen begannen zu zittern.

»Es tut mir leid, Ling Ling!« Schnell nahm ich sie in den Arm. »Ich bin nur so aufgewühlt. Mach dir keine Sorgen. Alles wird gut. Detektiv Leung wird Teddy nach Hause bringen. Wir … beobachten nur alles, damit auch wirklich nichts schiefgeht.«

»Ich weiß«, sagte Rose. »Vater wird das Lösegeld bezahlen. Einhunderttausend Dollar! Ich wünschte, ich wäre so viel wert.«

»So ein Quatsch!«, sagte ich. »Du willst ganz bestimmt nicht entführt werden!«

»Aber ich will, dass man sich um mich Sorgen macht«, meinte Rose. »Dich beachtet Vater, weil du schlau bist, und May beachtet er, weil sie so frech ist. Aber mich sieht er nie.

Ich will auf die englische Schule, damit ich weglaufen kann, wie in den Büchern.«

»Wage es ja nicht wegzulaufen!« Ich drückte sie fest an mich. Rose wollte sich schmollend losreißen. »Das brauchst du nicht. Wir alle schätzen dich!«

»Wäre ich ein Junge, wäre ich allen wichtiger«, murrte Rose, wand sich aus meiner Umarmung und rannte davon.

Mit einem komischen Gefühl sah ich ihr nach. Mir war nicht in den Sinn gekommen, dass Teddys Geburt auch meine Schwestern belasten könnte.

Dann dachte ich an Mrs Fu. Woher nahm sie auf einmal so viel Geld? War es reiner Zufall? Oder … das genaue Gegenteil?

10

Kein Kantonesisch zu verstehen, frustrierte Daisy zusehends. Sie hasst es, nicht im Bilde zu sein, hinterherzuhinken, nicht alles nur denkbare Wissen zu ihrer Verfügung zu haben. Daher war ich froh, dass Mr Svensson, der als Nächster ankam, Englisch sprach.

Mr Svensson hatte Mrs Svensson dabei, und Mrs Svensson hatte ihr sonniges Lächeln und ihren weichen Purpurduft im Gepäck.

»Wir sind hier, um Sie zu unterstützen«, sagte Mr Svensson und drückte meinem Vater den Arm. »Das alles tut mir schrecklich leid. Ich musste Kendra davon abbringen, Roald mitzubringen. Wir haben ein Kindermädchen, die sich um ihn kümmern kann – ich dachte, er wäre vielleicht keine … nun ja … gerade nicht die ideale Gesellschaft.«

»Vermutlich nicht«, sagte mein Vater kurz angebunden.

»Armer Vincent!«, rief Mrs Svensson mitfühlend. »Wie schlagen Sie sich? Ist es zu schlimm? Ich weiß nicht, was ich an Ihrer Stelle tun würde … Himmel, es wäre für mich das Ende der Welt!«

»Es ist in der Tat grauenhaft«, antwortete mein Vater. »Gestern haben wir von den Entführern die Lösegeldforderung erhalten. Ich hoffe, dass wir die Summe erfolgreich übergeben können und Teddy Ende der Woche wieder bei uns ist.«

»Was für gute Neuigkeiten!«, rief Mrs Svensson. »Ich hoffe, Sie können das Geld aufbringen? Aber natürlich können Sie, ein Mann von Ihrem Format! Und bestimmt können Sie den Verlust wieder ausgleichen. Ich wünschte nur, wir könnten helfen.«

»Was das angeht …«, meldete Mr Svensson sich nickend zu Wort. »Vincent, ich weiß, wir hatten in der Vergangenheit unsere Meinungsverschiedenheiten, aber jetzt … Also, nun da dies passiert ist, soll all das vergessen sein. Ich bin derzeit nicht sonderlich flüssig, aber hierfür zapfe ich gerne einige meiner Reserven an.«

Mrs Svenssons besorgter Blick entging mir nicht. »Bist du sicher, Sven? Ich meine, der arme Vincent, aber …«

»In Zeiten wie diesen muss man seinen Mann stehen, Kendra«, entgegnete Mr Svensson hochtrabend, während er ihr den Rücken tätschelte. »Alles wird gut, du wirst sehen. Immerhin habe ich Vincent schon oft genug um Geld gebeten!«

Doch mein Vater schüttelte den Kopf. »Nein, Sven. Ich danke Ihnen, aber nein. Diese Angelegenheit muss ich allein erledigen. Ich kann das nicht von Ihnen verlangen.«

»Oh, June!«, sagte Mrs Svensson plötzlich und blickte an mir vorbei. »Da sind Sie ja! Ich habe Sie gar nicht gesehen …«

Wir alle drehten uns um und sahen meine Mutter neben dem Schmuckparavent am anderen Ende der Halle stehen. Ihre Miene war teilnahmslos.

»Mrs Svensson«, erwiderte sie eisig. »Welche Überraschung.«

»June!«, sagte mein Vater. »June, bitte bringe Kendra ins Musikzimmer und lasse Tee servieren. Hazel, Daisy, ihr geht mit. Ich muss mich mit Sven unter vier Augen unterhalten.«

Das fand ich so unfair! Ich wurde zwar langsam erwachsen, doch weil ich ein Mädchen war, durfte ich trotzdem nicht an den wirklich wichtigen Gesprächen teilhaben.

Mrs Svensson lächelte meine Mutter mitfühlend an, doch meine Mutter durchbohrte sie mit Blicken. Als Daisy und ich ihnen folgten, sah ich noch einmal zu Mr Svensson. Er bettelte meinen Vater weiterhin an, es sich anders zu überlegen, und wedelte aufgeregt mit den Händen in der Luft, während mein Vater die Stirn runzelte. War das Angebot ernst gemeint? Schließlich hatte er nicht viel Geld. Andererseits … Mr Svensson kannte meinen Vater. Er wusste, wie stolz er war. Je eindringlicher er finanzielle Hilfe anbot, desto wahrscheinlicher, dass mein Vater ablehnte. Rechnete Mr Svensson etwa damit?

Daisy stieß mich an. »Ärgere dich nicht, Hazel«, flüsterte sie. »Du weißt so gut wie ich, dass scheinbar belanglose Plaudereien beim Ermitteln die halbe Miete sind. Mrs Svensson macht kein Geheimnis daraus, dass sie sich für jede Form von Klatsch und Tratsch begeistert, daher bin ich überzeugt, dass fünf Minuten in ihrer Gesellschaft uns mindestens sechs faszinierende Spuren liefern.«

Das stimmte und war durch und durch vernünftig. Allerdings machte ich mir Sorgen, dass Daisy noch ein anderes Motiv haben könnte: Sie hielt meine Mutter für eine Verdächtige und wollte sie beobachten.

Mit Unbehagen folgte ich ihr ins Musikzimmer.

11

Steif saß meine Mutter auf einem cremeweißen Seidensofa und stierte Mrs Svensson böse an, dic im Musikzimmer umherspazierte, kurz auf dem Klavier klimperte, die Schmuckstücke auf der Kommode anfasste und lautstark bewunderte, wie hübsch sie waren. Dann kam ein Dienstmädchen und goss uns Tee ein.

»Meine Güte, ist das schön!«, rief Mrs Svensson, eine Cloisonné-Schale in den Händen, auf der in einem tiefblauen Teich Goldfische ihren schäumenden Schwänzen hinterherjagten. »Sie haben wirklich die wunderschönsten Dinge, June!«

»Danke, Mrs Svensson«, entgegnete meine Mutter kühl. »Es war ausgesprochen teuer. Ich darf Sie bitten, es nicht fallen zu lassen. Tee, Hazel?«

»Danke, Mutter.« Ich zog den Kopf ein und das Hausmädchen drückte mir eine kleine Tasse in die Hände. Die Hitze floss in meine Finger, während der aufsteigende süße Dampf meine Nase umspielte.

Verlegen saß ich neben meiner Mutter auf dem Sofa und nippte daran. Sie verströmte so viel Kälte, dass selbst

Mrs Svenssons fröhliche Ausstrahlung gedimmt wurde. Nur Daisy konnte die Situation noch retten, und natürlich tat sie genau das.

»Ich bewundere Ihr Kleid, Kendra!«, rief sie und Mrs Svensson strahlte dankbar. Wenig später plauderten sie über Stoff und Schnitt, bis sie irgendwie beim Thema Schmuck anlangten. Daisy lobte Mrs Svenssons Verlobungsring mit dem blitzenden blauen Stein und wandte sich dann an meine Mutter. »Ihr Armreif ist prächtig«, sagte sie, woraufhin meine Mutter tatsächlich eine Winzigkeit auftaute.

»Er ist aus Jade«, sagte sie. »Schmuck ist wichtig für eine Frau. Ich wünschte, ich könnte Hazel dazu bringen, öfter welchen zu tragen.« Unerwartet griff sie nach meiner Hand, drehte sie in ihrer, schlang die Finger um mein Handgelenk und zwickte in meine Finger. »Sie hätte schöne Hände, wären sie weniger schmutzig.«

Sie meinte den Staub meiner Bleistifte. Ich schreibe so viel, dass meine Hände andauernd voll dunkler Flecken zu sein scheinen. Verlegen und alarmiert zog ich meine Hand zurück. Meine Mutter berührt mich so gut wie nie, daher bekomme ich jedes Mal einen Schreck, wenn sie es doch einmal tut.

»Du solltest mehr auf dich achten«, sagte sie nun und schnippte mit ihren langen polierten Nägeln gegen meinen Arm.

»Ich tue mein Bestes, um Hazel zu helfen, Mrs Wong«, sagte Daisy ernst. »Aber sie nimmt sich einfach nicht die Zeit, um sich so wichtigen Dingen wie etwa Hüten zu widmen.«

Zu gerne hätte ich angemerkt, dass es wenig bringt, sich um Kleider und Hüte zu scheren, wenn man darin nie so gut aussieht wie gewisse andere Personen – doch dann bemerkte ich, dass Daisy mir mit dem linken Auge kaum wahrnehmbar zuzwinkerte, und begriff, dass sie es nicht ernst meinte. Ich hielt meinen Mund.

»Bestimmt planen Sie bereits Ihre Garderobe für Ihr Debüt, Daisy«, sagte Mrs Svensson. »Oh, welch ein Spaß! Ich weiß noch, meine Debütantinnenzeit damals war die glücklichste Zeit meines Lebens. So frei von jeder Sorge!«

»Oh ja. Erwachsen zu sein, klingt einfach herrlich«, sagte Daisy glücklich.

»Früher dachte ich genauso wie Sie, meine Liebe«, fuhr Mrs Svensson fort. »Aber um ehrlich zu sein, nun da ich es bin, fühle ich mich nach wie vor wie ein Kind, nur dass man an eine schrecklich lange Liste von Dingen denken muss – und jede Menge Rechnungen zu begleichen hat.«

»Ha!«, machte meine Mutter schneidend. Mrs Svensson wurde rot und wandte sich wieder dem Kaminsims zu.

»Oh, ich werde das Erwachsensein einfach herrlich *machen*«, plapperte Daisy, der Mrs Svenssons Verlegenheit scheinbar nicht auffiel. »Ich werde einen Lord heiraten.«

Ich grinste und verdeckte meinen Mund schnell mit der Hand, denn ich wusste, dass die Heirat mit einem Lord so ziemlich das Letzte war, was Daisy mit ihrem Leben anfangen wollte.

»Ganz gewiss werden Sie das, meine Liebe«, sagte Mrs Svensson. »Und Sie, Hazel … June, sicher haben Sie bereits Pläne für sie.«

»Hazel wird nicht heiraten«, sagte meine Mutter kalt.

Schockiert sah ich sie an. Soweit ich denken kann, hatte festgestanden, dass meine Mutter von mir erwartet, einmal zu heiraten, und zwar eine gute Partie, was in mir immer ein höchst komisches und unbequemes Gefühl ausgelöst hat. Warum hatte sie ihre Meinung geändert? Lag es an Teddy? War ich nun wirklich keinem meiner Eltern mehr wichtig? Oder war sie zu der Überzeugung gekommen, dass kein Mann mich je heiraten *würde*?

»Nun«, Mrs Svensson räusperte sich. »Ich … Die Welt verändert sich, nehme ich an. Ach, ich frage mich, worüber sich unsere Gatten wohl unterhalten?«

»Geld«, antwortete meine Mutter. »Ein anderes Thema scheinen sie nicht zu kennen.«

»Der gute Sven ist nicht von der Idee abzubringen, Mr Wong unter die Arme zu greifen«, sagte Mrs Svensson. »Ich weiß, ich sollte es nicht erwähnen, aber ich kann mir wirklich nicht vorstellen, woher er das Geld nehmen will. Derzeit sind wir recht knapp bei Kasse und wir müssen ja schließlich an Roald denken. Wir müssen uns um ihn kümmern, und natürlich auch um uns selbst!«

Daisy konnte sich nicht verkneifen, sich mit interessierter Miene zu Mrs Svensson umzudrehen. Meine Mutter bemerkte es.

»Hazel, bitte bring Miss Wells fort«, sagte sie streng zu mir. »Diese Art von Unterhaltung ziemt sich nicht für euch.«

»Ja, Mutter. Komm, Daisy, gehen wir in den Garten.«

12

Ich führte Daisy nicht zur Vorderseite des Hauses, wo noch immer die Männer standen, sondern hinter den Paravent in den hinteren Teil der Halle mit dem großen Kristallleuchter und den Holztreppen, die in den ersten Stock führen. Rechts von uns lag der Seiteneingang, ein schmalerer, dunklerer Durchgang mit zwei beeindruckenden Metalltöpfen, die wie Wachposten links und rechts einer breiten Treppe standen.

Wir rannten die Stufen hinab und hinaus auf den Kies der Auffahrt, die das Haupthaus umgibt. Vor uns lag der Victoria Peak, saftige grüne Bäume und kühle weiße Gebäude – und links von uns konnte ich den Victoria Harbour sehen, dessen Häuser und Schiffe so klein wie Spielzeuge erschienen. Es hatte aufgehört zu regnen, dafür dampfte alles vor Feuchtigkeit. Sämtliche Pflanzen um uns herum waren in schwere Tropfen gehüllt, die auf unsere Schultern fielen.

Ich bedeutete Daisy, mir zu folgen, und auf Zehenspitzen schlichen wir langsam und vorsichtig rechts ums Haus herum, bis wir unter dem Fenster des Musikzimmers ankamen. Es stand einen Spaltbreit offen. Die Stimmen im Innern waren so leise, dass sie wie die von Geistern klangen.

»Ohhh!«, flüsterte Daisy und tätschelte mir den Rücken. »Gut gemacht, Watson!«

Ich strahlte sie an und gemeinsam spitzten wir die Ohren.

»… unkluge Geldanlagen«, jammerte Mrs Svensson gerade. »Armer Roald! Es ist ihm gegenüber so unfair.«

»Ich wüsste nicht, was mich das angeht, Mrs Svensson«, entgegnete meine Mutter.

»Nun«, setzte sie an. »Stellen Sie sich nur vor, es ginge um Teddy. Oder Hazel. Denken Sie an ihre Zukunft!«

»Dazu kann ich nur sagen, Mrs Svensson, dass wir nicht befreundet sind.« Ich stellte mir meine Mutter vor, wie sie ungerührt dasaß und ihren Besuch vom Sofa aus anstarrte.

»Ihre Worte haben das mehr als deutlich gemacht. Wir sind Feinde.«

»Oh, wie unverschämt!«, keuchte Mrs Svensson. In diesem Moment öffnete sich eine Tür und wir hörten, wie Mr Svenssons tiefe Stimme ins Zimmer drang.

»Kendra, wir gehen!«, sagte er barsch. »Guten Tag, June.«

Es folgte das Rascheln von Mrs Svensson, die aufstand und sich von meiner Mutter verabschiedete – was ihr sehr gut gelang. Ich wäre nicht darauf gekommen, dass sie sich gerade erbittert gestritten hatten, hätte ich es nicht mit eigenen Ohren gehört.

Daisy und ich tauschten einen vielsagenden Blick. Geduckt schlichen wir vom Fenster fort, standen dann auf und spazierten den Kiesweg entlang, als hätten wir nichts zu verbergen.

Es ist schon komisch, wie sehr sich unser Garten von Daisys auf Fallingford unterscheidet. Ihrer besteht ganz aus weitreichendem grünem Rasen, gigantischen alten Bäumen, einem See und einem Labyrinth, und das alles ist am frühen Morgen von Frost überzogen. Wildnis wird verdrängt, aber wirklich fort ist sie nie. Doch der Dschungel Hongkongs, der rings um unser Haus wuchert, überquert niemals die Schwellen der Tore. Unser Garten ist in perfekt abgesteckte Terrassen voller Kies unterteilt. Die Stufen sind hübsch bemalt und jede Etage hat ein eigenes Geländer. Entlang der Steine wachsen zurechtgestutzte Pfirsich- und Sternfruchtbäume. Die Schnittblumen (einschließlich der heißgeliebten Rosen meines Vaters) sind hinter einer sorgsam gebauten Mauer verborgen, bis sie in ganzer Pracht erblühen. Alles, was man sieht, wächst in Töpfen, sogar die Obstbäume – in solch großen Gefäßen, das man sich dahinter verstecken kann. Während Daisy und ich am Haus entlang Richtung Küche schlenderten, wichen wir runden Töpfen voll zartrosa und weißer Kamelien, tiefroter Pfingstrosen und hoher Blumenrohrgewächse aus, die wie Flammensäulen aufragten. Über allem wogten Orangen- und Kirschblüten, während die warme Luft erfüllt von Gerüchen war. Es kitzelte in meiner Nase und ich musste niesen.

»Gesundheit, Hazel«, sagte Daisy. »Also. Mr Svensson hat unklug investiert, was? Mrs Svensson befürchtet, dass er nicht genug Geld hat, um Roald abzusichern – regt sich darüber sogar dermaßen auf, dass sie deine Mutter anschreit? Doch wenn das stimmt, wie kann Mr Svensson deinem Vater Geld anbieten?«

»Genau!«, rief ich. »Ich weiß, Daisy. Das ist wirklich seltsam.«

»Es ergibt nur Sinn, wenn er es tut, weil er genau weiß, dass dein Vater das Geld nie annehmen würde. Stimmt doch, oder?«

Ich nickte. »Genau mein Gedanke. Aber was hat es zu bedeuten? Ist es ein Hinweis?«

»Möglich«, sagte Daisy. »Es wäre nicht das erste Mal, dass wir heute falsche Freundlichkeit erlebt haben. Mr Wa Fan, zum Beispiel. Detektiv Leung für deinen Vater anzuheuern, *scheint* auf den ersten Blick eine wirklich nette Geste – aber irgendwie bin ich nicht davon überzeugt.«

»Finde ich auch! Ich glaube, Mr Wa Fan benutzt Detektiv Leung als Druckmittel, damit Vater ihm dankbar sein muss. Und es wirkt. Geld würde Vater nicht annehmen, aber Hilfe kann er akzeptieren. Für Teddy würde er sogar wieder in den Tempel gehen. Mr Wa Fan kennt ihn gut, genau wie Mr Svensson.«

»Damit kommen wir zu Mrs Fu. Plötzlich ist sie außerordentlich selbstständig, nicht? Eben noch jemand, der deinen Vater um Geld anfleht, braucht sie auf einmal gar nichts mehr.«

»Und sie kannte die exakte Höhe der Lösegeldforderung!«, ergänzte ich.

Wir gingen weiter. Ich sah zum Haus links von uns, den hohen weißen Mauern, den breiten Fenstern und dunklen Räumen.

»Hazel«, sagte Daisy. »Darf ich dich noch eine Sache fragen? Vielleicht hat es nichts zu bedeuten – bestimmt sogar. Trägt deine Mutter normalerweise einen Ring am Mittelfinger ihrer rechten Hand?«

»Ja. Einen goldenen mit einem Smaragd. Warum?«

»Mir ist er aufgefallen, als wir ankamen«, sagte Daisy. »Sehr hübsch. Doch jetzt ist er weg. Als wir uns heute über Schmuck unterhalten haben, habe ich ihn vermisst.«

Ich sah sie schneidend an; sie erwiderte meinen Blick mit tiefblauen Augen. »Wahrscheinlich ist er in ihrer Schmuckschatulle«, sagte ich. »Sie … sie trägt ihn nicht immer.«

»Ach so«, sagte Daisy. »Ja, das könnte natürlich sein.«

»Hör auf, Daisy!«, rief ich. »Ich weiß, worauf du hinauswillst. Lass es!«

Daisy sah mich mit hochgezogener Augenbraue an. »Worauf denn, Hazel?«

»Du behauptest, dass Mutter … dass sie noch immer verdächtig ist«, sagte ich. »Wahrscheinlich willst du andeuten, sie habe mit dem Ring Wu Shing bezahlt, damit er Teddy entführt. Habe ich recht?«

»Soweit war ich noch nicht.« Daisys Tonfall machte mich ungeheuer wütend, weil ich wusste, dass sie log. »Aber jetzt, da du es ansprichst …«

»Hör auf!«, zischte ich. »Du hast es doch selbst gehört! Sie macht sich *Sorgen* um Teddy. Sie war wütend auf Mrs Svensson. Und ich hab's dir schon einmal gesagt: Sie mochte Su Li.«

»Ihr Tod scheint sie trotzdem nicht besonders traurig zu stimmen«, meinte Daisy. »Sie hat kein einziges Mal davon geredet!«

»Du kennst meine Mutter nicht! Du verstehst sie nicht – oder wie die Dinge hier laufen. Andere Menschen sind ihr *nicht* egal, sie zeigt nur grundsätzlich keine Gefühle. Lass es gut sein, Daisy, bitte!«

Daisy blieb stehen und wandte sich ab. Ich dachte, sie würde mir die kalte Schulter zeigen – bis hinter dem nächsten Pflanztopf der Junge hervortrat, den wir am Vortag kennengelernt hatten, der mit dem Armstumpf. Er stand da und starrte uns an.

Dann drehte er sich um und rannte davon.

13

Seit ich auf die Deepdean gehe, bin ich ein klein wenig schneller geworden – was vermutlich mehr mit unseren fünf Mordfällen zu tun hat als mit dem Sportunterricht. Aber in der Luft Hongkongs zu sprinten, fällt schwer, weil jeder Atemzug so feucht ist. Ich kam nur wenige Schritte weit, bevor ich furchtbar keuchte. Der Junge jedoch war flink und zischte so schnell davon, dass ich mir vorkam, als würde ich in einem Traum rennen – durch dicke Vanillesoße.

Ein Glück, dass Daisy da war. Sie sprintete los wie ein Fuchs, wie Atalante aus der griechischen Sage. Nach zehn langen Schritten hatte sie ihn eingeholt und krallte die Finger in seinen Nacken.

»AU!«, rief er auf Kantonesisch. »Finger weg, Mädchen!«

Er sagte noch viel Schlimmeres, allerdings will ich das hier nicht wiederholen.

»Sag ihm, dass ich ihn loslasse, wenn er stehen bleibt und uns einige Fragen beantwortet, Hazel!«, keifte Daisy, bevor sie noch einmal kräftig zupackte und der Junge aufwimmerte.

»Sie soll mich in Ruhe lassen, sie ist schrecklich!«, schrie er mich an.

»Daisy, hör auf! Du tust ihm weh!«, rief ich.

»Natürlich, was denn sonst?!« Daisy schien verwirrt. »Er ist vor uns weggerannt.«

»Lass mich mit ihm reden!«, sagte ich zu ihr. »Daisy, lass los – du machst alles nur schlimmer. Ich regle das!«

Daisy klappte den Mund auf. »Aber ich bin doch immer …«, fing sie an.

Der Junge schaute von Daisy zu mir und zurück und machte den Eindruck, als hätte er am liebsten wieder Fersengeld gegeben.

»Keine Bewegung«, sagte ich auf Kantonesisch zu ihm. »Denk nicht mal dran, wegzulaufen!«

Auf Kantonesisch kann ich strenger sein, nicht die höfliche Hazel, die ich auf Englisch bin. Englisch ist voller Floskeln, die eigentlich nichts aussagen, wie *Wenn es Ihnen recht ist* und *Verzeihung, aber* oder *Ich darf doch sehr bitten*, aber auf

Kantonesisch kann man schneidend und auf den Punkt sein. Durch Daisy habe ich begriffen, dass jemand, der nur Englisch spricht, schwer heraushört, ob ein Kantonesisch-Sprecher zum Beispiel wütend ist – in ihren Ohren klingt alles laut und schroff.

»Was soll das? Warum bist du weggelaufen?«, fragte ich. »Und wer bist du?«

»Ich bin weggelaufen, weil ihr mich gejagt habt«, sagte der Junge, was meiner Meinung nach sowohl fair als auch clever war. »Ihr könnt mich Ah Lan nennen.«

»Aber warum hast du uns belauscht?«, fragte ich. »Und das hast du, gerade eben und auch vorher – ich weiß, dass du Englisch so gut wie Kantonesisch verstehst.«

»Ja, das stimmt«, sagte Ah Lan und hob eine dunkle Augenbraue. »Kennen Sie Ihren Vater denn gar nicht? Er lässt alle seine Dienstboten Englisch lernen.«

»Natürlich kenne ich meinen Vater!«, rief ich empört. »Das habe ich nicht gefragt. Wir haben in Su Lis Zimmer ein Bild von dir gefunden. Du hast sie gekannt – hast du etwas damit zu tun, was ihr und Teddy zugestoßen ist?«

»Ja«, antwortete Ah Lan. »Aber nicht so, wie ihr denkt, in Ordnung? Su Li war meine Cousine. Sie hat mir vor ungefähr zwei Jahren die Anstellung hier verschafft. Sie war ein guter Mensch – und jetzt ist sie tot. Und derjenige, der sie getötet hat, Wu Shing … ihn kannte ich auch. Er hat zur selben Zeit wie ich hier angefangen, als Kellner. Er war eine Zeit lang mit Su Li zusammen, aber letztes Jahr hat sie ihn verlassen, weil er sie schlecht behandelt hat. Ihr Vater hat ihn gefeuert, daher musste er sich eine neue Arbeit suchen. Er brauchte Geld, und ich habe gehört, jemand hätte ihn dafür bezahlt, das Verbrechen zu begehen.

Außerdem habe ich Sie beobachtet, weil Detektiv Leung sich irrt, was diese Haarnadel angeht. Mit Sai Yat und seiner Bande hat sie nichts zu tun. Ich habe Sie und Miss Wells belauscht und weiß, dass es Ihre ist. Zuerst dachte ich, es würde bedeuten, Sie hätten den Mord an Su Li angeordnet. Ich wollte Sie umbringen. Aber dann habe ich eingesehen, dass Sie auch nicht wissen, was passiert ist. Jemand anderes steckt dahinter – irgendjemand, der reich ist, hat Wu Shing bezahlt. Ich dachte, wenn ich Ihnen folge, finde ich heraus, wer.«

»Was sagt er?«, zischte mir Daisy ins Ohr. »Was ist los?«

»Su Li ist … war … seine Cousine!«, berichtete ich ihr. »Er will herausfinden, wer schuld an ihrem Tod ist, Daisy. Genau wie wir.«

Ich wandte mich erneut an Ah Lan. Gerade war mir ein unbequemer Gedanke gekommen, als Pik Ans Worte durch meinen Kopf hallten: *Nicht die* Mägde *in diesem Haus gehören zu den Triaden …*

»Woher weißt du, dass Sai Yat es nicht war?«, fragte ich. »Wie kannst du sicher sein?«

»Woher wohl?« Ah Lans Lippen verzogen sich zu einem Grinsen. »Ich bin nicht wie Ng. Noch bin ich nicht offiziell aufgenommen. Ich bin nur ein Laufbursche, ein Lehrling. Trotzdem gehöre ich zu Sai Yats Vertretern in diesem Haus, also verteidige ich seine Ehre, verstanden? Er hat mir geschworen, dass er es nicht war, und das hat Gewicht. Ich glaube ihm. Er will, dass man seinen Namen reinwäscht, und er will, dass der wahre Täter bestraft wird.«

Ein Teil von mir war entsetzt. Wir redeten mit einem der Verbrecher, vor denen ich Daisy gewarnt hatte! Man kann leicht sagen, dass man sich vor den Triaden nicht fürchten muss, solange man sie nicht vor sich hat. Aber ich wusste, dass ich keine Angst zeigen durfte. »Dann sind wir auf derselben Seite!«, sagte ich. »Du hast recht – wir wollen herausfinden, was geschehen ist. Wir wollen Gerechtigkeit für Su Li und wir wollen Teddy zurück. Wir müssen in Erfahrung bringen, wer das Verbrechen geplant hat.«

»Sie tun doch nur so, als wären Sie Detektive«, meinte Ah Lan und lächelte herablassend. »Das alles ist für Sie bloß ein Spiel.«

»Sag diesem Jungen, dass wir *sehr wohl* Detektive sind und bereits FÜNF MORDFÄLLE aufgeklärt haben!«, knurrte Daisy. Verblüfft schaute ich sie an – offensichtlich ist es egal, in welcher Sprache unsere Detektei beleidigt wird, das versteht sie immer.

»Daisy hat recht«, sagte ich. »Es ist für uns kein Spiel. Und es geht uns nicht nur um Teddy. Ich … Su Li ist mir wichtig. Ich hatte sie gern, genau wie du. Und wir *sind* Detektive, richtige, auch wenn wir nicht so aussehen.«

»Und ich bin der Herr über den Berg.« Ah Lan rollte mit den Augen. »Na schön, na schön! Sehen Sie mich nicht so finster an. Ich glaube es ja.«

»Wenn du uns beweist, dass Sai Yat nicht dahintersteckt, dann helfen wir dir dabei, den wahren Schuldigen zu finden«, schlug ich vor. »Wir können zusammenarbeiten, in Ordnung?«

»Hazel!«, meldete Daisy sich zu Wort. »Was hast du vor? Erweiterst du unsere Detektei etwa *schon wieder*?«

Nachdenklich schob Ah Lan sich eine verirrte Strähne aus dem Gesicht. Es erinnerte mich ein wenig an eine von Alexanders Gesten, und allein beim Gedanken an ihn, machte mein Herz einen kleinen Sprung. Doch natürlich war dieser Junge hier kein bisschen wie Alexander.

»Ich weiß, wo die Bande sich trifft«, sagte er. »Ich kann Sie hinbringen und Ihnen ein Versteck zeigen, von wo aus Sie alles beobachten können. Heute Abend wollen sich die Männer wegen Teddy beratschlagen. Dann können Sie mit eigenen Ohren hören, dass Sai Yat und die anderen unschuldig sind.«

»Aber wie sollen wir vom Grundstück kommen?«, gab ich zu bedenken. »Wir stehen andauernd unter Beobachtung.«

»Hazel«, sagte Daisy. »Hazel. HAZEL!«

»Was?« Ich wirbelte herum und starrte sie an.

»Hazel, wenn ihr darüber redet, hier auszubrechen, dann sag dem Jungen –«

»Ah Lan«, unterbrach ich sie.

»Dann sag Ah Lan: Kompostkarren. Das ist alles. Sag's ihm.«

Ich seufzte. »Du hast sie gehört«, wandte ich mich an ihn. Ich hatte keine Ahnung, warum Daisy wollte, dass ich ihm dieses Wort nannte, das mir zum einen recht schmutzig erschien und zum anderen so gar nichts mit dem Thema zu tun hatte. Doch Ah Lans Miene hellte sich auf. »Kompostkarren! Natürlich!«

»Ja, er hat begriffen!« Daisy nickte. »Hör zu, Hazel. Das war die unfassbar geniale Idee, die ich heute Vormittag hatte: Die Gärtner müssen die Erde, die Blätter und den anderen Kram jeden Abend fortschaffen. Wahrscheinlich bringen sie es zu einem Komposthaufen, der nicht auf dem eigentlichen Grundstück liegt. Also, wenn wir jetzt Ah Lans Hilfe haben, muss er nur –«

»Ich kann euch in dem Karren verstecken, unter der Erde, und euch heute Abend nach draußen schieben!«, erklärte Ah Lan auf Kantonesisch. »Der stinkt so sehr, dass die Hunde euch unmöglich wittern können. Ihr müsst nur dafür sorgen, dass Ping nach dem Abendessen einschläft.«

»Hazel, wir müssen nur dafür sorgen, dass Ping nach dem Abendessen einschläft«, sagte Daisy. »Nimmt deine Mutter Schlaftabletten?«

Ich seufzte. Ich schaute von Ah Lan zu Daisy und sah, wie sie sich mit demselben durchtriebenen Funkeln in den Augen anstrahlten. Wie wenig Daisy Hongkong auch verstehen mochte, ihr Verstand war so scharf und merkwürdig wie immer.

»Meine Mutter nimmt tatsächlich etwas, damit sie schlafen kann«, sagte ich und gab den beiden nach. »Und ich weiß, wo sie es versteckt.«

• TEIL VIER •

Gaunerei zur Geisterstunde

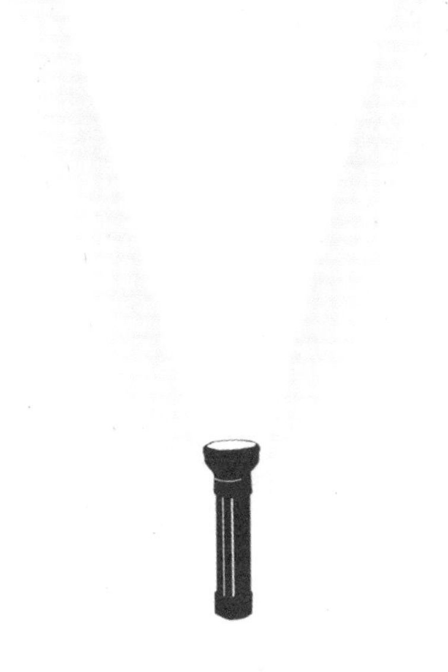

1

Ich stieß die Tür zum Zimmer meiner Mutter auf. Daisy wartete hinter mir und behielt den Flur im Auge, für den Fall, dass jemand vorbeikommen sollte. Es ist schon seltsam: Ich kann an beiden Händen abzählen, wie oft in meinem Leben ich im Zimmer meiner Mutter war. Kinder haben hier nichts zu suchen, hierhin zieht meine Mutter sich zurück, um ihre Ruhe zu haben – vor uns anderen. In all den Jahren hat sich hier nichts verändert. Noch bevor ich über die Schwelle trat, wusste ich, was mich erwartete.

Das Zimmer meiner Mutter ist ebenso ordentlich und gepflegt wie sie selbst, ganz in strahlendem Weiß und Gold gehalten. Ein hohes Gitterbett aus dunklem Holz mit Vorhängen, eine dazu passende ebenfalls gedrechselte Frisierkommode mit einem Stuhl und einem ovalen Spiegel, unter dem Parfüms und Lotionen aufgereiht waren. Bemalte Paneele mit Gold und Silber an den Wänden, die prächtige Damen in Roben und mit aufwändigen Hochsteckfrisuren, umgeben von Blumen und Wolken zeigten.

»Ooh«, hauchte Daisy und machte große Augen. »Ooooooh, *Hazel*! Das ist ja schick! Genau wie deine Mutter. Jetzt verstehe ich, warum du dich mit Kleidung und solchen Dingen immer so merkwürdig anstellst. Du glaubst, du könntest ihr sowieso nie das Wasser reichen.«

»Meine Mutter hat nichts damit zu tun!«, protestierte ich hochrot. Doch wie üblich hatte ich das unbequeme Gefühl, dass Daisy den Nagel auf den Kopf getroffen hatte. Nicht nur mit Daisy vergleiche ich mich, jedes Mal wenn ich in einem neuen Kleid oder Mantel vor den Spiegel trete. Auch mit meiner Mutter. So oft habe ich mich selbst betrachtet und versucht, zu begreifen, wie aus ihren Gesichtszügen meine hatten werden können. Immer starre ich lediglich auf eine rundere, weichere Version des Gesichts meines Vaters.

»Natürlich.« Daisy tätschelte meinen Arm. »Genauso wenig wie sie etwas damit zu tun hat, dass du eine so ausgezeichnete Schriftführerin bist. Deine Mutter hat einen überragend aufgeräumten Verstand, genau wie du, Hazel. Dieses Zimmer gehört jemandem, der Listen führt und alles logisch plant. Dein Vater ist clever, aber er ist viel hastiger als du, das musst du zugeben. Nein, deine *Mutter* ist der Grund, weshalb du einen so großartigen Watson abgibst.«

»Aber –«, setzte ich an und blinzelte. Für mich ist eine unverrückbare Tatsache gewesen, dass ich nach meinem Vater schlage, weil ich so schlau und büchervernarrt bin. Das sagte ich Daisy auch. Doch sie zog nur eine ihrer perfekt geformten Augenbrauen in die Höhe.

»Hazel. Du denkst wie eine Tochter, nicht wie eine Detektivin. Hast du denn gar nichts von mir gelernt? Egal, also wo ist nun dieses Schlafmittel, das deine Mutter nimmt?«

»Es ist ein Tee«, sagte ich. »Meine Mutter nimmt nur chinesische Medizin, keine europäische. Sie war immer verärgert darüber, dass mein Vater uns zu einem europäischen Arzt schickt. Diese Teemischung wurde extra für sie zubereitet. Sie hilft ihr beim Einschlafen, wenn sie sich aufgeregt hat.«

Meine Mutter bewahrt ihre Arznei in einer ihrer Zauberschachteln auf. Als sie frisch verheiratet waren, hat mein Vater sie ihr geschenkt – bevor ich alt genug war, um zu begreifen, wie sie funktionieren. Und sie hat sie noch immer.

Leichtfüßig ging ich über den weichen Teppich und trat an die glänzende Holzkommode, deren Schubladengriffe wie zwei silberne Vögel aussehen, deren Flügel sich im Auffliegen berühren. Darauf waren neben dem lackierten Schmuckkästchen meiner Mutter drei geschnitzte kleine Holztruhen aufgestellt. Ich nahm die kleinste und wog sie in der Hand.

Zaubertruhen zu öffnen ist ein Trick, der mir bei unseren Abenteuern schon einmal nützlich gewesen war. Man muss nur wissen, wo man zu drücken, wo zu drehen hat und wo sie nachgibt. Ich liebe es, dieses Rätsel zu lösen, wie beherrschbar das Problem ist. Sobald ich eine dieser Truhen in den Händen halte, verblasst der Rest der Welt, und sobald der Deckel aufspringt, bin ich genauso aufgeregt wie bei der Auflösung eines Falls.

Diese Kiste war mehr als leicht zu öffnen und in weniger als dreißig Sekunden hatte ich sie geknackt. Daisy spähte über meine Schulter, um zu sehen, was sich darin verbarg: pralle, stark riechende kleine gefaltete Papiertütchen aus dem Medizinladen, den meine Mutter am liebsten besucht.

»Die riechen wie Karamellbonbons!«, sagte Daisy und schnupperte daran, bevor sie überrascht den Kopf zurückriss.

»Das liegt am Süßholz«, sagte ich.

»Hm, da müssen wir aber aufpassen, dass Ping es nicht riecht, bevor sie den Tee trinkt«, meinte Daisy, während sie sich im Zimmer umsah. Sie trat an die Frisierkommode und atmete tief die vielen Düfte ein: süß und blumig mit einem bitteren Nachgeschmack.

»Komm jetzt, Daisy«, drängte ich, steckte drei der kleinen Päckchen ein, schloss die Zaubertruhe und stellte sie behutsam an ihren Platz zurück. »Lass uns gehen, bevor man uns erwischt.«

2

Ich hatte mir Sorgen gemacht, unsere List würde nicht aufgehen, doch am Ende stellte es sich als überraschend einfach heraus. Wir baten Ping, uns nach dem Abendessen Tee zu servieren, und während sie uns den Rücken zudrehte, kippte ich den Inhalt der Päckchen in die Kanne.

»Ping, es tut mir leid, aber wir möchten doch keinen mehr«, sagte ich. »Wenn du möchtest, kannst du ihn haben.«

Pink trank aus – und zehn Minuten später rieb sie sich gähnend die Augen. »Ich bin so müde, Miss«, sagte sie kleinlaut. »Bitte entschuldigen Sie mich.«

Prompt hatte ich Gewissensbisse. Es erschien mir unfair, jemanden hereinzulegen, der so vertrauensselig war. Doch es half nichts. Das wusste ich. Ping taumelte aus dem Zimmer und ließ uns allein.

Ich trat ans Fenster und sah nach draußen. Es war dunkel geworden, der Himmel war wie Samt und auf dem Berg funkelten die Lichter Hongkongs bis zum Hafen hinab. Ich hörte dumpfe Stimmen, während das Haus sich schlafen legte, und leises Tapsen, als die Hunde, die man aus ihren Zwingern hinter dem Haus gelassen hatte, herumschnüffelten. Ah Lan war bestimmt gerade im Garten und schob den Karren in unsere Richtung. Wir mussten ihn nur am Seiteneingang abpassen und unter einem schmutzigen alten Sack im Karren in Deckung gehen – und hoffen, dass die Hunde uns nicht riechen würden.

Ich erinnerte mich an das, was ich wusste: dass die Hunde gar nicht *so* scharf waren, dass die eigentlichen Nachtwächter die Gärtner, Diener und die Männer in den kleinen Hütten nahe den Toren darstellten.

Trotzdem klopfte mir das Herz bis zum Hals, als ich vom Fenster trat und Daisy zunickte.

Ich hatte mir eine dunkle Tunika und eine Hose angezogen, die für unser Abenteuer perfekt waren. Daisy hatte ich das Gleiche zum Anziehen gegeben, festgebunden mit einem Stück Schnur. Um ihren Kopf hatten wir einen dunklen Schal gewickelt, damit man ihr blondes Haar nicht sehen konnte. Sie hätte lächerlich aussehen sollen, zu dünn und zu groß, aber natürlich schaffte sie es irgendwie, absolut hinreißend zu wirken, wie Mays Piratenkönigin.

»Du siehst großartig aus«, sagte Daisy zu mir. »Hazel, Hongkong steht dir.«

»Das stimmt nicht! Du siehst großartig aus!«, protestierte ich und wurde rot.

»Hazel, ich sehe aus, als hätte ich mir deine Kleider geliehen«, sagte Daisy. »Ich gehöre hier einfach nicht hin, aber du schon. Hier bist du viel mehr … Ach, keine Ahnung. Mehr *Hazel.* Aber ich muss zugeben, auch wenn ich hier nicht hingehöre, *gefällt* es mir sehr gut. Und ich mag es, dass wir uns gleich in eins unserer bisher aufregendsten Abenteuer stürzen. Schleichen uns mitten in der Nacht aus deinem Haus, um zu einem Gangstertreffen zu gehen!«

»Es ist kein –«, setzte ich an, unterbrach mich aber.

»Detekteihandschlag, bevor wir beginnen?«, fragte Daisy.

Wir vollführten unsere Routine, lächelten uns an und schlichen anschließend, Hand in Hand, aus dem Zimmer und die dunkle Treppe hinab.

Ah Lan wartete wie versprochen auf uns. Als ich ihn sah, wurde mir ganz mulmig im Bauch. Wir hielten ihn für vertrauenswürdig – aber stimmte das wirklich? Was, wenn er uns belogen hatte und gar nicht mit Su Li verwandt war? Was, wenn er uns in Gefahr bringen würde? Er hatte zugegeben, zu Sai Yats Triadenbande zu gehören. Was, wenn er uns den Männern ausliefern wollte? Was, wenn sie Teddy entführt hatten und Daisy und ich nun ihre nächsten Opfer werden sollten? Die Tochter eines Lords würde eine hübsche Summe einbringen.

Doch dann schluckte ich meine Angst hinunter. Ah Lan brachte uns im Karren unter und zog einen kratzigen, miefenden Sack über uns, den er mit Erdklumpen und altem Laub zudeckte. Ich atmete vorsichtig und langsam, während ich auf Daisys Atem neben mir lauschte und die Augen schloss, damit ich das grobe Gewebe des Sacks nicht anschauen musste.

Schließlich hob sich der Karren und setzte sich in Bewegung. Ah Lan ächzte. »Ihr seid schwer«, wisperte er auf Englisch.

»Wir haben exakt das richtige Gewicht!«, zischte Daisy.

Der Karren ruckelte erst über den Kiesweg, dann über Erdboden, wo er so stark hopste und schaukelte, dass ich schon fürchtete, wir würden herausfallen. Es ist mir peinlich, das nun zu sagen, aber ich hatte meine Zweifel gehabt, wie Ah Lan den Karren mit seinem kurzen linken Arm hochstemmen wollte. Allerdings erwies meine Sorge sich als unbegründet. Er manövrierte ihn mit Leichtigkeit, steckte den linken Arm geübt unter den Griff und schob. Ich roch das Grün und hörte die Zikaden in den Bäumen zirpen, meine Hände zu Fäusten geballt. Ich hörte, wie trippelnde Schritte und Hecheln sich näherten.

»Hallo, Bark«, sagte Ah Lan. »Braver Junge.«

Bark schnaubte, bevor er laut hörbar unseren Karren beschnupperte. Dann seufzte er und tappte davon. »Jetzt keinen Mucks«, flüsterte Ah Lan uns zu. »Wir kommen ans Tor.«

Der Karren hielt an und senkte sich, bevor Ah Lan sich von uns entfernte. Ein Scheppern ertönte, dann ein Klicken und schon waren wir wieder in Bewegung.

»Gute Nacht, Ah Lan«, rief der diensthabende Wächter uns vom Tor aus zu – und im Nu hatten wir das Gelände hinter uns gelassen. Wir hatten es geschafft. Wir waren frei, in Hongkong, noch dazu bei Nacht – und wir begaben uns in ein richtiges Abenteuer.

3

Wir fuhren die kleine Seitenstraße hinab, die tief von Bäumen überhangen wurde. Die Lianen baumelten mitunter tief in unseren Weg. Einmal duckte Ah Lan sich und ich raunte: »Was?«

»Spinne«, antwortete er knapp auf Kantonesisch. Ich schob das Sackgewebe beiseite und spähte angestrengt nach oben, wo ich einen schweren runden Körper mit langen dicken Beinen entdeckte, der sich schwarz gegen den dunklen Himmel abhob. Das Tier war so nah, dass ich es in seinem dicken Netz hätte berühren können. Ich schauderte. In England sind Spinnen klein und wuselig wie Fliegen, was mich nie gestört hat, denn *so* sieht für mich eine echte Spinne aus: groß wie eine Teetasse, schrecklich schwer auf der Hand oder der Schulter, glänzend und grellbunt am Tag. Vor den Spinnen Hongkongs darf man sich mit ruhigem Gewissen fürchten.

»Was war das?«, fragte Daisy.

»Nur ein tief hängender Ast«, beruhigte ich sie. »Bleib einfach noch ein Weilchen geduckt, okay?«

Dann, nach einem der seltsamen Sprünge, die Hongkong überall macht, waren wir heraus aus dem Dschungel und bogen nach links in die Hauptstraße. Plötzlich waren wir umringt von anderen Karren, schicken schwarzen Automobilen, Rikschas und Straßenhändlern. Die Luft war voller Geräusche und Daisy und ich mussten unter unserem Sack in Deckung gehen, damit man uns nicht bemerkte.

Ah Lan rollte uns die Straße hinab Richtung Westen, wobei der Karren auf dem Asphalt hopste und holperte. Wenig später schossen wir durch eine Seitenstraße, kippten abrupt in die Tiefe und wurden so durchgeschüttelt, dass unsere Zähne klapperten. Daisy kreischte leise auf und ich biss mir auf die Zunge. Offenbar ratterten wir über eine Leiterstraße: Steinstufen, die Abkürzungen zwischen den langen Parallelstraßen Hongkongs darstellten.

Wir wurden herumgewirbelt, wir hopsten, Daisy quiekte erneut und dann rollten wir flugs über eine flache Hauptstraße im Westdistrikt. Über uns brannten die Neonlichter von Pfandleihen, Kräuterläden, Schmuckgeschäften und Wäschereien. Als ich unter unserer Abdeckung hervorlinste, sah ich sie wie einen Regenbogen über meinem Kopf schwirren, blitzend und wunderschön. Ich roch heißes, dampfendes Essen, sah Rauchwolken aus den Buden der Straßenverkäufer aufsteigen. In den Mietswohnungen über den Läden beugten sich im Schein der Neonlichter Menschen aus den Fenstern, die rauchten oder sich unterhielten – oder einfach nur die Straße beobachteten.

Ich duckte mich wieder unter den Sack. Als ich das nächste Mal nach draußen guckte, befanden wir uns in einer dunkleren Straße und eilten an hohen Lagerhallen vorüber, von deren Mauern Ah Lans Schritte widerhallten. Ich schauderte, wenn auch nur ein wenig. Schließlich hielt der Karren an.

»Steigt aus«, sagte Ah Lan – auf Englisch, Daisy zuliebe. Ich setzte mich auf und Daisy machte es mir nach. Einen Moment sahen wir uns an. Das Weiß in Daisys Augen leuchtete blass in der Dunkelheit, doch ihr Haar war noch immer gut unter ihrem Schal versteckt.

»Wohin gehen wir?«, flüsterte ich Ah Lan zu. Wir hatten neben einer hohen Mauer gehalten, in deren Mitte ein Baum wuchs, dessen Wurzeln sich in die Steine gruben.

»Da rauf«, antwortete Ah Lan knapp und zeigte hoch. »Hinter der Mauer liegt das Haus, zu dem wir wollen. Wir müssen weit nach oben und durchs Fenster schauen. Ich zeig es euch. Es steht immer ein Stück offen, sodass ihr alles mithören könnt. Einverstanden?«

Mich verließ der Mut, doch Daisy antwortete: »Oh, ausgezeichnet! Klettern!«

»Warum muss es *immer* klettern sein?«, meckerte ich. »Egal, wo wir sind!«

»Hör auf zu jammern, Hazel, sonst geht dir zu früh die Puste aus«, meinte Daisy augenzwinkernd – und packte eine tief hängende Liane, um die Wand hochzusteigen, so flink und sicher wie ein Affe.

»Das macht sie nicht zum ersten Mal«, meinte Ah Lan anerkennend. »Jetzt Sie!«

Ich zuckte zusammen, weil mir klar war, dass er von mir gleich sehr enttäuscht sein würde. Ich legte die Hand auf dieselbe Liane, die Daisy sich genommen hatte, und begann, mich hochzuziehen. Rinde kratzte über meine Haut, während mein Herz laut pochte und ich mir Mühe gab, nicht nach unten zu sehen. Daisy, die hoch über mir hockte, feuerte mich im Flüsterton gut gelaunt an (und kritisierte mich hin und wieder, wenn ich ihrer Meinung nach die falschen Äste auswählte, worauf ich gut hätte verzichten können).

Schwitzend zog ich mich endlich neben ihr auf den Mauerabschluss und schaute in die schwindelerregende Tiefe, aus der sich Ah Lan soeben zu uns hochschwang, indem er sich mit den Beinen abstieß, mit rechts nach den Ästen griff und sich mit dem linken Arm abstützte.

»Ehrlich, Hazel, er macht das viel besser als du«, murmelte mir Daisy ins Ohr. »Du musst dir mehr Mühe geben, wenn du vorankommen willst!«

»Psst!«, zischte ich ihr zu, so giftig ich mich traute. »Sonst hört uns noch jemand.«

Eine Minute später war Ah Lan bei uns. Zu dritt saßen wir wankend auf der Mauer (ich atmete aus, um meine Nerven zu beruhigen und das Drehen in meinem Kopf zu stoppen – Höhen sind noch immer nicht mein Fall, trotz Daisys Versuchen, mich zu kurieren) und Ah Lan zeigte nach unten.

Vor uns führte ein Innenhof zu einer hohen Lagerhalle, die recht alt und verlassen wirkte. Ich fragte mich, ob Ah Lan uns an den falschen Ort gebracht hatte, als ich am anderen Ende des Hofs zwei Gestalten aus dem Schatten treten sah, die sich leise dem Haupteingang des Gebäudes näherten.

Die erste Gestalt klopfte an: fünfmal, abwechselnd lang und kurz. Eine Weile herrschte Stille. Dann wurde ein Bolzen beiseite gezogen, das konnte ich deutlich hören. Daisy stieß mich vor Aufregung so fest an, dass ich beinahe von der Mauer gestürzt wäre.

»Ich wurde arm geboren«, sagte die erste Gestalt unter uns.

»Aber wenigstens habe ich noch alle fünf Finger an der Hand«, sagte die zweite.

Wieder dauerte es eine Weile – im Gebäude sagte jemand etwas.

»Ich starb einmal«, sagte die erste Gestalt.

»Fünf Stiche mit einer Jadenadel«, ergänzte der Zweite.

Ich keuchte. »Was soll das?«, zischte Daisy. »Was reden sie? Oh, das ist doch zum Aus-der-Haut-fahren!«

»Sie sprechen von einer Jadenadel«, berichtete ich ihr.

»Das ist nur die Losung!«, wisperte Ah Lan. »Zu bedeuten hat sie rein gar nichts! Das da ist das Haus der Fünf Jadefiguren.«

In der Dunkelheit, an einem Ort, den ich nicht kannte, auf einer Mission, die (wie mir immer bewusster wurde) nicht nur wesentlich illegaler, sondern auch wesentlich gefährlicher war als jede zuvor, überkamen mich Zweifel.

Scheppernd öffnete sich unter uns die Tür und die beiden Fremden verschwanden im Gebäude.

»Kommt mit«, flüsterte Ah Lan. »Hier gibt es nichts Interessantes zu sehen. Wir müssen ans Fenster.«

Er ging in die Hocke und führte uns geduckt über den Mauersims zu einem Giebel und auf das Dach der Halle. Auf Händen und Füßen tasteten wir uns über Ziegel, bis wir (nach einer gefühlten Ewigkeit) an ein kleines Dachfenster kamen, ein Oberlicht, das einen Spaltbreit offen stand. Ich spähte hinein und was ich sah, war Folgendes.

4

Unter uns lag ein Raum mit nacktem Boden, dafür hingen überall rot-schwarze Fahnen. Zu jeder Seite befanden sich dunkle Steintafeln und im hinteren Teil befand sich ein großer Metalltopf, augenscheinlich halb gefüllt mit Sand. Aus dem Topf ragte eine erschreckende Sammlung von Schwertern und kriegerischen Stöcken, an denen weitere Fahnen hingen. Zwischen den Waffen steckten Räucherstäbchen im Sand, die qualmten, als hätte man sie erst vor Kurzem angezündet, und hinter dem Topf stand ein dunkler Gegenstand, der sehr an einen Tempelaltar erinnerte, nur dass weder Obst noch Blumen darauf lagen.

In der Mitte der Halle hatten sich mehrere Menschen versammelt: alles Männer (darauf achtete ich besonders) in rot-schwarze Roben mit verknoteten Taschentüchern auf den Köpfen. Eigentlich hätte das dämlich aussehen sollen, aber ich muss zugeben, dass es mir ordentlich Angst einjagte.

Die Versammelten unterhielten sich leise und irgendwie musste ich dabei an die Cocktailpartys meines Vaters denken. Diese Männer mochten seltsam aussehen (vor allem für Daisy – die mit offenem Mund staunte), trotzdem fand ich, dass sie sich wie Geschäftsleute verhielten. Als wären sie hier, um Geschäfte zu treiben, gefährliche und irgendwie heilige Geschäfte (ich betrachtete den Altar und die Räucherstäbchen), aber eindeutig Geschäfte.

Dann betrat ein weiterer Mann den Raum. Er war klein und dürr und sah ausgezehrt aus – wie ein ehemaliger Straßenjunge Hongkongs, der groß geworden war –, dennoch zog er jedermanns Aufmerksamkeit auf sich. Er wirkte selbstsicher, mächtig. Neben dem Altar blieb er stehen und hob die Hände, woraufhin das Reden verstummte. Die Männer stellten sich rechts und links von ihm in je einer Reihe auf und verneigten sich.

Mir war klar, dass dies der Anführer Sai Yat war und das Treffen nun begann.

»Ich grüße euch, Jadefiguren«, sagte Sai Yat, bevor er sich zum Altar umwandte und feierlich verbeugte. Die anderen folgen seinem Beispiel.

Dann hielten sie eine Zeremonie ab. Viel will ich darüber nicht erzählen (aus Höflichkeit und um unserer Sicherheit willen – es sich mit den Triaden zu verderben, ist unklug). Es war ein bisschen wie eine Zeremonie in einem Tempel, nur kriegerischer und gefährlicher, halb vertraut und halb fremd, als würde ich das Geschehen durch dickes Glas beobachten. Daisy konnte mit all dem sicherlich nichts anfangen, und dass es bei *mir* durchaus anders war, löste in mir ein ganz merkwürdiges Gefühl aus. Wieder einmal erinnerte es mich daran, wie verschieden unsere Leben verlaufen waren, bevor wir uns an der Deepdean begegnet waren.

»Nun zur Sache«, sagte Sai Yat und klatschte in die Hände. Die Männer rings um ihn herum richteten sich auf und begannen zu tuscheln.

»Man beobachtet uns«, sagte Sai Yat. Ich zuckte zusammen, so viel Zorn lag in seinen Worten. Fast rechnete ich damit, dass sein Blick den langen Weg bis zu dem kleinen Oberlicht vorgedrungen war, wo wir zu dritt kauerten und nach unten spähten. »Detektiv Leung beobachtet uns.«

Ich atmete aus.

»Wir alle wissen, was dieser Ermittler will: den Wong-Jungen. Er glaubt, wir hätten ihn. Er glaubt, wir hätten den Liftboy Shing dafür bezahlt, dass er das Kindermädchen ermordet und das Baby entführt. Ihr befindet euch hier an einem heiligen Ort. Und ihr habt einen Eid geleistet, die Wahrheit zu sagen. Nun frage ich euch: Hält einer von euch Edward Wong versteckt oder hat irgendwie mit dieser Entführung zu tun?«

»Nein«, sagte der Mann links von ihm.

»Nein«, sagte der Mann daneben – und so weiter, bis ans Ende der Reihe, woraufhin die zweite Reihe begann.

»Nein.«

»Nein.«

»Nein.«

Sai Yat nickte. »Gut. Das ist die Wahrheit. Keiner von uns hat Edward Wong und wir haben nichts mit seiner Entführung zu tun. Bei der toten Magd wurde eine Haarnadel gefunden, aber keine von unseren. Es war eine List, um den Verdacht auf uns zu lenken. Nun sage ich also in aller Ehrlichkeit, dass wir unschuldig sind an diesem Verbrechen. Miss Wong, genügt Ihnen das?«

Ich erschrak so heftig, um ein Haar wäre ich durch das Fenster gefallen. Sai Yat hatte den Kopf gehoben und – ich konnte es nicht länger abstreiten – schaute uns direkt an.

Ah Lan legte die rechte Hand auf meinen Arm. »Ich muss Sie nun nach unten bringen.«

»Was ist los?«, fragte Daisy. »Was ist passiert? Warum – Hazel, warum schauen alle zu uns hoch?«

»Sie wissen, dass wir hier sind«, wisperte ich. »Ah Lan hat uns verraten. Daisy, sie wussten, dass wir kommen!«

»Ich dachte mir, dass das zu leicht war!«, rief Daisy. »Diese Mauer und das Fenster – ich hatte mich schon gewundert, warum eine Bande Krimineller ihren Treffpunkt nicht besser bewacht. Ach, so ein Mist! Wir hätten Ah Lan nie trauen dürfen!«

Mir schrumpfte und stockte das Herz in der Brust. Während Ah Lan uns denselben Weg zurückführte, den wir gekommen waren, überlegte ich, worauf genau wir uns da eingelassen hatten – und wie wir wieder herauskämen.

5

Ah Lan brachte uns in den Hof. Wir gingen durch die Tür, deren Riegel wir zuvor gehört hatten. Es schepperte unheilvoll, dann lag vor uns eine weitere Tür, dann noch eine und noch eine, die allesamt nach rostigem Metall rochen, fast wie Blut.

Schließlich betraten wir die Halle und standen zwei Reihen von Männern gegenüber, deren finstere Mienen mich vor Angst zittern ließen. Diese Männer waren erbittert, kriegerisch, kriminell. Wir waren mitten im Hongkong der Geschichten gelandet, die Mägde unartigen Kindern erzählen: bei den bösen Männern, die kleine Mädchen fressen, die nicht brav sein wollen. Zugegeben, Daisy und ich waren so gar keine braven kleinen Mädchen gewesen – und nun standen wir den bösen Männern gegenüber.

Sai Yat ging durchs Zentrum des Raums auf uns zu, wobei seine Füße in den Seidenschuhen auf dem nackten Erdboden keinen einzigen Laut verursachten. Manchmal stößt man in den New Territories, dem größten und neuesten Teil Hongkongs, noch auf Tiger, die in den Dörfern von einem Haus zum anderen schleichen und sich Hühner, Hunde und Babys holen. Ich habe das immer für Schauermärchen gehalten, bis ich eines Tages in der *Südchina Morgenpost* meines Vaters auf das Bild von einer Gruppe Polizisten mit Schnurrbärten und Turbanen stieß, die sich hinter einem toten schlanken, gestreiften Tiger aufgebaut hatten, der so lang war wie sie groß. Wäre Sai Yat ein Tiger, dachte ich, hätte er sich niemals erwischen lassen. Noch nie hatte ich einen so muskulösen Menschen gesehen, jeder Zentimeter an ihm wirkte durchtrainiert, voller Entschlossenheit. Er war fast so klein wie ich, doch sein Gesichtsausdruck verriet, dass er bedingungslosen Gehorsam gewohnt war.

»Guten Abend, Miss Wong.« Sai Yat neigte knapp den Kopf.

Ich verneigte mich so tief ich konnte, beinahe bis zum Boden – in diesem Moment war es besser, zu vergessen, dass ich Mr Wongs älteste Tochter mit eigener Magd und eigenem Chauffeur war.

»Verneigen, Daisy!«, zischte ich ihr aus dem Mundwinkel zu.

»Aber ich –«, fing sie an.

»VERNEIGEN!«, unterbrach ich sie so schneidend, wie ich es noch nie bei ihr getan hatte. Und Daisy gehorchte.

Ihre Verbeugung war ungelenk, aber sie verbeugte sich, beinahe so tief wie ich, sodass ihr Haar unter ihrem Schal vorrutschte und im Lampenschein der Halle golden leuchtete.

»Hazel«, sagte Daisy, während ihre Nase noch immer fast ihre Knie berührte, »wird er uns töten?«

»Ich weiß es nicht«, sagte ich und gab mir Mühe, gelassen zu wirken.

»Wir werden keine von Ihnen töten«, sagte Sai Yat auf Englisch. »Warum so überrascht? Englisch ist keine heilige Sprache. Ich habe Ah Lan nicht darum gebeten, Sie herzubringen, damit wir Sie ermorden oder entführen können. Ich bat ihn darum, weil ich von Ihnen gehört habe, Miss Wong. Mir sind Geschichten zu Ohren gekommen, darüber, was Sie in England getan haben.«

Erst hatte ich keine Vorstellung, wovon er redete. Geschichten? Doch dann …

»Sie stolpern immer wieder über Leichen, woraufhin das Verbrechen wenig später auf wundersame Weise aufgeklärt wird«, fuhr Sai Yat fort. »Die Dienstmädchen im Haupthaus reden über nichts anderes. Ah Lan und Ng haben mir Bericht erstattet. Ihr Vater glaubt, Sie wären vom Pech verfolgt, aber ich glaube, Sie haben Talent.«

Wie von selbst ruckte mein Kopf nach oben. Ich musste ihn einfach ansehen. Dafür konnte ich meine Fingerspitzen nicht mehr so recht spüren und meine Zunge kribbelte.

»*Verzeihung!*«, mischte Daisy sich ein. »*Wir* haben Talent. *Wir* sind Detektivinnen. Hazel und ich haben fünf Mordfälle aufgeklärt, aber immer gemeinsam, also behaupten Sie nicht, es wäre allein Hazels Verdienst gewesen!«

Im Raum wurde es sehr still. Ich hörte eine Fliege in eine der Lampen sirren und zu Asche verbrutzeln.

Sai Yat lächelte. »Miss Wongs Freundin«, sagte er. »Sie sind ihre *Assistentin* – sagt man das so?«

»Bin ich nicht –!«, platzte Daisy empört heraus.

Sai Yat hielt eine Hand hoch und Daisy klappte den Mund zu wie ein Fisch.

»Folgendes sollen Sie für mich tun, im Austausch dafür, dass ich Sie nicht töte oder entführe oder anderes tue, zu dem ich fähig *wäre* … denn wie Sie selbst sehen, bin ich ein gefährlicher Verbrecher und das Oberhaupt einer sehr großen Bande, während Sie zwei kleine Mädchen sind, weit weg von zu Hause, mitten in der Nacht. Sie müssen mir glauben, wenn ich Ihnen sage, dass meine Männer und ich nichts mit der Entführung Ihres kleinen Bruders oder dem Mord an seinem Kindermädchen zu tun haben. Wir machen uns vieler Dinge schuldig, aber nicht daran. Wir haben keinen Grund – wir verdienen unser Geld auf andere Weise. Wenn ich in dieser heiligen Halle spreche, dann nur die Wahrheit, also müssen Sie mir glauben. Außerdem wissen Sie, was es mit der Haarnadel wirklich auf sich hat, nicht wahr, Miss Wong? Sie stammt nicht von uns. Sie stammt von Ihnen. Ah Lan hat mir auch das erzählt.«

Ich schluckte. Mein Mund war sehr trocken.

»Sie müssen mir außerdem glauben, wenn ich sage, dass ich zutiefst empört darüber bin, dass der wahre Schuldige eine Jadenadel am Tatort hinterlassen hat – unser Zeichen. Man hat Schande über uns gebracht, und auch über Sie, wie ich annehme. Wir müssen zusammenarbeiten, damit der Täter seine gerechte Strafe erhält.«

»Wie?«, fragte ich und schluckte erneut mit großer Mühe.

»Zuerst müssen Sie zugeben, dass die Haarnadel Ihnen gehört.«

»Aber was, wenn mein Vater dann denkt, ich wäre an allem schuld?«, wisperte ich.

»Zum einen, würde ich sagen, ist dies nicht meine Angelegenheit«, antwortete Sai Yat. »Weil es so ist. Doch zum anderen habe ich keinerlei Zweifel, dass Sie mehr als fähig sind, dieses Problem zu lösen. Wehren Sie sich mit der Wahrheit. Sie wissen ebenso wie ich, dass es sich nicht um eine gewöhnliche Entführung handelt. Es soll nur so aussehen. Keiner von uns steckt dahinter, doch sehr wohl jemand, den Ihr Vater kennt und dem er vertraut. Sie haben bereits gewisse Leute in Verdacht, nicht wahr?«

»Ja«, antwortete ich. »Mr Wa Fan, Mrs Fu und Mr Svensson. Wir glauben nicht, dass Wu Shing allein handelte. Wir nehmen an, dass einer von ihnen dafür bezahlt hat, dass er Teddy verschleppt.«

»Sehr gut«, meinte Sai Yat. »Sie sind die Ermittlerin. Sie werden herausfinden, wer Ihren Bruder hat. Ich werde Ihnen helfen – meine Männer sind bereits auf der Suche nach Wu Shing, außerdem werde ich Ihre drei Verdächtigen beschatten lassen. Ah Lan wird Ihnen jede Information, die wir sammeln, weitergeben, und Sie werden damit den Schuldigen finden. Ja?«

Eine Frage konnte man das kaum nennen.

»Ja«, sagte ich.

»Ja«, sagte auch Daisy, nachdem ich sie fest in die Rippen gestoßen hatte. Sie schmollte, weil Sai Yat nur mit mir redete. Sie war im Raum, stand aber nicht im Mittelpunkt, was für die Ehrenwerte Daisy Wells eine wirklich merkwürdige Erfahrung war.

»Ausgezeichnet!«, sagte Sai Yat. »Es freut mich, Sie nun nicht töten zu müssen.« Er zwinkerte uns zu, trotzdem hatte ich das ungute Gefühl, sein Scherz wäre nicht ganz so witzig, wie er ihn darstellte.

»Viel Glück, Miss Wong.« Er neigte den Kopf eine Winzigkeit, während ich mich tief verneigte. »Und auch Ihnen viel Glück, Miss Wells«, fügte er hinzu, streckte die Hand aus und tätschelte Daisys Kopf. Beleidigt wich sie zurück.

»Goldenes Haar.« Sai Yat grinste. »Hier bringt das Glück. Hat Ihnen das noch keiner gesagt?«

»Man hat mir so einiges nicht gesagt, was Hongkong betrifft«, erwiderte Daisy und warf mir einen finsteren Blick zu. »Aber ich vermute, als Glücksbringer zu gelten, gehört noch zum guten Teil.«

Mit einem Schlag flogen die Türen am Ende der Halle auf und ein Mann platzte herein.

»Sai Yat«, sagte er und verbeugte sich tief. »Wir haben Wu Shing gefunden!«

»Ja? Bringt ihn her!«, befahl Sai Yat.

»Er ist in der Villa Peking, in Wan Chai«, berichtete der Mann. »Dort hat er Zimmer 440 für eine Woche gemietet. Er hat vor aller Welt damit angegeben, dass er schon bald ein Vermögen besitzen wird und nicht lange dort bleiben muss. Er hat herumerzählt, er hätte einen reichen Gönner, der ihn großzügig mit Geld und Schmuck beschenken wird. Wir haben Männer, die ihn sofort ergreifen können.«

»Nein«, entschied Sai Yat sich anders. »Sag ihnen, sie sollen fürs Erste die Stellung halten und beobachten. Lasst diese drei hier gehen.« Er nickte zu Daisy, Ah Lan und mir.

»Wo gehen wir hin?«, fragte Daisy. »Noch ein Abenteuer?«

»Villa Peking«, antwortete ich. »Wu Shing hat dort ein Zimmer – Nummer 440.«

»Villa?«, wiederholte Daisy. »Sind Liftboys bei euch denn reich?«

»Diese Villa ist nicht wie die in England«, sagte ich und schluckte. Wie sollte ich Daisy den Unterschied zwischen dem Bild in ihrem Kopf und der Realität erklären? Die Villa Peking war ein Ort, den ich noch nie betreten hatte. Dort geht man hin, wenn man sich nichts anderes leisten kann – man hört, dass es in der Villa dreckig und dunkel, voller Krankheiten und Elend ist. Ich wollte dort absolut nicht hin. Doch als ich zu Sai Yat blickte, war mir klar, dass wir uns nicht weigern konnten. Er hatte uns gebeten, für ihn zu arbeiten, und wir mussten tun, was er uns auftrug.

Ich verneigte mich zustimmend und Sai Yat nickte mir ernst zu. Dann berührte Ah Lan Daisy und mich an der Schulter, woraufhin wir uns umdrehten und ihm aus der Halle folgten. Auf der Schwelle sah ich ein letztes Mal zurück zu Sai Yat, der das Zentrum des Raums einnahm. Mit erhobenem Kopf und verschränkten Armen beobachtete er uns. Sein Selbstvertrauen war wie eine Hand in meinem Nacken. Mir war mehr als deutlich, dass wir diesen Mann nicht enttäuschen durften.

Einen wichtigen Verdächtigen hatten wir bereits ausgeschlossen und einen zweiten würden wir bald verhören. Nur das Verbrechen selbst erschien auf einmal hundertmal gefährlicher als noch vor wenigen Stunden.

6

Sobald wir uns in den Karren gezwängt hatten, ging die Reise los. Wir ratterten durch Straßen, die dunkler waren als zuvor, Lichter waren gedimmt und in der Ferne ertönten Rufe. Ich fühlte mich hellwach, gleichzeitig wie in einem Traum. Ich wusste nicht, wie spät es war – meine Armbanduhr hatte ich zu Hause gelassen –, doch es war deutlich, dass wir eine lange Zeit unterwegs gewesen waren. In einem Karren braucht man lange vom Western bis nach Wan Chai.

Ah Lan schob uns tapfer weiter, allerdings machte ich mir Sorgen, ob er noch lange durchhalten würde.

»Lass uns schieben«, schlug ich schließlich vor und setzte mich auf.

»Nein«, wehrte Ah Lan ab. »Eure Hände – ihr werdet euch wehtun und jemand wird es bemerken. Aber ihr könnt aussteigen und neben mir herrennen, *falls* ihr mithalten könnt.«

Wieder hörte ich die Andeutung eines spöttischen Lächelns in seinem Tonfall und wurde rot.

»Und ob wir mithalten können!«, entgegnete Daisy höhnisch. »Ich bin schneller als du – oder hast du das schon vergessen?«

Wir kletterten aus dem Karren (ich taumelte, sodass Daisy mich auffangen musste) und standen im nächsten Moment auf der asphaltierten Straße. Ah Lan lief leichtfüßig los, während der Karren vor ihm herholperte, und Daisy preschte hinterher. Während ich mir von ganzem Herzen wünschte, Ermitteln wäre nicht so schweißtreibend, folgte ich ihnen. Ich hatte schreckliche Angst, gegen etwas Hartes zu rennen, und fast noch größere Angst, auf etwas Weiches zu stoßen.

Endlich wurde Ah Lan in einer schmutzigen Straße voller Unrat langsamer. Vor einem hässlichen Gebäude mit zahlreichen erhellten Fenstern hielten wir an. Riesenhaft ragte es vor uns in die Höhe und im Innern war allerhand los. Hitze und Lärm schwappten uns entgegen, wie Dampf aus einem Topf. Daisy, die halb im Schatten stand, rümpfte die Nase und sagte: »Igitt! Himmel!«

»Die Villa Peking«, sagte Ah Lan und verneigte sich ironisch. »Lasst mich rasch den Karren verstecken, dann gehen wir rein.« Ich sah, wie er jemandem hinter uns zunickte, und einen weiteren Mann in dunkler Kleidung auf der anderen Straßenseite in der Dunkelheit verschwinden. Sai Yats Leute waren noch hier, hielten Wache, und das bedeutete, Wu Shing hatte das Gebäude nicht verlassen.

Beim Gedanken daran, es zu betreten, fing mein Herz an zu rasen – nicht nur, weil wir einen Verdächtigen stellen würden. Ich konnte das Haus bereits riechen, den scharfen Gestank nach Urin. Tief und vorsichtig atmete ich ein, während ich nach Daisys Hand griff. Sie war recht blass geworden. »Detekteihandschlag!«, wisperte ich. »Reiß dich zusammen!«

»Das musst du mir nicht sagen«, erwiderte Daisy. »Ich reiße mich immer zusammen!«

Als sie meine Hand schüttelte, lächelte sie mich an, zum ersten Mal, seit wir Sai Yats Lager betreten hatten.

»Danke, Watson«, flüsterte sie, sehr leise.

Wir folgten Ah Lan in die Villa Peking. Auf dem Weg durch ein stinkendes, hallendes Treppenhaus kamen wir an

Menschen vorbei, die zusammengesunken auf den Stufen lagen – ich hatte Angst, sie könnten tot sein, und klammerte mich an Daisys Arm fest, doch sie raunte: »Sei kein Kamel, Hazel, sie schlafen nur. Schau, sie atmen.«

Wu Shings Zimmer war Nummer 440. Die Nummer vier, die in Hongkong Unglück bedeutet, machte mich irgendwie nervös, was ich Daisy allerdings nicht erklären konnte. Als wir es gefunden hatten, stellten wir fest, dass die Zimmertür einen Spaltbreit offen stand. Im Innern war es dunkel.

Mein Herz schlug heftig. Was, wenn Teddy hier war? Was, wenn dies das Ende unseres Abenteuers bedeutete?

»Taschenlampen«, sagte Daisy. Ich holte meine Taschenlampe heraus, genau wie sie. Ah Lan sah uns an und hob die Augenbrauen.

»Ihr seid gut vorbereitet«, stellte er anerkennend fest. »Nicht schlecht.«

Gemeinsam stießen wir die Tür auf.

Der Schein unserer Taschenlampen geisterte durch ein scheinbar leeres Zimmer. Es war rechteckig, hatte keine Fenster und in einer der Ecken lag ein Berg schmutziger Decken. Es stank – nach Schmutz, Münzen und irgendwie süßlich. Eine Schüssel, halb voll mit Wasser, stand herum und auf dem Boden war … Blut.

Mit wackligen Beinen ging ich weiter. Meine Hand zitterte, sodass mein Lampenschein wie etwas Lebendiges über rostrote Flecken und Schmieren zuckte, die aussahen als ob sie einige Tage alt wären. In einem grauenhaften Moment dachte ich schon … ich kann es nicht einmal aufschreiben. Doch schnell sahen wir, dass im Raum nichts auf ein Baby hindeutete, auch nicht, dass je eines da gewesen wäre. Der Anruf mit der Lösegeldforderung konnte ebenso wenig von hier gekommen sein. Es gab kein Telefon, nicht einmal im Flur. Teddy war nicht hier und vermutlich auch nie dagewesen.

Plötzlich schrie Daisy auf. Sie und Ah Lan waren zu den Decken gelaufen – nun erst sah ich, dass die Blutspur dorthin führte. Der Griff um meine Taschenlampe verkrampfte sich.

Daisy beugte sich über die Decken und zog sie mit spitzen Fingern beiseite. Plötzlich, einfach so, wurden die Puzzleteile unseres Falls durcheinandergewürfelt, um ein völlig neues Bild zu ergeben.

7

Unter den Decken lag eine Leiche. Sie trug eine schlichte Jacke, eine schlichte Hose, während neben ihr eine zusammengeknüllte rote Uniform mit goldenen Borten und einer kleinen schicken Kappe lag. Obwohl ich ihm erst einmal persönlich begegnet war und sonst nur sein Bild kannte, wusste ich sofort, dass es sich um Wu Shing handelte.

Gekrümmt lag er da, genau wie Su Li, und wirkte dabei so würdelos, dass ich kurz Mitleid mit ihm hatte, bis ich seine Hände bemerkte. Sie waren zerkratzt und voller Schnitte – mir fielen die Kratzer auf Su Lis Händen ein. Es erschien sicher, dass Wu Shing sie ermordet hatte.

Was ihn das Leben gekostet hatte, konnte ich allerdings nicht erkennen, denn auf seiner Vorderseite war nichts zu sehen – bis Daisy die Leiche mit dem Fuß anstieß und sie auf den Bauch rollte. Da sahen wir den dunklen Fleck am Rücken und das Blut, das an seiner Jacke hinuntergeflossen war. Wu Shing war erschossen worden, und die Wunde verriet uns, dass er seinem Mörder den Rücken zugewandt hatte. Dieser Ort war grauenhaft und offensichtlich geschahen hier viele grauenhafte Dinge, trotzdem konnte das kein Zufall sein. Wesentlich logischer erschien es, dass der Mörder besagter Wohltäter war, mit dem Wu Shing vor allen angegeben hatte. Jemand hatte ihn dafür bezahlt, Su Li zu töten und Teddy zu verschleppen, und wenn Teddy nicht hier war, schien es wahrscheinlich, dass er sich bei dem Auftraggeber aufhielt.

Was mich, nach all unseren Fällen, noch immer schockiert, ist, wie leicht das Morden unterm Strich fällt. Menschen sind so unerträglich zerbrechlich. Es ist schön, an gute Menschen und an schlechte Menschen zu glauben, wie ich es früher getan habe. Aber inzwischen hatte ich selbst oft genug erlebt, wie klein der Schritt ist – dass man nur im falschen Augenblick die Hand ausstrecken muss, dass alle Pläne und guten Vorsätze sich innerhalb eines einzigen Atemzugs buchstäblich in Luft auflösen können.

Obwohl die Vorsätze *dieses* Täters, rief ich mir ins Gedächtnis, zu keiner Zeit gut waren, auch nicht vor dem Mord an Wu Shing. Er hatte Teddys Entführung geplant – und Su Lis Tod.

»Deck ihn zu, Daisy«, bat ich mit der Hand über dem Mund.

Plötzlich hatte ich ein ganz komisches Gefühl, als würde ich mir selbst über die Schulter blicken und mich dabei beobachten, wie ich Daisy und Ah Lan dabei zusah, wie sie wiederum Wu Shing betrachteten. Die Gerüche im Zimmer – nach Blut und dieser seltsamen leichten Süße, die mich lächerlicherweise an Gartenpartys erinnerte –

waren mir in die Nase gestiegen und machten mich schwindelig.

»Sai Yat hatte recht. Wir haben wirklich ein Talent, über Leichen zu stolpern«, sagte Daisy gut gelaunt zu Ah Lan. »Hier, hilf mir, ihn zu untersuchen. Er könnte nützliche Spuren an sich haben.«

»Er ist schon über einen Tag lang tot«, schätze Ah Lan. »Sehen Sie, er wird schon … schlaff. Das passiert hier etwa einen Tag, nachdem jemand gestorben ist.«

»Igitt!«, sagte ich entsetzt.

»Aber er starb nicht sofort, nachdem er von der Bank zurückgekehrt war«, stellte Daisy fest. »Das können wir sicher sagen, weil er offensichtlich Zeit hatte, seine Uniform auszuziehen. Er kam also her, zog sich um und starb dann … irgendwann später?«

»Schaut!«, sagte Ah Lan plötzlich. »Hier!« Er hielt etwas hoch, das er aus Wu Shings Hand genommen hatte. Es war ein zerrissenes Stück Papier – ein Fetzen einer Hongkong-Banknote. »Jemand hat seine Taschen durchwühlt. Gleich an mehreren Stellen ist die Naht aufgerissen.«

»Ich glaube, jetzt weiß ich, was los war!«, rief Daisy. »Wu Shing ermordete Su Li, nahm Teddy und übergab ihn seinem Auftraggeber. Der zog dann los und tätigte den Erpressungsanruf. Einige Stunden später kam er hierher, um sich mit Wu Shing zu treffen, weil … Oh, weil er mitbekommen hatte, dass Wu Shing herumposaunte, er würde reich entlohnt werden, und ihn zum Schweigen bringen wollte. Vielleicht hat er ihm zum Schein noch mehr Geld angeboten? Jedenfalls wartete der Täter, bis Wu Shing ihm den Rücken zudrehte und erschoss ihn, nahm ihm das Geld ab, versteckte ihn unter den Decken und ging. Klingt das logisch?«

»Tut es«, sagte ich nickend. »Es … es ist grässlich, Daisy. Wu Shing war ein schrecklicher Mensch, wenn er bereit war, jemanden zu töten, den er einmal geliebt hat, und trotzdem … keiner verdient so etwas wie das hier.«

Daisy hörte mir gar nicht zu. Sie zog an einer anderen Decke und stieß einen aufgeregten Schrei aus. »Schaut mal! Noch ein Hinweis! Das ist noch mehr Papier, oder? Ich kann es nicht lesen!«

Ich leuchtete mit meiner Taschenlampe zu ihr. Sie hielt schmale Papierstreifen in der Hand, die voller chinesischer Schriftzeichen und Nummern waren.

»Hey, ich weiß, was das ist!«, sagte Ah Lan. »Wettscheine. Und zwar gehören die … zur Happy-Valley-Rennbahn. Dann war Wu Shing also ein Spieler! Vielleicht war das einer der Gründe, warum er den Auftrag angenommen hat: um für seine Spielsucht zu bezahlen. Ich kann Sai Yats Männer bitten, sich umzuhören.«

»Ja«, sagte ich nickend. »Außerdem müssen wir genau wissen, was Wu Shing Montagnachmittag gemacht hat. *Wann* kam er hierher zurück?«

»Sehr richtig, Watson«, gab Daisy mir recht. »Und jetzt, finde ich, sollten wir nach Hause, bevor wir auffliegen.«

Ich atmete tief ein – was ein Fehler war: Ich hustete und schauderte prompt, weil ich gehustet hatte. Dann biss ich die Zähne zusammen. Wir hatten sowohl Sai Yat als auch (da er tot war) Wu Shing als Täter ausgeschlossen. Wir vermuteten, dass Teddy nun von jemand anderem gefangen gehalten wurde, von demjenigen, der mich als Schuldige hinstellen wollte. Wer war es? Mr Svensson? Mrs Fu? Mr Wa Fan?

Wir kamen der Wahrheit näher. Doch im Augenblick war der Fall riskanter denn je. Als Teil unserer Abmachung mit Sai Yat musste ich meinem Vater die Wahrheit über die Jadenadel gestehen.

8

Unser Karren rollte erneut durch die nächtlichen Straßen Hongkongs, die nun kühler und reichlich finster waren, nachdem das Gelächter und die Rufe von vorhin verstummt und sämtliche Lichter verlöscht waren.

Während wir durch Passagen und Straßen rannten, raunte Daisy mir einen eindringlichen Monolog ins Ohr.

»Wir haben noch eine *Leiche* gefunden, Hazel! Wie aufregend! Und – Junge! Wir arbeiten mit *Verbrechern* zusammen!«

»Sie weiß schon, dass ich sie verstehen kann, oder?«, wandte Ah Lan sich auf Kantonesisch an mich, als er den Karren in zehn wuchtigen Schüben eine Treppe hinaufbugsierte.

»Natürlich«, keuchte ich neben ihm. »Daisy«, sagte ich auf Englisch. »Sei nicht albern. Du weißt, dass wir Sai Yat vertrauen müssen. Er hat es uns in der Halle versprochen, und dieser Ort ist ihm heilig.«

»Wo wir davon sprechen!«, sagte Daisy. »Warum bist *du* hier eigentlich die Berühmte und Berüchtigte? Das erscheint mir höchst unfair. Schließlich bin ich die Vorsitzende der Detektei und diejenige, die sie ins Leben gerufen hat. Über mich sollte man tratschen.«

»Es sind die Diener meines Vaters, die tratschen«, erinnerte ich sie. »Sie würden ja wohl kaum über dich reden.«

»Das sollten sie aber!«, rief Daisy aufgebracht. »Es ist … es ist … Oh, Hazel, in Hongkong steht alles Kopf! So ganz gefällt mir das nicht.«

»Fast zu Hause«, sagte Ah Lan schließlich auf Englisch. »Nur noch den Berg hoch. Leise jetzt – Sie müssen gleich zurück in den Karren.«

Wir waren im Dschungel und rollten über die schweren Blätter auf dem Trampelpfad. Der Karren schob Zweige beiseite und wirbelte grüne, saftige Duftwolken auf. Unter dem Blätterdach war es noch immer dunkel, doch unscharf konnte ich allmählich die gespenstischen Umrisse der Bäume erkennen. In dieser grünen Halbwelt konnte sich überall ein Mensch verbergen, der sich jeden Moment auf uns stürzen könnte. Und was, wenn man unser Verschwinden bemerkt hatte? Was, wenn man bereits nach uns suchte? Mir stockte der Atem.

Daisy und ich stiegen in den Karren, als ich schon das Tor vor uns sah. Im Wärterhäuschen saß derselbe Diener wie vorhin, sein Kopf mit dem Turban darauf nickte, während seine Hand neben seinem Messer ruhte. Als er Ah Lan mit dem Karren auf sich zukommen sah, stand er blinzelnd auf.

»Morgen«, sagte er. »Du bist aber früh dran.«

»Viel Arbeit«, entgegnete Ah Lan und nickte unbestimmt. Ich war beeindruckt – er schien so ruhig und gelassen. Nur seine rechte Hand, die den Griff des Karrens so fest umschloss, dass seine Knöchel weiß hervorstanden, verriet ihn.

Doch der Wärter schaute nicht auf Ah Lans Knöchel. Er nickte ihn einfach nur durch und starrte dann wieder Richtung Dschungel ins Leere.

Ah Lan schob den Karren langsamer, je weiter wir in den Garten vordrangen. Zuletzt kam er ratternd neben dem Fischteich zum Stehen. Die Statue des Affenkönigs darauf wurde im stetig heller werdenden Licht immer deutlicher.

»Steigen Sie aus«, wies Ah Lan uns an. »Den Rest können Sie zu Fuß laufen. Falls jemand Sie sieht, lassen Sie sich eine Lüge einfallen. Behaupten Sie, vor dem Frühstück noch einen Spaziergang gemacht zu haben.«

»In Ordnung«, sagte ich. »Danke für deine Hilfe.«

Ah Lan zuckte mit den Schultern und wischte sich die Haare aus der verschwitzten Stirn. Er war müde und schmutzig, und so wie er mich musterte, sah ich genauso aus.

»Ich bin froh, dass Sie den Fall übernehmen«, sagte er. »Tut mir leid, dass ich Sie anlügen musste, um Sie zu dem Treffen zu bringen. Sie kennen wirklich keine Furcht.«

»Daisy ist die Furchtlose«, sagte ich ganz automatisch. »Bei mir ist das anders.«

»Ach?« Ah Lan hob eine Augenbraue. »Wie Sie meinen. Sobald ich etwas Neues weiß, setze ich meine Mütze auf und stelle mich neben den Fischteich. Wenn Sie mich auf den neuesten Stand bringen wollen, setzen Sie sich an den Teich und ich schaue vorbei. Abgemacht?«

Ich nickte. Dann wandte ich mich ab und blickte auf unser Haus, das aussah wie eine weiße Hochzeitstorte. Die Fenster waren verlassen und geschlossen. Alles schlief noch. Wir hatten es geschafft.

Nur dass im ersten Stock mit einem Mal ein Vorhang im Zimmer meiner Mutter wackelte, nur kurz, dann war alles reglos. Es ging so schnell, es hätte bloße Einbildung sein können. Allerdings glaubte ich nicht daran.

9

Wir schlichen uns ins Haus. Die Nebentür stand noch immer ein kleines Stück offen, so wie wir sie verlassen hatten. Das Komische an den Sicherheitsvorkehrungen im Haupthaus ist, dass es eigentlich keine gibt, nicht so wie in England. Um die frische, kühlende Luft einzulassen, bleiben die breiten Vordertüren nachts geöffnet, da draußen Hunde und Diener bereitstehen, um jeden Eindringling anzugreifen, lange bevor er sie je erreichen könnte.

Meine Nerven lagen blank und mein Kopf fühlte sich schlapp an, ausgezehrt vom fehlenden Schlaf.

Nachdem wir die Treppen hochgeschlichen und in unserem Flur waren, atmete ich endlich wieder ruhiger.

Ich dachte über Ah Lans Worte am Teich nach, dass ich furchtlos sei, und bekam ein ganz merkwürdiges Gefühl, gleichzeitig verschämt und warm. In England stehe ich in Daisys Schatten, doch hier war *ich* die Berühmtheit. Sai Yat hatte von mir gehört – nicht nur von uns, von der Detektei Wells & Wong, sondern von *mir*. Ich weiß, dass ich ohne Daisy niemals Detektivin sein könnte – wir arbeiten zusammen, immer, genau das ist unsere Stärke. Trotzdem war ich stolz darauf, dass man meinen Namen kannte, nicht nur als Daisys Freundin, sondern allein als Hazel Wong.

Wir betraten unser Zimmer. Und stellten fest, dass wir Besuch hatten.

Einen grauenhaften Augenblick dachte ich, es wäre meine Mutter. Doch es war Ping. Als wir durch die Tür kamen, stieß sie erst ein leises Keuchen, dann einen kleinen Schrei aus. »Miss Hazel! Miss Daisy! Wo waren Sie?«, empfing sie uns. »Vor einer Stunde bin ich aufgewacht und fühlte mich so … ich kann es nicht erklären. Ich wusste, dass ich nach Ihnen sehen musste, doch Sie waren *verschwunden*! Und jetzt sind Sie so schmutzig!«

Ich betrachtete meine Kleidung, die voller Ruß war, und auf meinen Händen prangten Staub und Dreck. Daisys Gesicht war ebenfalls alles andere als sauber, ihr Schal unordentlich verrutscht und ihr goldenes Haar beinahe braun.

Ich schluckte. »Wir waren … draußen«, sagte ich. »Ping, hör mir zu.«

»Sag ihr, dass wir sie foltern, wenn sie uns verpetzt!«, rief Daisy.

»Nein, das werden wir *nicht*!«, erwiderte ich. »Psst!«

»Miss Hazel!«, stieß Ping aus. »Es hat doch … es hat doch nichts mit Teddy zu tun? Sie haben doch nicht … irgendeine Dummheit angestellt?«

»Nein!«, erwiderte ich, entsetzt über ihren besorgten Gesichtsausdruck. »Ich schwöre feierlich, dass ich nichts mit seiner Entführung zu tun habe. Deshalb *mussten* wir ja nach draußen. Es ist so, Daisy und ich wollen herausfinden, wo er ist, damit wir beweisen können, dass die Haarnadel eine falsche Fährte ist. Du hast mir schon einmal geholfen. Bitte, hilf mir auch diesmal. Verrate uns nicht.«

Ping zögerte. »Na gut, Miss«, sagte sie schließlich. »Nur … Sie tun doch nichts Gefährliches, oder?«

Ich dachte an Wu Shings Leiche, an das Triadentreffen, daran, mitten in der Nacht durch die Straßen Hongkongs zu ziehen.

»Nein«, antwortete ich.

»Danke, Miss«, sagte Ping. »Das ist wichtig.«

Sie nahm meine Hand in ihre kleinen schwieligen Finger

und lächelte mich an. Verblüfft begriff ich, dass Ping und ich – nun, nicht gerade genau das geworden waren, was Su Li und ich gewesen waren, aber doch irgendwie … Verbündete.

»Na gut, dann wollen wir Sie nun waschen«, sagte sie, »sonst werden Ihre Eltern außer sich geraten.«

Ping füllte die Holzwanne in unserem Bad und wir schrubbten uns, bis wir rosig und sauber waren – und das Wasser eine besorgniserregende braune Farbe angenommen hatte. Einfach so hatten wir unser Abenteuer abgewaschen. Übrig blieben nur die Erinnerungen.

»Danke, Ping«, sagte ich, sobald wir angezogen waren. »Du kannst nun zurück in dein Zimmer. Daisy und ich müssen reden.«

10

Ping verneigte sich und verließ den Raum. Als ich mich zu Daisy umwandte, musterte sie mich. »Du entwickelst dich zu einer richtigen Herrschaft, Hazel Wong«, stellte sie fest. »Was genau du gesagt hast, muss ich gar nicht wissen, dein Ton verrät alles. Ich bin beeindruckt.«

Prompt wurde ich rot und fühlte mich alles andere als herrschaftlich. »Ich mag Ping, aber bei einer richtigen Detekteisitzung kann sie nicht dabei sein!«

»Da hast du völlig recht«, meinte Daisy. »Ich wollte haargenau dasselbe vorschlagen. Hol das Fallbuch, dann setzen wir uns. Nun … also gut – es hat *viele* aufregende Entwicklungen in unserem Fall gegeben! Zunächst einmal hat sich unser Verdächtiger Sai Yat selbst entlastet. Hazel, du bist doch wirklich ganz sicher, dass wir seinem Wort trauen können?«

Ich nickte. »Ja. Er hat einen heiligen Eid geschworen, genau wie der Rest der Bande. Und als wir Wu Shings Leiche gefunden haben, habe ich bemerkt, dass Ah Lan genauso überrascht war wie wir. Hätte seine Bande dahintergesteckt, hätte er doch sicher Bescheid gewusst, nicht? Sai Yat war davon überzeugt, dass die Nadel ein Ablenkungsmanöver ist, und ich bin ganz seiner Meinung.«

»Unsere Hypothese, dass dieses Verbrechen etwas Persönliches ist, scheint immer wahrscheinlicher«, stimmte Daisy mir zu. »Der Verantwortliche hasst deinen Vater, und *dich*. Außerdem wissen wir, dass Wu Shing zwar der Mörder war, das Verbrechen aber nicht allein geplant und ausgeführt hat. Er redete von einem Auftraggeber und wir haben herausgefunden, dass er Geld brauchte, um seine Spielsucht zu finanzieren. Sein Zimmer war wirklich grauenvoll! Offensichtlich hatte er keinen müden Penny mehr. Und da er sich schlecht *selbst* in den Rücken schießen konnte, beweisen sein Tod und der Fetzen Geldschein in seiner Hand, dass er erst bezahlt und dann zum Schweigen gebracht wurde!«

»Es ist so furchtbar!«, sagte ich. »Fast tut er mir leid, Daisy. Er wurde heimtückisch hereingelegt!«

»Sei kein Kamel. Er war ein übler Mensch, der Su Li ermordet hat!«, rief Daisy. »Aber ja, die Art, wie er umgebracht wurde, war durchaus mies. Aus nächster Nähe und dann auch noch von *hinten*. Das hat etwas durch und durch Fieses und Hinterhältiges an sich. Als ob … Ja, als ob der Mörder ein alter Mann war oder eine Frau oder ein Geschäftsmann, der nicht ans Töten gewöhnt ist. Jedenfalls kein Bandenmitglied.«

Ich schauderte. »Wu Shings Tod ändert alles. Es beweist, wie skrupellos der Täter ist. Von Ah Lan wissen wir, dass Wu Shing seit Montag tot ist. Seine Kleidung hat uns verraten, dass er in die Villa Peking zurückgekehrt war und sich umgezogen hatte, bevor er getötet wurde. Doch da es im Zimmer kein Telefon gibt und ich auch im Flur keines gesehen habe, kann der Anruf mit der Lösegeldforderung nicht von dort abgesetzt worden sein. Und da keinerlei Babysachen herumlagen, weder Windeln noch Fläschchen, glaube ich nicht, dass Teddy je dort war.«

»Genau. Alles deutet darauf hin, dass es einen Mitverschwörer gibt, der Teddy an einem anderen Ort gefangen hält«, sagte Daisy nickend. »Von wo aus höchstwahrscheinlich auch der Erpresseranruf getätigt wurde.«

»Wir wissen noch immer nicht, wann genau Teddy dieser Person übergeben wurde – aber ich glaube, was wir heute Nacht erfahren haben, lässt zumindest eine wohlbegründete Vermutung zu. Entweder ist es direkt nach dem Verbrechen geschehen, noch in der Bank, oder kurz danach, am frühen Nachmittag. Also … derjenige, der Teddy nun hat und das Verbrechen plante, muss zu diesem Zeitpunkt außer Haus gewesen sein, und zwar lange genug, um Teddy in Empfang zu nehmen und Wu Shing zu ermorden.«

Ich wandte mich unserer Liste mit den Verdächtigen zu. Sai Yat und Wu Shing hatte ich bereits durchgestrichen. Dafür stach mir etwas anderes ins Auge. Wenn man Wu Shing am Montagnachmittag in der Villa Peking getötet hatte, kam meine Mutter als Täterin nicht infrage. Sie war den ganzen Nachmittag zu Hause gewesen, da mein Vater jeden Ausgang verboten hatte. Erleichtert atmete ich auf und merkte erst jetzt, dass ich gespannt die Luft angehalten hatte.

»Mutter scheidet aus!«, sagte ich. »Überleg mal, Daisy!«

Daisy rümpfte die Nase, dann glätteten sich die Falten auf ihrer Stirn. »Korrekt«, sagte sie. »Was für eine Erleichterung, Hazel! Ich muss zugeben, der Gedanke, deine Mutter könnte eine Mörderin sein, hat mir nicht gefallen.«

Mit Nachdruck strich ich mit meinem Bleistift ihren Namen durch. Und fühlte mich ums Zehnfache leichter.

Drei Verdächtige waren uns geblieben: Mrs Fu, Mr Wa Fan und Mr Svensson.

»Wir sollten notieren, was sie am Montag getan haben!«, sagte ich. »Das könnte helfen. Alles hängt davon ab, wer zur fraglichen Zeit im achten Stock war, nicht wahr?«

»Hmmm«, machte Daisy. »Ja. Fangen wir mit Mrs Fu an: Um elf Uhr fünfundfünfzig haben wir sie aus Wu Shings Lift kommen sehen und zehn nach zwölf in der Haupthalle der Bank gesichtet. Wohin sie danach ging, ist unbekannt. Mr Wa Fan: Wir wissen lediglich – von Wo On –, dass er das Bankgebäude gegen Viertel nach zwölf verlassen hat. Und Mr Svensson: Er war zehn nach zwölf in der Haupthalle und hat das Gebäude zwanzig nach zwölf verlassen. Alle drei sind hochverdächtig!«

Ich nickte und schrieb mit. Als ich mir den Erpresseranruf erneut durch den Kopf gehen ließ, hatte ich einen Einfall.

»Weißt du noch, was mein Vater über den Anruf des Erpressers gesagt hat? Er hörte …«

»Scheppern!«, beendete Daisy meinen Satz. »Und?«

»Und was scheppert?«, fragte ich weiter.

Daisy zuckte elegant mit den Schultern. »Rohre, wie dein Vater ja schon sagte«, schlug sie vor. »Die scheppern. Oder … Autos, wenn man sie anlässt, doch dann hätte dein Vater vermutlich eher von Motorenlärm berichtet. Schöner Mist, dass wir nicht wissen, was er gemeint hat. Aber zumindest können wir an den Orten, an denen sich unsere Verdächtigen oft aufhalten, auf verdächtiges Scheppern achten.«

»Exakt!«, sagte ich. »Mir fällt auch schon ein, was scheppert: Schüsseln und Stäbchen auf Tellern! Was, wenn *Mrs Fu* Teddy hat und sie ihn im Teehaus gefangen hält?«

»HAZEL!«, rief Daisy und setzte sich schwungvoll im Bett auf. »Das ist ein vortrefflicher Gedanke! Und ich glaube, mir ist gerade eine meiner brillanten Ideen gekommen: Ich weiß, wie wir es deinem Vater beibringen, Mrs Fus Teehaus durchsuchen und zurück an den Tatort gehen können.«

»Wie?«, fragte ich.

»Pass auf: Was war das noch gleich für ein Ding, von dem du mir erzählt hast – dieses Essen, das so ähnlich klingt wie … wie eine dicke Hummel?«

»*Dimsum?*« Ich unterdrückte ein Kichern.

»Genau«, sagte Daisy. »So was bekommt man in Mrs Fus Restaurant, nicht? Was, wenn du deinen Vater bittest, uns dorthin auszuführen? Wenn wir dort sind, kannst du ihm dann die Angelegenheit mit der Haarnadel beichten – wenn andere Leute in der Nähe sind, kann er gar nicht *zu* wütend werden. Und nehmen wir weiter an, ich esse dort etwas, was ich nicht vertrage, sodass sich jeder um mich kümmert? Dann hättest du Zeit, dich im Teehaus nach versteckten Babys umzusehen, und anschließend müssten wir sehr wahrscheinlich schleunigst zu Dr. Aurelius.«

Es war ein typischer Daisy-Plan: völlig verrückt und schrecklich gewagt. Aber, dachte ich, er war viel besser als alles, was mir bisher eingefallen war.

»Na schön«, sagte ich schließlich. »Versuchen wir es.«

»Ausgezeichnet! Dann kannst du ja jetzt ein bisschen schriftführen und alles aufschreiben, solange wir uns vor dem Frühstück noch etwas ausruhen.«

Liste der Verdächtigen

1. Der Liftboy ~~(Namen herausfinden!)~~ Wu Shing.

~~Die einfachste Erklärung ist, dass er das Verbrechen begangen hat. Nur warum? Wir glauben, dass er und Su Li sich gekannt haben und sie Angst vor ihm hatte, allerdings müssen wir dafür Beweise finden. Hatte er für den Mord ein persönliches Motiv und Teddy quasi spontan gekidnappt oder war er vor allem daran interessiert, durch eine Entführung Teddys Geld zu erpressen, und Su Li stand ihm im Weg? Arbeitete er selbstständig oder im Auftrag? (Die Nadel lässt mit großer Wahrscheinlichkeit darauf schließen, dass er mit einem anderen Verbrecher zusammenarbeitet.) Und wenn ja, wer hat ihn angeheuert und warum?~~

~~ANMERKUNGEN: Durch das Foto wissen wir, dass er Su Li kannte! Er war ihr Ex-Freund. Also hatte man ihn dafür bezahlt, sie zu töten, oder hat er sie ermordet, weil er sie nicht mehr mochte?~~ AUSGESCHLOSSEN

Zwar ist es denkbar, dass er Su Li auch deshalb ermordet

hat, weil sie ihm den Laufpass gegeben hat, aber er hat das Verbrechen nicht aus eigenem Antrieb geplant – das hat er seinen Nachbarn in der Villa Peking erzählt. Wenig später ist er zum zweiten Opfer geworden! Jemand hat ihn am Tag der Entführung in seinem angemieteten Zimmer ermordet, nachdem er zurückgekommen war und seine Uniform ausgezogen hatte. Man hat ihn für seine Dienste bezahlt, doch nachdem er tot war, hat man ihm das Geld wieder aus den Taschen genommen. Wir glauben, dass Teddy nie in der Villa Peking war – Wu Shing muss ihn direkt nach Su Lis Ermordung seinem Auftraggeber übergeben haben.

2. *Sai Yats Triadenbande.* ~~MOTIV FÜR TEDDYS ENTFÜHRUNG: Geld, schlicht und einfach! Die Nadel, die man in Su Lis Hals gestochen hat, ist das Markenzeichen einer Triadenbande (wir haben gehört, wie jemand das erwähnt hat, und Hazel bestätigt es). Allerdings ist es seltsam, dass ausgerechnet Hazels Haarnadel verwendet wurde. Will man ihr das Verbrechen in die Schuhe schieben? War es bloßer Zufall?~~
~~ANMERKUNGEN: Pik An ist der Meinung, dass einige unserer Diener tatsächlich zu den Triaden gehören. Vielleicht auch Ng? Er sagt, Sai Yat hätte nichts mit dem Verbrechen zu tun – könnte das eine Finte sein?~~
AUSGESCHLOSSEN

Sai Yat hat uns sein Wort gegeben, dass er weder Teddy entführt noch Su Li umgebracht hat. Er hat es an einem heiligen Ort geschworen, daher glauben wir ihm. Außerdem wurde Wu Shing auf eine Art ermordet, die nicht zu den Methoden von Sai Yats Bande passt.

3. Mr Svensson. MOTIV FÜR TEDDYS ENTFÜHRUNG: Er braucht Geld, das Mr Wong ihm nicht geben will. Außerdem ist er wütend auf Mr Wong – könnte das ein Motiv dafür sein, Hazel ein Verbrechen in die Schuhe zu schieben?
ANMERKUNGEN: Er wurde zum Zeitpunkt des Verbrechens in seltsamer Stimmung in der Bank beobachtet. Zudem war er zehn Minuten lang verschwunden und es ist unbekannt, was er in dieser Zeit getan hat. Auch er war am Vorabend auf der Party, daher könnte er Hazels Haarnadel dort gefunden und dem Liftboy gegeben haben! Er wusste, wann Teddy den Termin beim Arzt hatte, weil Mr Wong ihm davon erzählt hat. Ng bestätigt, dass Mr Svensson Geldnöte hat! Er hat angeboten, einen Teil der geforderten Lösegeldsumme beizusteuern, doch von Mrs Svensson haben wir erfahren, dass er eigentlich Geldprobleme hat und sich das gar nicht leisten kann. Ist sein Angebot nur ein Kniff – und geben ihm seine Geldsorgen ein Motiv? Er scheint am unwahrscheinlichsten als Wu Shings Mörder infrage zu kommen, weil er groß und

stark ist – er hätte kein Problem gehabt, Wu Shing einfach zu überwältigen. Er hätte ihn nicht hinterrücks erschießen müssen.
ZEITABLAUF: Er verließ die Bank um 12 Uhr 10, das Gebäude aber erst um 12 Uhr 20. Hochgradig verdächtig!

4. *Mrs Fu*. MOTIV FÜR TEDDYS ENTFÜHRUNG: Auch sie scheint Geld zu brauchen – und sie hat am Abend der Feier wütend auf Mr Wong reagiert.
ANMERKUNGEN: Sie wurde zum Tatzeitpunkt von Hazel Wong und Daisy Wells in der Bank gesehen und könnte dem Liftboy die Nadel zugesteckt haben. Am Vorabend war sie auf der Party, könnte also Hazels Nadel gefunden und von Teddys Termin erfahren haben! Wir fanden einen Brief von ihr an Mr Wong, in dem sie ihn um Geld bittet, um ihr Teehaus retten zu können!
Daisy und Hazel haben belauscht, dass sie angeblich zu Geld gekommen ist – hat sie womöglich von dem Lösegeld gesprochen? Und könnte ihr Restaurant der Ursprung des Schepperns sein, das Mr Wong gehört hat? Wu Shing wurde in den Rücken geschossen – eine Vorgehensweise, die zu jemandem passt, der schwächer war als er, zum Beispiel Mrs Fu.
ZEITABLAUF: Um 11 Uhr 55 war sie am Lift und um 12 Uhr 10 in der Bank.

5. *Mr Wa Fan.* MOTIV FÜR TEDDYS ENTFÜHRUNG: Er ärgert sich über Mr Wong, weil er glaubt, er würde seine Pflichten vernachlässigen. Doch reicht das als Motiv für eine Entführung? Er war auf der Feier, könnte also die Haarnadel gefunden und von dem Termin erfahren haben. ~~In der Bank wurde er allerdings nicht gesehen und wir wissen nicht, ob er ein Patient von Dr. Aurelius ist.~~

ANMERKUNGEN: Der Chauffeur Wo On sagt, dass er Mr Wa Fan mit einer Arzneiflasche aus der Bank kommen sah, kurz bevor man den Mord entdeckte. Er war am Tatort, noch dazu in Eile! Er hat den Detektiv, Mr Leung, angeheuert, um bei der Suche nach Teddy zu helfen. Doch ist das eine freundliche Geste – oder dient es dazu, die Kontrolle zu behalten?

Wu Shing wurde in den Rücken geschossen – eine Vorgehensweise, die zu jemandem passt, der schwächer war als er, zum Beispiel Mr Wa Fan.

ZEITABLAUF: Er verließ das Bankgebäude gegen 12 Uhr 15.

6. *June Wong.* ~~MOTIV FÜR TEDDYS ENTFÜHRUNG: Sie kann ihn nicht leiden, weil er der Sohn der anderen Frau ihres Ehemanns ist. Aber, sollte sie seine Entführung arrangiert haben, muss sie wissen, dass er umso mehr geliebt wird, ist er erst zurück. Hazel erinnert sich, dass~~

~~sie mit Su Li befreundet war – warum sollte sie sie umbringen lassen?~~

~~ANMERKUNGEN: Am Tag des Verbrechens war sie nicht in der Bank – sie hatte Kopfschmerzen. Und die Haarnadel lässt Hazel, ihre eigene Tochter, verdächtig erscheinen – warum sollte sie ein Verbrechen mit solchen Folgen planen? Ihre gebundenen Füße würden sie behindern, aber ausschließen kann man sie deswegen nicht.~~

AUSGESCHLOSSEN: Sie hat das Haus am Nachmittag nach Teddys Entführung nicht verlassen – sie hätte weder Wu Shing ermorden noch Teddy entgegennehmen können.

Schlachtplan

~~1. Wo On und Ping als Verdächtige ausschließen.~~

~~2. Mehr über den Liftboy in Erfahrung bringen: Wer ist er und warum wurde er zum Mörder und Entführer? Wurde er dafür bezahlt oder hatte er ein persönliches Motiv?~~

~~3. Mehr über die Triadenbande in Erfahrung bringen, die Haarnadeln als Markenzeichen verwendet.~~

~~4. Die Motive unserer Verdächtiger genauer in Augenschein nehmen.~~

5. Mehr über die Praxis von Dr. Aurelius herausfinden, um zu begreifen, warum man das Verbrechen nicht bemerkte und wie Teddy aus dem Gebäude geschafft wurde.

~~6. Einen Weg finden, mehr über Sai Yat zu erfahren.~~

7. ~~Alibis der Verdächtigen recherchieren~~. Weitere Verdächtige ausschließen – herausfinden, wo sie den Montagnachmittag verbracht haben.

8. Überlegen, wo Teddy zurzeit versteckt sein könnte. Mrs Fus Teehaus besuchen und herausfinden, ob das scheppernde Geräusch von dort stammt.

9. Mr Wong von Hazels Haarnadel erzählen.

• TEIL FÜNF •

DER TOD KEHRT HEIM

1

Unser Plan stand fest – jetzt lag es an mir, das Nötige in Bewegung zu setzen. Beim Frühstück nahm ich allen Mut zusammen und wandte mich an meinen Vater.

»Wie bitte, Hazel?« Er schaute von seinem *Daau jeung* auf und schob sich die Brille auf recht einschüchternde Art die Nase hoch.

»Ich wollte dich um etwas bitten.« So sehr ich mich bemühte, schaffte ich es nicht, ein nervöses Schlucken zu unterdrücken.

»Was?«, fragte mein Vater kurz angebunden. »Heute ist viel zu tun, Hazel. Es ist nur noch ein Tag …«

Bis zur Lösegeldübergabe, musste er gar nicht erst aussprechen.

»Ich … ich habe überlegt, ob du mit mir und Daisy zum *yum cha* gehen würdest«, sagte ich und spürte regelrecht, wie ich rot wurde. Ich hatte Angst, ich könnte mich falsch anhören, und noch größere Angst, es könnte so klingen, als würde ich mich freuen.

»Ich will mit!«, rief May. Rose zwickte sie.

»Nein, Hazel«, mischte meine Mutter sich ein. »Du solltest das Haus nicht verlassen.«

Ich erschrak. War das ein verschlüsselter Hinweis darauf, dass sie uns dabei beobachtet hatte, als wir nach Hause kamen?

»Hazel, ich habe keine Zeit für so etwas«, sagte mein Vater. »Geh mit Ping, wenn es sein muss.«

Ich öffnete den Mund, um einzuwilligen, um mich dafür zu entschuldigen, nicht nachgedacht zu haben. Aber was herauskam, war: »*Ich* wurde nicht entführt.«

»Wage darüber keine Scherze«, sagte mein Vater so leise, dass es kaum mehr als ein Flüstern war.

»Ich meine …« Ich stolperte über meine eigenen Worte. »Teddy ist weg, aber ich bin noch hier, genau wie Rose und May. Du hast vier Kinder, nicht nur eins.«

Ich rechnete damit, dass mein Vater mich ohrfeigen würde. Schon hob er die Hände – und bedeckte damit sein Gesicht. Daisy, die neben mir saß, riss ungläubig die Augen auf. Meine Mutter hockte da wie zur Salzsäule erstarrt.

»Geh mit ihnen hin, Vincent«, bat Jie Jie plötzlich. »Es wird nichts passieren. Ich bin ja hier – und Maxwell wird hier sein. Hazel hat recht.«

»Sie sollten gehen, Sir«, pflichtete Maxwell auf seine formelle Art von seinem Platz am Rand des Zimmers aus bei, wo er Stellung bezogen hatte.

Mein Vater nahm seine Brille ab und polierte die Gläser.

»Elf Uhr«, sagte er, ohne mich anzusehen. »Maxwell, sagen Sie Wo, er soll den Wagen vorfahren.«

May jubelte.

Als ich vom Tisch aufstand und in den Flur lief, folgte mir meine Mutter, legte ihre weiche Hand mit den lackierten Nägeln auf meinen Arm und zog mich von Daisy fort. Nervös drehte ich mich zu ihr um. Dabei fiel mir auf, dass sie den glänzenden goldenen Ring wieder trug. Ich atmete auf. Sie *hatte* am Tag zuvor schlicht und ergreifend entschieden, ihn einmal nicht zu tragen. Daisy hatte sich getäuscht und die Unschuld meiner Mutter war umso deutlicher bewiesen.

»Ying Ying«, sagte sie leise. »Ich habe euch letzte Nacht gesehen. Und ich weiß von deiner Haarnadel – wo sie aufgetaucht ist. Was du auch treibst, du musst damit aufhören. Du begreifst nicht, was auf dem Spiel steht. Doch wenn du schweigst und es aussitzt, wird alles gut. Das schwöre ich. Hast du mich gehört? Ich … Du bist meine Tochter, verstehst du?«

Ich wollte ihr sagen, dass sie das alles falsch verstanden hatte, doch etwas in ihrem Blick alarmierte mich. Sie wirkte nicht nur wütend, sondern auch ängstlich. »Ja, Ah Ma«, wisperte ich.

Ich begriff, dass meine Mutter die Haarnadel mit ihren Beobachtungen von heute Morgen zusammengezählt hatte und zum falschen Ergebnis gekommen war. Doch glaubte sie tatsächlich, *ich* hätte Teddys Entführung geplant? Und falls ja, war dies etwa ihre Art, mir zu sagen, dass sie versuchen wollte, mich zu schützen?

2

Daisy und ich spazierten hinaus in den Garten. Noch stand die Sonne recht tief und die Luft war kühl, doch in den Bäumen sirrten und klackerten bereits die Morgeninsekten.

Wir setzten uns an den Rand des Teichs. Der steinerne Sims fühlte sich durch die Baumwolle meiner Hose kalt an, sodass ich fröstelte und näher zu Daisy heranrutschte. Sie beugte sich über die Wasseroberfläche und ließ die Finger über den rot-gelb-schwarzen Koikarpfen baumeln, die vorbeischwammen und das Wasser aufwühlten, während sie mit ihren schweren Körpern gegeneinanderstießen.

Es war verabredet, dass Ah Lan uns beobachten würde, und tatsächlich tauchte er eine Minute später auf der anderen Seite des Teichs hinter der Affenkönigstatue auf, einen Korb unter den kurzen Arm geklemmt, und begann, Futter ins Wasser zu streuen. Es brodelte silbrig, als die Kois mit offenen Mündern hochsprangen, um zu fressen. Ah Lan trug den kegelförmigen Hut auf dem Kopf, der sein Gesicht im Schatten verbarg.

»Ich frage mich«, sagte Daisy beiläufig, »ob ihnen das Essen genauso gut schmeckt wie uns Kuchen?«

»Früher habe ich ihnen manchmal Kuchen gegeben«, gestand ich. »Ich glaube, sie mögen ihn lieber. Allerdings war das chinesischer Kuchen, kein englischer. Ob sie Schokolade mögen würden, kann ich nicht sagen.«

Während Ah Lan näherkam und mit rechts gleichmäßig in weiten Bogen Futter verteilte, sprach ich lauter.

»Wir gehen heute Vormittag in Mrs Fus Teehaus«, sagte ich und schaute dabei sicherheitshalber nur Daisy an. »Wir glauben, dass Teddy dort sein könnte. Dann werden wir versuchen, noch einmal in die Arztpraxis zu kommen. Wir müssen uns den Tatort ansehen. Ob es wohl von unseren drei Verdächtigen schon Neuigkeiten gibt?«

»Mir ist was zu Ohren gekommen«, sagte Ah Lan und nickte unter seinem Hut den Fischen zu. »Mrs Fu hat am Montag kurz nach zwölf ihr Konto aufgelöst und sich alles auszahlen lassen. Mr Svensson kam um zwölf in der Bank an und kehrte erst fünfundzwanzig Minuten später zu seinem Auto zurück. Sein Chauffeur sagt, dass er ihm dabei beunruhigt und verärgert vorkam. Er ging heim, verließ aber am gleichen Nachmittag noch einmal das Haus und kam erst kurz vor sechs wieder. Und Mr Wa Fan hat *seinen* Fahrer dafür bezahlt, allen zu erzählen, dass er an diesem Tag den Tempel besucht hätte, nicht die Bank.«

»Woher weißt du das, wenn er ihn bestochen hat?«, fragte Daisy mich laut.

»Wir haben ihm mehr bezahlt«, antwortete Ah Lan grinsend. »Wir haben viele Menschen bezahlt. Mr Svenssons Chauffeur war besonders dankbar – in letzter Zeit hat er nicht viel Geld zu Gesicht bekommen.«

»Was ist mit Wu Shings Wettscheinen?«, fragte ich. »Ähm … konntet ihr … konntet ihr sie lesen?«

Daisy musste die Frage mehr als dämlich erscheinen, aber das war sie nicht. Es ist nämlich so, Chinesisch zu lesen ist nicht das Gleiche wie Englisch zu lesen, wo man praktisch einen Universalschlüssel hat, sobald man seine sechsundzwanzig Buchstaben gelernt hat. Die Schriftzeichen im Chinesischen sind keine Buchstaben, sondern Ideen, daher gibt es Tausende und Abertausende. Chinesisch zu schreiben oder zu lesen ist davon, Englisch zu schreiben oder zu lesen, so weit entfernt wie ein Mondkuchen von Teegebäck.

»Ich kann gut genug lesen«, berichtete Ah Lan den Fischen, die wild zappelten und den Mund voller Hoffnung so weit aufrissen, dass ihr Kiefer kurz vorm Ausrenken schien. »Die Scheine gehören zu einer Reihe verschiedener Rennen. Meine Kontaktmänner werden sich näher umhören. Treffen wir uns heute Abend wieder hier – um sechs, kurz vorm Abendessen, dann berichte ich von den Ergebnissen. Aber nicht vergessen: Sie müssen den Teil Ihrer Abmachung erfüllen. Sie müssen Ihrem Vater noch heute von der Haarnadel erzählen, einverstanden?«

»Das werde ich«, versicherte ich und Ah Lan warf den letzten Rest ins Wasser.

Daisy stand auf und bot mir ihren Arm an, als Ping aus der Haustür geeilt kam und zu uns huschte. Wir winkten ihr träge zu, als hätten wir alle Zeit der Welt.

»Weißt du, Hazel«, sagte Daisy, als Ah Lan fortging. »Er mag ja ein Verbrecher sein, aber für einen Jungen ist er ziemlich nützlich.«

Abgesehen von mir, Bertie und Onkel Felix (und inzwischen womöglich auch George) ist für Daisy jeder Mensch irgendwie nicht real, weshalb sie nach ihrem Gutdünken mit ihnen umspringen kann. Je öfter ich es erlebe, desto mehr wünschte ich, es wäre anders – und desto deutlicher begreife ich, dass ich daran nichts ändern kann. Denn genau dies macht Daisy aus. Der Schlüssel zu ihrer magischen Anziehungskraft ist die Tatsache, dass es ihr schlicht und ergreifend gleichgültig ist.

Also beschloss ich, einfach froh zu sein, dass Daisy Ah Lan an den Ermittlungen teilhaben ließ, und noch nicht daran zu denken, was passieren würde, wenn ich meinem Vater reinen Wein über die Haarnadel einschenkte.

3

Als wir Punkt elf aus dem Haus gingen, wurden wir von Wo On in seiner frisch gebügelten Uniform erwartet, der uns die polierte Wagentür aufhielt.

Mein Vater war auf die Minute pünktlich, wie immer, allerdings sah er nicht ganz so gestriegelt aus wie Wo. Im Sonnenlicht fiel mir auf, dass er den Anzug vom Vortag trug, der schlaff und schmutzig an ihm herunterhing. Selbst seine Brille saß recht schief auf seiner Nase. Er schaute Daisy und mich an, als wünschte er sich, wir würden uns in Luft auflösen, was mir das Herz schwer machte. May und Rose kamen hinter ihm angewetzt, und ich war im ganzen Leben noch nie so nervös gewesen. Sie würden dabei sein. Sie würden hören, was ich zu sagen hatte.

Als der Wagen vor dem Luk Man Teehaus im Stadtviertel Central hielt, bemerkte ich, dass das Schild, das in meiner Erinnerung so hübsch und bunt war, ziemlich verblichen wirkte. Das Gold und das Rot hatten einen neuen Anstrich bitter nötig. Selbst die Mauern des Gebäudes hatten Risse. Es war vier Stockwerke hoch und lag in einer geschäftigen, ziemlich dunklen Straße. Der Eingang wurde von zwei chinesischen Steinlöwen bewacht, die viel kleiner als Stephen und Stitt vor der Bank waren und zu unkenntlichen grauen Brocken verkamen.

Mrs Fu persönlich kam heraus, um uns willkommen zu heißen, verneigte sich übertrieben (wobei sie nicht besonders schuldbewusst wirkte – obwohl das auch eine Finte hätte sein können), bevor sie uns zwei steile Holztreppen, behangen mit Malereien von Blumen und Vögeln, hinauf in den prächtigsten Raum des Teehauses führte. Viereckige Lampen verströmten sanftes Licht und die Wände wurden von wunderschönen Kalligrafien geziert. Man ließ uns an einem kleinen runden Tisch auf harten dunklen Stühlen Platz nehmen. Dann kam ein alter Kellner mit unserem Tee angestampft.

Rose (da man May nicht traute) goss erst Vater ein, dann Daisy, mir und May. Dabei fielen mir wieder die Kleinigkeiten auf, die den wahren Unterschied zwischen England und Hongkong ausmachen. Wie ein Gesicht auszusehen hat, wie man sich zu kleiden hat – das allein ist schon verschieden genug, doch irgendwie kein so krasser Unterschied wie der Duft von Tee, wenn er aus der Kanne gegossen wird, das Trommeln der Finger auf dem Tisch, um sich für die Tasse zu bedanken, das ganz besondere Lampenlicht – das alles beweist mir, dass ich in Hongkong, nicht in England bin. Ich spüre es in meinen Knochen.

Der alte Kellner schlurfte wieder herbei und mein Vater gab herrschaftlich die Bestellung auf, ohne auch nur einen Blick in die Karte zu werfen. Nachdem der Kellner davongehumpelt war, trat eine lange, unangenehme Stille ein. Rose spielte mit ihren Essstäbchen. May umarmte den Stock, den sie mitgebracht hatte.

»Nun, Mädchen«, brach mein Vater das Schweigen. »Wie geht es euch?«

»Ganz gut«, antwortete ich. Mir fehlten die Worte, um zu sagen, was mir wirklich auf der Seele lastete. Plötzlich hätte ich Vater zu gerne nach Su Li gefragt. War ihm bewusst, was er ihr mit seinem Beschluss angetan hatte? Tat es ihm leid, dass seine Wahl sie in diesen Aufzug geführt hatte? Berührte ihr Tod ihn überhaupt?

»Ich bin eine Piratenkönigin und ich werde Teddy finden!«, sagte May laut und alle am Tisch wurden sehr still. Ich konnte nicht einmal Daisy ansehen.

Der Kellner humpelte zu uns zurück und knallte einen Stapel *Dimsum*-Bambusteller auf die saubere weiße Tischdecke. Abwechselnd hob er jeden hoch und deutete darauf. »*Siu lung bau. Har gau. Fung tsao. Lo bak go. Tsaa leung. Char sui bao*«, bellte er und funkelte Daisy an, wie um ihr zu drohen, ja keinen Einspruch zu erheben. Daisy schenkte ihm ihr strahlendstes Lächeln, das unter seinem vernichtenden Blick allerdings verging.

»Ist es ein Hinweis, dass der Kellner so schrecklich unhöflich ist?«, flüsterte sie mir zu.

»Die sind immer so«, wisperte ich zurück und schaute zu dem Kellner, der uns von der anderen Seite des Zimmers mit gekräuselten Lippen anstierte. »Aber du könntest recht haben …«

Nervös biss ich von meinem Rübenkuchen und würgte ihn schwer und klebrig hinunter. Wie sollte ich das nur überstehen?

Daisy inspizierte die Teller vor ihr, während May kicherte und Rose versuchte, ihr Lächeln hinter der Hand zu verbergen. »Oh!«, sagte Daisy, als sie den Teller mit den orangen Hühnerfüßen sah, deren Krallen wie unter Todesqualen verkrümmt waren. Ich finde Hühnerfüße lecker, buttrig und weich, aber in England verlangt die Höflichkeit, zu verstecken, dass Fleisch von einem Tier stammt, daher entfernt man Schnäbel, Augen und Füße, lange bevor das Gericht den Tisch erreicht. In Hongkong lieben viele gerade diese Teile besonders, und es ist völlig normal, sie gerne zu essen.

»Alles bestens!«, versicherte ich Daisy und grinste sie an.

»Ich werde davon kosten«, verkündete Daisy tapfer. »Wie … wie isst man das denn?«

»Der Trick ist, mit den Zehen anzufangen«, erklärte ich hilfreich.

»Igitt!«, sagte Daisy. »Andererseits schadet es wohl nicht, mit den Teigtaschen zu beginnen.«

Die Kellner sahen düster zu. Hinter ihnen entdeckte ich Mrs Fu. Sie trug einen grünen Brokat-*Cheongsam* und linste mit verengten Augen hinter dem Vorhang einer Tür hervor. Auch sie beobachtete uns. Mein Herz klopfte schneller.

»Ähm«, sagte ich. »Ah. Äh. Vater. Ich wollte nur sagen, dass … es mir leid tut wegen Teddy.«

Mein Vater atmete tief ein. Dann streckte er den Arm aus und berührte meine Hand.

»Das ist anständig von dir«, sagte er.

»Und dann wollte ich dir etwas erzählen«, setzte ich an. »Es … na ja, ich habe es nicht für weiter wichtig gehalten, aber …«

»Was ist?« Mein Vater runzelte die Stirn.

»Die Haarnadel«, fuhr ich fort. »Diejenige, die man in –«

»DIE IN DER LEICHE!«, unterbrach May mich laut.

»MEI LI!«, schalt mein Vater.

»Genau die«, sagte ich, während es in meinem Magen rumorte. »Es … es war die, die Großvater mir vermacht hat. Ich habe sie am Abend zuvor verloren, auf der Party bei den Svenssons. Ich habe keine Ahnung, wie sie dorthin gekommen ist. In den Aufzug. Ich habe sie nicht dorthin gebracht. Ich hatte nichts damit zu tun, das schwöre ich!«

Ich brabbelte wirr, das merkte ich selbst. Mein Gesicht wurde heiß und meine Hände zitterten. Schnell legte ich meine Stäbchen auf die Schale.

»Warum hast du mir das nicht früher gesagt?«, wollte mein Vater wissen. May und Rose starrten mich an, ihre Münder zu identischen Os verzogen.

»Ich dachte, du denkst dann vielleicht, dass ich es war«, wisperte ich. »Und ich dachte, Detektiv Leung würde mich verdächtigen.«

»Du hast mich angelogen«, stellte mein Vater leise fest.

»Nein! Ich habe … ich habe es dir nicht gesagt, weil –«

»Weil du dir selbst wichtiger bist, als dein Bruder es ist.«

Seine Worte waren ein solcher Schock, dass mir das Wasser in die Augen trat. »Das stimmt nicht! Teddy *ist* mir wichtig. Ich will, dass er nach Hause kommt. Ich habe –« Aber natürlich konnte ich ihm nicht verraten, was Daisy und ich getan hatten. Ich durfte nun nicht einknicken. Ich musste tun, worum Sai Yat mich gebeten hatte. »Vater, was ich eigentlich sagen will … Siehst du nicht, dass es bei dieser Haarnadel um viel mehr geht? Nur jemand, der ebenfalls auf der Party war, kann sie genommen haben! Nicht Sai Yat hat Teddy entführt, das ist unmöglich. Außerdem geht es nicht allein um Teddy, sondern auch um Su Li. Sie ist tot und das spielt eine Rolle. Warum verstehst du das nicht?«

Vergangenen Sommer, während wir wieder einmal in einem Fall ermittelten, hatte Mein Vater auf mich gehört. Aber nun war nicht vergangener Sommer. Ich sah, wie sein Gesicht sich verschloss, sein Kiefer sich anspannte. Und mir war deutlich, dass er diesmal nicht auf mich hören würde.

»DU MEINE GÜTE!«, stieß Daisy neben mir ungeheuer laut aus. »SIND IN DEN TEIGTASCHEN ETWA GARNELEN?«

4

Sie hob die Hände an den Mund. Das *Har gau*, das man ihr serviert hatte, war verschwunden. Ihre Wangen wirkten gerötet, ihre blauen Augen traten in äußerst exzellent dargestellter Panik hervor und ihre Lippen waren angeschwollen. Ich war beeindruckt. Wie üblich machte Daisy keine halben Sachen. Sie musste das Chiliöl auf dem Tisch genommen haben. Eine wirklich einfallsreiche Idee.

»Sie ist allergisch!«, rief ich. »Schnell, sie braucht Hilfe!«

Mein Vater sah mich düster an. Mir war bewusst, dass unsere Unterhaltung noch nicht beendet war, trotzdem wurde er nun tätig. Er rief den Kellnern einen Befehl zu, woraufhin sie recht klapprig herbeigeeilt kamen, um zu helfen. Selbst Mrs Fu platzte aus ihrem Versteck und rannte zum Fernsprecher, der sich in einer kleinen Nische am oberen Ende der Treppe befand.

Dieses Telefongerät sah ich mir ganz genau an. Es lag abseits genug, um in Ruhe einen geheimen Anruf zu tätigen, gleichzeitig nahe genug der Küche, um die Geräusche durchsickern zu lassen, die mein Vater gehört hatte. Unsere Theorie könnte aufgehen.

»Rufen Sie Dr. Aurelius an!«, rief mein Vater ihr zu.

Ich betrachtete das Geschehen. Mrs Fu war beschäftigt. Das war meine Chance. Daisy keuchte und röchelte – und ich hastete zu Mrs Fus Nische. Ich wusste, dass man von dort in ihr Quartier über dem Restaurant gelangte.

»Ich hole Handtücher!«, stieß ich panisch aus, denn in Büchern kommen bei medizinischen Notfällen immer Handtücher zum Einsatz, auch wenn die Autoren nie verraten, wozu genau sie gut sein sollen. Jedenfalls hielt ich dies für eine brauchbare Ausrede.

Die Treppe war dunkel und schmal, die Wände von jahrelangen Wokdämpfen schmierig. Schwer atmend wetzte ich nach oben und hatte grässliche Angst, dass gleich jemand kommen und mich aufhalten würde, bevor ich meine Mission ausführen konnte.

Vor mir erschien in einem Durchgang ein Vorhang. Ich schob mich zur anderen Seite durch – und fand mich in einem Raum wieder, der ganz anders war, als ich erwartet hatte.

Es war sauber, die schlichten Wände und der Holzboden waren geschrubbt. Früher war dies hier einmal ein sehr hübsches Zimmer gewesen, doch nun sah ich nur noch helle Flecken, wo einmal Gemälde gehangen hatten, und Dellen im Boden, wo Tische und Kommoden gestanden hatten, bevor man sie in der Pfandleihe versetzt hatte. Es war ein Raum, dessen Besitzerin ihn sich kaum mehr leisten konnte.

Mrs Fus Geldsorgen waren wirklich ernst. Sie musste verzweifelt sein. Ihr Geschäft ging nicht mehr. Sie hätte allen Grund, Teddy des Lösegelds wegen zu entführen. Doch falls sie es getan hatte, wo steckte er dann? Gewiss nicht hier. Hier gab es nirgends ein Versteck, nicht einmal einen Wandschrank.

Dafür fand ich auf einem kleinen niedrigen Tisch einen Stapel mit Wettscheinen, auf denen die Worte HAPPY VALLEY RENNBAHN gedruckt waren. Meine Kopfhaut prickelte. Sie sahen genau so aus wie die, die wir in Wu Shings Zimmer gefunden hatten. Mrs Fu war am Morgen des Mordes aus Wu Shings Lift gestiegen. War dies der Hinweis, den wir brauchten, um eine Verbindung zwischen den beiden zu beweisen? Teddy war nicht bei ihr, aber hatten wir gerade trotzdem herausgefunden, wer ihn verschleppt hatte?

Unten ertönte ein donnernder Schrei. »HAZEL!«, brüllte mein Vater. »WO STECKST DU?«

Ich musste los. Zur Tarnung griff ich mir von einem Stapel ein Handtuch – erst wenig benutzt – und rannte nach unten.

5

Was ich sah, als ich mit dem Handtuch in der Hand durch die Nischentür eilte, traf mich völlig unerwartet.

Anders als gedacht, saß Daisy nicht da und nippte elegant an einem Glas Wasser, während sie darauf wartete, zum Arzt gebracht zu werden. Sie lag flach auf dem Boden und machte ein komisches keuchendes Geräusch, während sich alle um sie drängten.

»Wo warst du?«, schrie mein Vater mich an. »Wir bringen Miss Wells zu Dr. Aurelius. Beeilung, Hazel!«

»Daisy!«, sagte ich. »Daisy?«

Daisy rührte sich nicht. Plötzlich überkamen mich Zweifel. Natürlich hatten wir uns auf diesen Plan geeinigt, doch woher hatte Daisy gewusst, dass ausgerechnet dieser *Har gau* mit Garnelen gefüllt war? Ich hatte es ihr nicht gesagt, und ich weiß, dass für Europäer alle Teigtaschen gleich aussehen. Was wenn … Was wenn sie *wirklich* allergisch war?

»Komm mit!«, wies mein Vater mich an. »Du, Junge, heb sie hoch. Wo wartet bereits im Wagen.«

Einer der Köche nahm Daisy hoch. Ihre Arme und Beine hingen schlaff herab und ihr Kopf rollte kraftlos zur Seite.

»Daisy!«, rief ich. In meinem ganzen Leben hatte ich sie noch nie so erlebt, so blass und reglos. Was, wenn Daisy nicht wieder gesund wurde? Was, wenn …? Was, wenn sie starb?

Ich hatte den Eindruck, nicht genug Sauerstoff zu bekommen. Die Stufen, die ich hinter Daisy nach unten rannte, schienen mir entgegenzuschweben, sich wie Wellen unter mir zu bewegen. Ich hatte angenommen, wir würden eins unserer Detektivspielchen zum Besten geben, doch nun fühlte es sich ganz und gar nicht mehr wie ein Spiel an.

Raus auf die Straße rannten wir, wo die heiße Mittagssonne auf uns niederbrannte. Mit angespannter, besorgter Miene hielt Wo die Wagentür auf. Ping kauerte auf der Sitzbank, wo für Daisy ein provisorisches Bett aus Handtüchern und Schals zurechtgemacht war. Ohne jeden Sinn dachte ich, dass ich nun endlich wüsste, wozu diese Handtücher gut waren.

Sobald mein Vater die Tür hinter uns geschlossen hatte, drückte Wo das Gaspedal bis zum Anschlag durch und das Automobil preschte vorwärts, verscheuchte Hunde, Katzen und Fußgänger, die uns anbrüllten und mit den Armen wedelten.

»Wird sie wieder gesund?«, fragte ich meinen Vater. »Wird sie gesund?«

Sein Gesicht war verschlossen, angespannt, und er gab mir keine Antwort.

Mit quietschenden Bremsen hielten wir vor dem Eingang zur Bank, wo die Löwen Stephen und Stitt in der Sonne glänzten, und mein Vater wuchtete Daisy gemeinsam mit Wo vom Rücksitz, um sie schleunigst nach innen zu bringen, während Ping und ich ihnen mit May und Rose folgten. Als der Lift vor uns auftauchte, zögerten wir alle instinktiv.

Der mittlere Aufzug stand offen und der Liftboy darin war neu. Er war kleiner und dicker als Wu Shing, mit rosa glänzenden Wangen. Er verneigte sich vor uns und machte eine einladende Handbewegung.

Rose stieß ein Wimmern aus und ich machte einen Schritt

zurück, doch mein Vater sah uns böse an. »Rein da«, fuhr er uns an, also gingen wir.

Als der Lift sich in Bewegung setzte, schaute ich mich um. Mein Magen fühlte sich an, als befände er sich ein Stockwerk unterhalb meiner Füße, und das nicht nur, weil wir aufwärts fuhren. Der Teppich in der Kabine war neu, sauber, weich und rot, und die glänzenden goldenen Wände waren gereinigt, trotzdem gab es noch immer eine Delle im inneren Metallgitter, die meinen Blick unablässig anzog. Su Li musste nach Wu Shing getreten haben, als sie sich zur Wehr setzte. Wieder kroch mir der Schreck in alle Glieder. Daisy und ich hatten viele schlimme Verbrechen untersucht, doch ich fand, dieses war eines der traurigsten und schlimmsten.

Mir wurde klar, wie ausgeliefert man in einem Lift war, in dem der Liftboy quasi alles kontrollierte. Der Neue hatte die Finger in seinem Handschuh auf die Kontrolltafel gelegt, mit der man den Aufzug durch eine einzige Berührung in Gang setzen oder anhalten lassen konnte. Ohne Schwierigkeiten hätte Wu Shing knapp unter dem achten Stock Halt machen können, um dort seine Tat zu begehen und anschließend mit Teddy in den achten Stock hinaufzuklettern und die Türen hinter sich zu schließen. Soweit war der Ablauf logisch – doch woher hatte er die Gewissheit genommen, bei seiner Flucht nicht gesehen zu werden?

Es war schwer, mich dazu zu zwingen, wie eine Detektivin zu denken, denn eigentlich wollte ich nichts anderes, als mich um Daisy zu kümmern. Sie lag auf der niedrigen Sitzreihe im rückwärtigen Teil des Lifts, wo Ping sich um sie bemühte. Obwohl sie nicht mehr nach Luft schnappte, atmete sie flach und ihr Gesicht war sehr blass. Mit flatternden Lidern lag sie da, die Lippen leicht geöffnet. Die Arme waren über ihrem Körper verschränkt, die Hände offen, die Finger gespreizt.

Irgendetwas an dieser Position war merkwürdig. Erinnerte so sehr an einen Engel auf einem Grabstein – wie in der Zeichnung meiner Ausgabe von Charles Dickens' *Klein Dorrit* (Daisys Onkel Felix hat mir an Weihnachten eine Sammlung von Dickens-Werken geschenkt, und es war das zweite, das ich gelesen habe). Daisy und wie sie dalag … wie die Szene aus einer Geschichte.

Und da wurde es mir klar.

Ich atmete ruhiger. Mein Herz entspannte sich. Ich stieß ein ersticktes Schluchzen aus und legte meine Hand auf die von Daisy.

»Werden wir noch rechtzeitig kommen?«, fragte ich so ergreifend wie möglich, während ich sehr langsam in die dünne Haut zwischen Daisys linkem Daumen und Zeigefinger zwickte.

Daisy kratzte mit dem Mittelfinger meine Handinnenfläche.

»Was, wenn sie stirbt?«, rief ich, während mein Puls sich beschleunigte und ich am liebsten vor Freude, Ärger und Scham laut gelacht hätte. Nach über zwei Jahren Freundschaft hätte ich *gewusst*, wenn Daisy allergisch auf Garnelen wäre – trotzdem saß die Angst mir noch in den Knochen.

»Dr. Aurelius wird ihr helfen«, sagte mein Vater. »Sei still, Hazel.«

Seine Wut auf mich war offensichtlich nicht verraucht. Sobald das alles hier vorbei war, würde mich eine saftige Strafe erwarten, so viel stand fest.

Als der Aufzug im achten Stock anhielt, öffnete der Liftboy uns die Türen zum weißen Korridor, wo uns der leichte Geruch nach Antiseptikum empfing. Die Luft, die von einem Ventilator links von uns umgewälzt wurde, war kühl, wenn auch ein wenig muffig. Als man Daisy hochhob, beugte ich mich über sie.

»Sag, dass du aufs Klo musst«, hauchte sie mir ins Ohr. »Kundschafte alles aus. Ich werde in etwa zehn Minuten auf wundervolle Weise genesen. Du musst für mich die Augen offen halten, Watson.«

Damit stand meine Mission fest. Daisy wurde zu Dr. Aurelius getragen, während ich zurückblieb – und den Tatort erforschen konnte.

6

Ich stand im stillen Marmorflur. In drei Richtungen erstreckten sich Arztpraxen. Hinter mir waren nun sämtliche Lifttüren geschlossen, doch allein zu wissen, dass die Kabinen da waren, jagte mir ein Schaudern über die Haut. Wie *war* Wu Shing aus dem Gebäude gelangt? Sein Aufzug schied aus, da er ihn absichtlich hatte stecken bleiben lassen, mit Su Lis Leiche darin. In den anderen Kabinen war er ebenfalls nicht nach unten gefahren, denn allein durch seine zerkratzten Hände wäre er aufgefallen. Das ließ nur einen Schluss zu: Er musste durch einen ruhigen Nebenzugang geflüchtet sein.

Als ich mich im ersten der Flure umschaute, entdeckte ich am Ende eine Tür ohne goldene Plakette. Auf Zehenspitzen tappte ich darauf zu, vorbei an drei Türen, die rechts von mir lagen. Dabei fiel mir auf, dass eine der Plaketten keinen Namen trug. Neugierig schob ich die Tür ein winziges Stück auf und spähte in ein Wartezimmer, dessen Empfangstresen dick mit Staub bedeckt war. Dieses Gebäude war ganz neu, natürlich! Noch waren nicht alle Praxen besetzt. Auf einmal fiel mein Blick auf einen winzigen Blutfleck am Boden, und da wurde es mir klar. Hierher war Wu Shing gekommen, nachdem er den Lift verlassen hatte. Könnte er Teddy hier an seinen Auftraggeber übergeben haben?

Ich schloss die Tür und ging weiter auf das Ende des Gangs zu. Als ich die Tür dort öffnete, fand ich dahinter eine schlichte Steintreppe, die sowohl weiter nach oben als auch nach unten führte. Ich hatte ihn gefunden, den zweiten Weg nach draußen. Ich beugte mich übers Geländer und spähte weit, weit, weit hinab in die Tiefe – bis ins Erdgeschoss des Gebäudes. Schon wollte ich umkehren, um Daisy zu berichten, dass ich herausgefunden hatte, wie sich alles abgespielt hatte. Doch sobald mir der Gedanke gekommen war, wurde mir schweren Herzens bewusst, dass dies nicht genügen würde. Als ordentliche Detektivin musste ich meine Theorie beweisen.

Also galoppierte ich die Treppe hinunter, tiefer und tiefer, bis mir schwindelig wurde und meine Beine zitterten. Mit stockendem Atem und schwirrendem Kopf klammerte ich mich am Geländer fest.

Als ich schon dachte, ich würde für alle Ewigkeit im Treppenhaus gefangen sein, wichen die Stufen unter meinen Füßen flachen Fliesen. Vor mir erschien eine Tür. Ich öffnete sie und fand mich auf einem blendend hellen Gehsteig wieder, wo die Sonne Hongkongs auf mich niederbrannte.

Mehrere Passanten wandten mir ihre Gesichter zu und mir wurde klar, dass ich einen seltsamen Anblick abgeben musste: erhitzt und außer Puste, noch dazu ein Mädchen, das ohne Magd unterwegs war! Ich dachte an Wu Shing. Stellte mir vor, wie die Menschen einen zerzausten Liftboy anstarren würden, der ganz ohne seinen Lift aus einer Nebentür platzte. Hätte er ein Baby bei sich gehabt, das womöglich noch geweint hätte … Himmel, jemand hätte ihn mit Sicherheit aufgehalten oder Detektiv Leung davon berichtet! Ein komisches, ungutes Gefühl stellte sich bei mir ein. Hatte ich meine These gerade untermauert? Dass nämlich Wu Shing Teddy in der leeren Praxis an den eigentlichen Täter übergeben hatte, *bevor* er den achten Stock verließ?

Nahe der Tür war ein Obststand aufgebaut. Die Verkäuferin, eine kleine Frau mit breitem Gesicht, musterte mich neugierig. »Entschuldigen Sie«, sagte ich. »Waren Sie am Montag auch hier?«

Die Frau nickte. »Ich bin immer hier.«

»Haben Sie … einen Mann in der Uniform eines Liftboys gesehen, der aus dieser Tür kam?«, fragte ich.

»Habe ich«, antwortete die Frau. »Er kam mir etwas verloren vor.«

»Er hatte nicht zufällig ein Baby bei sich, oder?«, versuchte ich mein Glück.

»Warum sollte er ein Baby dabei haben?« Sie schien verwirrt. »Wovon reden Sie? Wer sind Sie?«

»Spielt keine Rolle!«, schnatterte ich drauflos. »Danke! Auf Wiedersehen!«

So schnell ich konnte wetzte ich um das Gebäude herum zum Haupteingang hinter den Löwen und flitzte auf die Aufzüge zu. Die linke Kabine stand bereit und mir fiel auf, dass der Liftboy darin derselbe Alte war, der uns am Montag nach oben gebracht hatte.

»Achter Stock, bitte«, sagte ich zu ihm, noch immer etwas außer Atem, und der Lift setzte sich rumpelnd in Bewegung. Ich schielte zu dem alten Mann, der mich verstohlen betrachtete. Die Neugier war ihm ins faltige Gesicht geschrieben.

»Miss Wong?«, fragte er schließlich.

Ich nickte. »Sie waren am Montag auch hier.«

Der Alte verbeugte sich.

»Ja, Miss. Aber ich habe nichts bemerkt, es tut mir leid. Der Mörder Shing kam weder in meinem Lift noch in dem anderen nach unten. Hätte er es versucht, hätten wir ihn aufgehalten und Ihren Bruder gerettet, das schwöre ich.«

Ich beschloss einen kühnen Vorstoß à la Daisy. »Dafür ist Mr Svensson mit Ihnen nach unten gefahren, oder nicht?«

»Nein, Miss«, antwortete der Alte verdutzt. »Mit mir ist er nur nach oben gefahren, um nach seiner Frau zu suchen. Kurz darauf habe ich Mr Wa Fan ins Erdgeschoss gebracht, und dann Sie – Sie fuhren mit ihrer Begleitung und dem Chauffeur nach oben, wo wir entdeckten, was geschehen war.«

Mein Herz raste. »Hat Mr Wa Fan …?« Ich suchte nach den richtigen Worten. »Wie war er?«

»Traurig, Miss«, berichtete der Liftboy. »Ich glaube, er hatte schlechte Neuigkeiten erhalten. Er hatte sogar Mühe, seine Medizin und seine kleine Tasche zu tragen, sodass ich ihm damit helfen musste.«

Ruckelnd kam der Aufzug zum Stehen und der Alte öffnete mir zunächst das Gitter, dann die Türen. »Bitte sehr, Miss.« Er verneigte sich, und obwohl ich zu gerne mehr erfahren hätte, musste ich ihn verlassen. Erneut stand ich im weißen Stock der Ärzte.

Ich tappte los, den mittleren Gang entlang, der links und rechts von Türen gesäumt war. Die letzte auf der linken Seite führte zu Dr. Aurelius. Zögernd betrachtete ich durch die Fenster am Ende des Flurs den Hafen, das kräftige, aufgewühlte Wasser in der Bucht, durch das die Dschunken und Fähren fuhren. Ich entdeckte die weiß-grüne Star Ferry, auf halbem Weg nach Kowloon, gefolgt von einer dahindümpelnden Dschunke mit roten Segeln. Schließlich schob ich die Tür auf und trat ein.

7

Wieder stand ich der Empfangsdame gegenüber, die hinter ihrem Tisch den Kopf hob – und da waren auch mein Vater und Daisy, mit dem alten Dr. Aurelius zwischen sich.

»Wong Fung Ying, wo warst du?«, fuhr mein Vater mich an.

»Ich musste mir die Nase pudern«, sagte ich und spürte, wie mir die Hitze in die Wangen stieg.

»Dr. Aurelius vollbringt wahre Wunder!«, schwärmte Daisy und strahlte mich an. »Ich bin wieder ganz gesund!«

Mein Vater sah sie stirnrunzelnd an.

»Daisy ist schrecklich robust«, erklärte ich schnell.

»Das habe ich schon öfter gehört«, sagte er mit düsterer Miene.

»Ein wundervoll gesundes Mädchen«, pflichtete Dr. Aurelius bei, der dieselbe dicke Nase und dasselbe volle silbrige Haar wie früher hatte, ganz wie ich ihn von alten Terminen her kannte. »Sie gibt eine ausgezeichnete Patientin ab. Ihre Herzfrequenz hat sich beinahe umgehend normalisiert!«

Er schien keinerlei Verdacht zu hegen, ganz anders als mein Vater.

»Gehen wir«, beschloss er und führte uns aus der Praxis. Ping huschte mit Rose und May hinterher.

Der Liftboy hatte auf uns gewartet. In nahezu unerträglicher Stille reisten wir ins Erdgeschoss. Ich brachte es nicht einmal über mich, meinen Vater anzusehen. Ich spürte, dass Daisys Genesung ihm zu denken gab und er sich nach wie vor über mein Geständnis ärgerte.

Den ganzen Weg bis in den Wagen redete er kein einziges Wort. Als Wo On vom Haupteingang der Bank losfuhr, hielt ich es nicht länger aus.

»Vater!«, sagte ich. »Es tut mir leid! Bitte glaub mir – ich hätte es dir früher sagen sollen, das mit der Nadel. Es war dumm von mir. Ich will doch nur dabei helfen, Teddy zu finden. Ich würde ihm niemals etwas antun, nie, und ich will ihn zurück, und es tut mir leid! Bitte glaub mir, Vater, bitte! Sag es Detektiv Leung, damit er herausfinden kann, wer wirklich dahintersteckt!«

Plötzlich weinte ich große Tränen wie ein Baby. Ich wischte sie fort, doch sie flossen immer weiter. Der Gedanke, mein Vater könnte mir nicht mehr vertrauen, war grauenhaft.

»Hazel«, sagte mein Vater endlich. »Hazel, sieh mich an.«

Ich schaffte es nicht, doch dann beugte er sich zu mir, legte seine großen eckigen Hände unter mein Kinn und hob mein Gesicht an.

»Ich habe nachgedacht«, sagte er. »Und ich werde Leung rein gar nichts sagen. Du hast eine Dummheit begangen, aber das ist uns allen in letzter Zeit gelungen. Was ich mit absoluter Sicherheit weiß, ist, dass du niemals in dieses Verbrechen verwickelt sein könntest. Ich kenne meine Tochter. Du hast falsch gehandelt und dafür wirst du bestraft werden. Sobald wir wieder im Haus sind, werden du und Miss Wells es für den Rest eures Aufenthalts nicht wieder verlassen. Ihr steht unter Arrest – Miss Wells muss sich ohnehin erholen. Ich werde nicht zulassen, dass du in diese Angelegenheit hineingezogen wirst, unter keinen Umständen!«

»Vater!«, rief ich.

»Kein weiteres Wort«, bestimmte er. »Das Thema ist beendet.«

»Du musst Detektiv Leung von der Haarnadel erzählen!«, flehte ich. »Bitte! Sonst … kann er Teddy nicht helfen!«

»Ich glaube, ich weiß am besten, was Teddy hilft«, sagte mein Vater. »Widersprich mir nicht, Hazel.«

»Das stimmt nicht! Du weißt nicht, wie sehr sich die anderen Diener über Su Li geärgert haben, weil sie Teddys Kindermädchen wurde. Du hast sie ja nicht einmal gefragt, ob es ihr etwas ausmachen würde – oder mich! Sie musste sterben, weil sie bei Teddy im Aufzug war. Hast du deswegen gar kein schlechtes Gewissen?«

»ES REICHT!«, brüllte mein Vater. »Wong Fung Ying, rede nie wieder in diesem Ton mit mir. Stelle mich nie wieder infrage! Das ist ein Befehl.«

May und Rose rissen Mund und Augen auf. Selbst Daisy stand der Mund offen. Ich zitterte.

Alles war schiefgelaufen. Wie sollten wir den Fall nun aufklären? Wie konnten wir beweisen, dass Sai Yat unschuldig war? Wie sollten wir Teddy wiederbekommen?

»Ja, Vater«, war alles, was ich erwiderte.

8

»Das ist so schrecklich unfair!«, beschwerte sich Daisy und setzte sich schwungvoll auf. Wir waren zu Hause, in unserem Zimmer, lehnten uns aus dem Fenster und sahen zu, wie die Sonne über den Gärten mit der erschreckenden Geschwindigkeit, die sie in Hongkong hat, zum Horizont absackte. »Ich kann es nicht fassen, dass wir eingesperrt sind! Das ist eine furchtbare Behinderung für unsere Ermittlungen.«

»Es hätte schlimmer kommen können. Wenigstens bist du nicht tot!«, sagte ich.

Daisy schnaubte elegant. »Ich für meinen Teil finde es höchst amüsant, dass du wirklich dachtest, ich läge im Sterben. Du kennst mich nun seit zwei Jahren – Himmel, eine Ewigkeit! –, und ganz bestimmt hast du mich unzählige Fischpasteten-Sandwiches essen sehen. Wie konntest du nur auf die Idee kommen, dass ich eine plötzliche Garnelenallergie entwickelt habe?«

»Es wirkte sehr überzeugend«, antwortete ich schwach. »Und ich ... ich wollte wirklich nicht, dass du stirbst.«

»Das hatte ich auch nicht vor«, meinte Daisy. »Eins darfst du nie vergessen, Hazel: Heldinnen sterben nicht. Wir zwei sind absolut auf der sicheren Seite.«

»Wir befinden uns doch nicht in einem Buch!«, rief ich. Es wäre wirklich herrlich zu wissen, dass am Ende immer alles gut wird, egal was passiert. Doch Daisy und ich können uns darauf nicht verlassen. »Und dieser Mörder ist schrecklich skrupellos. Zwei Menschen hat er schon getötet und er hat Teddy verschleppt. Dabei ist er noch ein *Baby*.«

»Wohl wahr«, meinte Daisy nachdenklich. »Wo wir gerade davon reden, du glaubst nicht zufällig, dass …«

»Nein!«, sagte ich. »Das darfst du nicht mal denken. Wir bringen Teddy nach Hause.«

»Natürlich. Nun gut, nachdem ich jetzt alles über deine Nachforschungen erfahren habe, muss ich dir recht geben – sie waren nicht nur überaus interessant, sondern beantworten gleich mehrere unserer Fragen. Allerdings habe ich dir noch gar nicht berichten können, was *ich* herausgefunden habe, dabei ist es schrecklich wichtig. Ich habe wirklich wundervolle Arbeit geleistet, während ich so tat, als läge ich im Sterben. Mein Publikum war ganz hingerissen.«

»Ist ja schon gut«, sagte ich und schnitt ihr eine Grimasse. »Dann erzähl.«

»Werde ich«, antwortete Daisy fröhlich. »Nun denn. Da liege ich also und markiere die Sterbenskranke. Ich habe so lange wie möglich durchgehalten und über mich ergehen lassen, dass Dr. Aurelius an mir herumstupst, sich meine Zunge ansieht und so weiter. Erst als er meinte, er müsse mir irgendeine Medizin verabreichen, musste ich ein Wunder geschehen lassen, und zwar schleunigst. Er freute sich riesig über meine Genesung, vor allem als ich ihm auftischte, dass solche Anfälle bei mir in der Familie liegen – vererbt von Tante E. –, wodurch alles sehr einleuchtend erschien. Ich fand das ziemlich clever von mir.

Jedenfalls habe ich ihn dazu gebracht, vom Nachmittag nach dem Mord zu erzählen, und dann so getan, als würde ich gerade erst merken, wo genau ich mich befand. Ich habe ein paar Tränen verdrückt und gejammert, ich hätte Angst. Die Leute werden ja so redselig, wenn sie versuchen, einen zu trösten. Er meinte, ich solle mich beruhigen, immerhin sei die Leiche nie in seiner Praxis gewesen und er habe dafür gesorgt, dass keiner seiner Patienten ihr auch nur nahe kam. Bevor wir auftauchten, hätte er nicht einmal etwas gemerkt. Er erinnerte sich noch, dass seine Empfangsdame ihm mitteilte, dass sein Zwölf-Uhr-Termin nicht erschienen war – die Rede war natürlich von Teddy –, weshalb sie ihm den Zwölf-Uhr-fünfzehn-Termin früher ins Behandlungszimmer schicken wollte. Dabei wurde sein Gesicht ganz ernst und er meinte: *Schlimmer Fall. Im Endstadium – lange hat er nicht mehr.* Dann schien er mit einem Mal sehr besorgt, zu viel verraten zu haben. Ärzte sollen ja eigentlich nicht über die Krankheiten anderer Patienten reden, alles streng geheim und vertraulich und so.

Nun ja, während dein Vater sich im Anschluss mit dem Arzt unterhalten hat, habe ich mich neben den Empfangstresen gestellt. Deine kleine Schwester May war eine schreckliche Nervensäge – Ping und die Rezeptionsdame haben versucht, sie davon abzuhalten, Seiten aus den Zeitschriften auf dem Tisch zu reißen. Während alle anderen beschäftigt waren, habe ich heimlich den Terminkalender durchgeblättert und nach dem Montag gesucht. Gefunden habe ich *das hier.*«

Sie hielt ein Stück Löschpapier hoch, auf das jemand sehr zaghaft etwas mit Bleistift geschrieben hatte. Die Notizen der Empfangsdame im Kalender hatten durchgedrückt:

11:45 – Svensson

12:00 – Wong

12:15 – Wa Fan

»Mr Wa Fan!«, sagte ich. »Er ist der Viertel-nach-zwölf-Termin. Dann ist *er* unheilbar krank! Das passt zu der Aussage des Liftboys: dass er ihm traurig und schwach vorkam. Wenn man ihm gerade erzählt hatte, dass er bald sterben muss, ergibt das Sinn.«

»Ja!«, meinte Daisy. »Schau, Hazel, wenn wir deine Beobachtungen mit meinen kombinieren, ergeben sich interessante Schlussfolgerungen. Wu Shing verließ das Gebäude über das Treppenhaus, laut der Obstverkäuferin jedoch ohne Teddy. Also muss er Teddy seinem Auftraggeber *im achten Stock*, und zwar in der leeren Praxis übergeben haben, die du gefunden hast. Mr Wa Fan kam irgendwann vor zwölf ins achte Stockwerk und war dann von kurz nach zwölf bis … etwa zehn Minuten später bei Dr. Aurelius. Das passt zu dem, was der Fahrstuhlführer erzählt hat, und dazu, dass Wo On ihn um Viertel nach zwölf gesehen hat. Weißt du noch, was Wo On gesagt hat – dass er den Eindruck hatte, Mr Wa Fan hätte es sehr eilig gehabt und wäre sehr aufgeregt gewesen? Das passt ebenfalls ins Bild, wenn er krank ist – so krank, dass er sogar beschloss, einen europäischen Arzt aufzusuchen, obwohl er sich dafür schämt.«

»Das erklärt alles, was er in letzter Zeit getan hat!«, sagte ich. Mir fiel ein, wie müde und dürr Mr Wa Fan mir erschienen war. »Daisy, wenn Mr Wa Fan bald stirbt, glaube ich nicht, dass er hinter Teddys Entführung steckt. Ich weiß, dass er sich über meinen Vater ärgert und findet, er würde seine Pflicht vernachlässigen, aber Mr Wa Fan und mein Großvater waren Freunde, und Teddy ist die Zukunft meines Großvaters. Mr Wa Fan würde nicht versuchen, diese Zukunft zu gefährden, nicht wenn er selbst nicht mehr lange zu leben hat. Ich glaube, es ergibt absolut Sinn, dass er Detektiv Leung angeheuert hat, um meinem Vater zu helfen. Sein Angebot war ehrlich gemeint.«

»Glaubst du das wirklich, Hazel?« Daisy runzelte die Stirn. »Du weißt ja, manchmal machen die Leute die schlimmsten Dinge. Das solltest du allmählich verinnerlicht haben.«

»Ja. Aber in Mr Wa Fans Religion – und in der meines Großvaters – ist es wichtig, sämtliche Schulden zu begleichen und jeden Streit beizulegen, bevor man stirbt. Verstehst du? Genau das tut er gerade.« In meinem Hals bildete sich ein dicker Kloß. »Außerdem hat der Liftboy erzählt, er habe für Mr Wa Fan die Tasche getragen. Hätte Mr Wa Fan Teddy bei sich gehabt, wäre nur seine Tasche als Versteck infrage gekommen – und das hätte der Liftboy gemerkt. Mr Wa Fan können wir ausschließen, Daisy!«

»Aber was ist mit demjenigen, den der Liftboy nach oben gefahren hat, kurz bevor Mr Wa Fan nach unten wollte?«, gab Daisy zu bedenken. »Mr Svensson! Sein Termin war um Viertel vor zwölf und wir haben ihn um zehn nach zwölf in der Bank gesehen. Also was wollte er um elf nach zwölf im achten Stock, wenn nicht Wu Shing treffen und Teddy holen? Er hätte … keine Ahnung … ihn in seiner Aktentasche transportieren können?«

»Möglich. Daisy, glaubst du –?«

Plötzlich klopfte es an der Tür. Als ich öffnete, stand May vor mir. Sie machte ein betont finsteres Gesicht und hielt etwas in ihren kleinen schmutzigen Händen. »Ich hab was für euch aus dem Garten«, sagte sie. »Es ist von dem hübschen Piratenjungen ohne Arm.«

»Gib her!«, sagte ich.

»Versprichst du mir, dass ich eine Woche lang deine Eierwaffeln bekomme?« May sah mich durch schmal gezogene Augen an.

»Äffchen!«, rief ich. »Na gut, von mir aus – versprochen. Jetzt gib's her!«

Schmollend reckte May mir die Fäuste hin. Darin lag ein zerknittertes Päckchen. Es hatte lauter Eselsohren, war dreckig und voller Risse, doch als ich es öffnete, fand ich weitere Wettscheine und eine Nachricht in zittriger Schrift.

> Wu Shing war Teil eines Wettrings. Gab Tipps.
> Mrs Fu war seine Kundin.

»Daisy!«, keuchte ich. »Wu Shing hat tatsächlich für Mrs Fu gearbeitet! Sie kannten sich, ganz wie ich vermutet habe! Was, wenn … was, wenn sie durch Teddys Entführung Geld für weitere Wetteinsätze erpressen wollten? Und was, wenn sie ihn getötet hat, weil sie nicht mit ihm teilen wollte?«

»Oh! Ja!«, rief Daisy. »Die Wettscheine, die du gefunden hast, beweisen es!«

Ich holte die Scheine aus Mrs Fus Zimmer aus meiner Tasche und schaute sie an. Waren wir kurz davor, herauszufinden, wer wirklich hinter Teddys Entführung steckte?

9

Ich spähte angestrengt auf die verwischten, reichlich schmierigen Zeichen. Daisy linste über meine Schulter und rief: »Oh, das ist ja alles chiffriert!«

»Das ist Chinesisch!«, belehrte ich sie. »Und ich kann es lesen. Warte, lass mich mal sehen.«

Meine Deepdean-Ausbildung spielte diesmal keine Rolle – dieser Fall könnte wahrhaftig von meiner Kindheit in Hongkong abhängen. Ich begann zu lesen.

Und stockte. »Daisy! Diese Scheine … sie waren für das Ein-Uhr-Rennen in Happy Valley am Montag. Sie galten für ein Pferd, das Fet Lock heißt – und es hat gewonnen. Schau, man sieht es hier am Stempel. Resümieren wir: Mrs Fu betrat kurz vor zwölf Wu Shings Lift und ging anschließend zum Bankschalter, um Geld abzuheben. Wir dachten, sie hätte sich mit ihm getroffen, um ihm letzte Anweisungen und die Haarnadel zu geben. Die Abhebung ergab keinen Sinn – bis jetzt. Denn wenn er ihr einen Tipp gab und sie sich dann beeilen musste, um noch rechtzeitig eine Wette zu platzieren, ist es nur logisch. Und, Daisy, sie hätte sich wirklich schrecklich beeilen müssen. Wir haben sie zehn nach zwölf aus der Bank hasten sehen, und von der Queens Road durch die Stadt bis nach Happy Valley dauert es fast vierzig Minuten. Weißt du noch, wie lange wir gestern nach Wan Chai gebraucht haben? Die Entfernung nach Happy Valley ist sogar noch größer. Ich glaube nicht, dass sie Zeit gehabt hätte, Teddy abzuholen, bevor sie auf Fet Lock setzte – außerdem, wenn feststand, dass Fet Lock gewinnt, hätte sie nicht noch zusätzlich Geld erpressen müssen. Ihre Pläne, an Geld zu kommen, waren ganz andere!«

»Hazel, deine Argumentation ist gut«, meinte Daisy. »Und wenn Mrs Fu es nicht getan haben kann, haben wir den Fall meiner Meinung nach soeben gelöst!«

Sie rannte zum Fenster und lehnte sich winkend hinaus.

Als ich ihr folgte, entdeckte ich Ah Lan neben einem Karren, hoch beladen mit Blättern und Erde, unter unserem Fenster stehen. Er winkte ebenfalls und zwinkerte uns zu.

»Ich mag ihn«, sagte May hinter uns. »Wenn ich groß bin und eine Piratenkönigin, werde ich ihn heiraten.«

Ich nahm das Päckchen, das May uns gebracht hatte und schrieb auf die andere Seite:

> *Mrs Fu können wir dank dieser Wettscheine ausschließen – sofern jemand sie auf der Rennbahn gesehen hat. Wir glauben, es war Mr Svensson! Beobachtet ihn!*

Nachdem ich die Scheine, die ich gefunden hatte, hineingestopft hatte, warf ich das Bündel in Ah Lans Karren. Er nickte mir zu, zwinkerte noch einmal und schob seine Fracht gemächlich davon.

Sobald wir May aus dem Zimmer gescheucht hatten (wobei sie mächtig protestierte), schauten Daisy und ich uns an. Wir glaubten, dem wahren Täter auf die Schliche gekommen zu sein. Doch wie konnten wir es beweisen?

Liste der Verdächtigen

1. Der Liftboy ~~(Namen herausfinden!)~~ Wu Shing.

~~Die einfachste Erklärung ist, dass er das Verbrechen begangen hat. Nur warum? Wir glauben, dass er und Su Li sich gekannt haben und sie Angst vor ihm hatte, allerdings müssen wir dafür Beweise finden. Hatte er für den Mord ein persönliches Motiv und Teddy quasi spontan gekidnappt oder war er vor allem daran interessiert, durch eine Entführung Teddys Geld zu erpressen, und Su Li stand ihm im Weg? Arbeitete er selbstständig oder im Auftrag? (Die Nadel lässt mit großer Wahrscheinlichkeit darauf schließen, dass er mit einem anderen Verbrecher zusammenarbeitet.) Und wenn ja, wer hat ihn angeheuert und warum?~~

~~ANMERKUNGEN: Durch das Foto wissen wir, dass er Su Li kannte! Er war ihr Ex-Freund. Also hatte man ihn dafür bezahlt, sie zu töten, oder hat er sie ermordet, weil er sie nicht mehr mochte?~~ AUSGESCHLOSSEN

Zwar ist es denkbar, dass er Su Li auch deshalb ermordet hat, weil sie ihm den Laufpass gegeben hat, aber er hat das Verbrechen nicht aus eigenem Antrieb geplant – das hat er seinen Nachbarn in der Villa Peking erzählt. Wenig später ist er zum zweiten Opfer geworden! Jemand hat ihn am Tag der Entführung in seinem angemieteten Zimmer ermordet, nachdem er zurückgekommen war und seine Uniform ausgezogen hatte. Man hat ihn für seine Dienste bezahlt, doch nachdem er tot war, hat man ihm das Geld wieder aus den Taschen genommen. Wir glauben, dass Teddy nie in der Villa Peking war – Wu Shing muss ihn direkt nach Su Lis Ermordung seinem Auftraggeber übergeben haben.

2. *Sai Yats Triadenbande.* ~~MOTIV FÜR TEDDYS ENTFÜHRUNG: Geld, schlicht und einfach! Die Nadel, die man in Su Lis Hals gestochen hat, ist das Markenzeichen einer Triadenbande (wir haben gehört, wie jemand das erwähnt hat, und Hazel bestätigt es). Allerdings ist es seltsam, dass ausgerechnet Hazels Haarnadel verwendet wurde. Will man ihr das Verbrechen in die Schuhe schieben? War es bloßer Zufall?~~

~~ANMERKUNGEN: Pik An ist der Meinung, dass einige unserer Diener tatsächlich zu den Triaden gehören. Vielleicht auch Ng? Er sagt, Sai Yat hätte nichts mit dem Verbrechen zu tun – könnte das eine Finte sein?~~

AUSGESCHLOSSEN

Sai Yat hat uns sein Wort gegeben, dass er weder Teddy entführt noch Su Li umgebracht hat. Er hat es an einem heiligen Ort geschworen, daher glauben wir ihm. Außerdem wurde Wu Shing auf eine Art ermordet, die nicht zu den Methoden von Sai Yats Bande passt.

3. Mr Svensson. MOTIV FÜR TEDDYS ENTFÜHRUNG: Er braucht Geld, das Mr Wong ihm nicht geben will. Außerdem ist er wütend auf Mr Wong – könnte das ein Motiv dafür sein, Hazel ein Verbrechen in die Schuhe zu schieben?
ANMERKUNGEN: Er wurde zum Zeitpunkt des Verbrechens in seltsamer Stimmung in der Bank beobachtet. Zudem war er zehn Minuten lang verschwunden und es ist unbekannt, was er in dieser Zeit getan hat. Auch er war am Vorabend auf der Party, daher könnte er Hazels Haarnadel dort gefunden und dem Liftboy gegeben haben! Er wusste, wann Teddy den Termin beim Arzt hatte, weil Mr Wong ihm davon erzählt hat. Ng bestätigt, dass Mr Svensson Geldnöte hat! Er hat angeboten, einen Teil der geforderten Lösegeldsumme beizusteuern, doch von Mrs Svensson haben wir erfahren, dass er eigentlich Geldprobleme hat und sich das gar nicht leisten kann. Ist sein Angebot nur ein Kniff – und geben ihm seine Geldsorgen ein Motiv? Er scheint am unwahrscheinlichsten als Wu Shings Mörder infrage zu kommen, weil er groß und stark ist – er hätte kein Problem gehabt, Wu Shing einfach zu überwältigen. Er hätte ihn nicht hinterrücks erschießen müssen.
ZEITABLAUF: Er verließ die Bank um 12 Uhr 10, das Gebäude aber erst um 12 Uhr 20. Hochgradig verdächtig! Laut Dr. Aurelius' Terminkalender hatte er um 11 Uhr 45 einen Termin – allerdings fuhr er im linken Aufzug viel später nach oben, nämlich um 12 Uhr 11.

4. *Mrs Fu.* MOTIV FÜR TEDDYS ENTFÜHRUNG: Auch sie scheint Geld zu brauchen – und sie hat am Abend der Feier wütend auf Mr Wong reagiert.
ANMERKUNGEN: Sie wurde zum Tatzeitpunkt von Hazel Wong und Daisy Wells in der Bank gesehen und könnte dem Liftboy die Nadel zugesteckt haben. Am Vorabend war sie auf der Party, könnte also Hazels Nadel gefunden und von Teddys Termin erfahren haben! Wir fanden einen Brief von ihr an Mr Wong, in dem sie ihn um Geld bittet, um ihr Teehaus retten zu können!
Daisy und Hazel haben belauscht, dass sie angeblich zu Geld gekommen ist – hat sie womöglich von dem Lösegeld gesprochen? Und könnte ihr Restaurant der Ursprung des Schepperns sein, das Mr Wong gehört hat? Wu Shing wurde in den Rücken geschossen – eine Vorgehensweise, die zu jemandem passt, der schwächer war als er, zum Beispiel Mrs Fu.
ZEITABLAUF: Um 11 Uhr 55 war sie am Lift und um 12 Uhr 10 in der Bank. Inzwischen wissen wir, dass sie mit Wu Shing gemeinsame Sache gemacht hat und Geld abhob, um es auf ein Pferd zu setzen, und zwar am Nachmittag nach Teddys Entführung, um 13 Uhr. Wir müssen herausfinden, ob jemand bestätigen kann, dass sie in Happy Valley war. Wenn es stimmt, hatte sie keinen Grund, Teddy zu entführen – und auch keine Zeit dazu!

5. Mr Wa Fan. ~~MOTIV FÜR TEDDYS ENTFÜHRUNG: Er ärgert sich über Mr Wong, weil er glaubt, er würde seine Pflichten vernachlässigen. Doch reicht das als Motiv für eine Entführung? Er war auf der Feier, könnte also die Haarnadel gefunden und von dem Termin erfahren haben. In der Bank wurde er allerdings nicht gesehen und wir wissen nicht, ob er ein Patient von Dr. Aurelius ist.~~

~~ANMERKUNGEN: Der Chauffeur Wo On sagt, dass er Mr Wa Fan mit einer Arzneiflasche aus der Bank kommen sah, kurz bevor man den Mord entdeckte. Er war am Tatort, noch dazu in Eile! Er hat den Detektiv, Mr Leung, angeheuert, um bei der Suche nach Teddy zu helfen. Doch ist das eine freundliche Geste – oder dient es dazu, die Kontrolle zu behalten?~~

~~Wu Shing wurde in den Rücken geschossen – eine Vorgehensweise, die zu jemandem passt, der schwächer war als er, zum Beispiel Mr Wa Fan.~~

~~ZEITABLAUF: Er verließ das Bankgebäude gegen 12 Uhr 15.~~

AUSGESCHLOSSEN. Wir haben herausgefunden, dass er schwer krank ist. Er war von 12 Uhr 00 bis 12 Uhr 10 bei Dr. Aurelius und nahm anschließend um 12 Uhr 13 den Lift ins Erdgeschoss. Wo On hat kein Baby bei ihm gesehen, ebenso wenig wie der Liftboy. Und Hazel glaubt, dass Mr Fan dem Sohn seines Freundes keine bösen Streiche spielen würde, da er weiß, dass er bald sterben muss. Er ist unschuldig.

6. June Wong. ~~MOTIV FÜR TEDDYS ENTFÜHRUNG: Sie kann ihn nicht leiden, weil er der Sohn der anderen Frau ihres Ehemanns ist. Aber, sollte sie seine Entführung arrangiert haben, muss sie wissen, dass er umso mehr geliebt wird, ist er erst zurück. Hazel erinnert sich, dass sie mit Su Li befreundet war – warum sollte sie sie umbringen lassen?~~

~~ANMERKUNGEN: Am Tag des Verbrechens war sie nicht in der Bank – sie hatte Kopfschmerzen. Und die Haarnadel lässt Hazel, ihre eigene Tochter, verdächtig erscheinen – warum sollte sie ein Verbrechen mit solchen Folgen planen? Ihre gebundenen Füße würden sie behindern, aber ausschließen kann man sie deswegen nicht.~~

AUSGESCHLOSSEN: Sie hat das Haus am Nachmittag nach Teddys Entführung nicht verlassen – sie hätte weder Wu Shing ermorden noch Teddy entgegennehmen können.

Schlachtplan

~~1. Wo On und Ping als Verdächtige ausschließen.~~

~~2. Mehr über den Liftboy in Erfahrung bringen: Wer ist er und warum wurde er zum Mörder und Entführer? Wurde er dafür bezahlt oder hatte er ein persönliches Motiv?~~

~~3. Mehr über die Triadenbande in Erfahrung bringen, die Haarnadeln als Markenzeichen verwendet.~~

~~4. Die Motive unserer Verdächtiger genauer in Augenschein nehmen.~~

~~5. Mehr über die Praxis von Dr. Aurelius herausfinden, um zu begreifen, warum man das Verbrechen nicht bemerkte und wie Teddy aus dem Gebäude geschafft wurde.~~

~~6. Einen Weg finden, mehr über Sai Yat zu erfahren.~~

7. ~~Alibis der Verdächtigen recherchieren.~~ Weitere Verdächtige ausschließen – herausfinden, wo sie den Montagnachmittag verbracht haben.

~~8. Überlegen, wo Teddy zurzeit versteckt sein könnte. Mrs Fus Teehaus besuchen und herausfinden, ob das scheppernde Geräusch von dort stammt.~~

~~9. Mr Wong von Hazels Haarnadel erzählen.~~

10. Herausfinden, wo sich Mrs Fu am Nachmittag des Mordes aufgehalten hat.

11. Teddy nach Hause bringen!

• TEIL SECHS •

Ein königliches Lösegeld

I

Nachdem ich am Mittwochabend alles aufgeschrieben hatte, konnte ich nicht einschlafen. In Hongkong ist es noch nicht einmal richtig Frühling, weshalb die Nächte eigentlich verhältnismäßig kühl sind, doch das Leben in England hat mich ganz vergessen lassen, was wahre Hitze ist. Schwitzend wälzte ich mich hin und her, bis Daisy sich vom anderen Bett her beschwerte: »Lass das *Zappeln*, Hazel, es ist schrecklich nervtötend!«

Es half nichts. Mir ging einfach zu viel durch den Kopf, sodass er mir bald schmerzte. Außerdem hatte ich einen Krampf im Nacken und fand einfach keine bequeme Lage, kein kühles Fleckchen, um meine Wange daraufzulegen. Morgen war Donnerstag, der Tag, an dem wir Teddy wiederbekommen würden – oder auch nicht. Ich redete mir ein, dass ich wie eine Detektivin handeln musste, nur fühlte ich mich in diesem Moment wie alles andere. Ich vermisste Su Li schrecklich. Ich vermisste sogar Teddy, auch wenn ich mir sagte, dass es unmöglich ist, jemanden zu vermissen, den man kaum kennt.

Die Übergabe war für den Mittag angesetzt, an den Docks von Kowloon. Beim Frühstück bat Jie Jie, mitkommen zu dürfen, doch mein Vater lehnte ab.

»Du bleibst zu Hause«, sagte er. »*Ich* werde mich darum kümmern.«

»Darf ich mitkommen?«, fragte ich und erntete einen durchdringend strafenden Blick meines Vaters.

»Ganz gewiss nicht. Ich will dich nicht einmal in der Nähe von Detektiv Leung wissen, Hazel. Ich sagte es bereits: Um diese Angelegenheit kümmere ich mich.«

Vor Scham, Nervosität und Ärger wurde ich rot wie eine Tomate.

Nachdem Vater in seinem großen schwarzen Wagen zum Anlegeplatz der Star Ferry gefahren war, um sich dort mit Detektiv Leung zu treffen, waren alle im Haus schrecklich gereizt. Die beiden Männer wollten die Übergabe vorab in Ruhe durchgehen, um sicherzustellen, dass Teddy gesund und munter wiederkehrte.

May wirbelte mit einem lila glänzenden Käfer an einer Schnur durchs Haus, den sie irgendwo aufgetrieben hatte. Der Käfer summte kläglich vor sich hin, weshalb Rose schluchzend in Tränen ausbrach.

»Lass ihn frei!«, jammerte sie. »May, lass ihn los!«

»Rose, still!«, schalt Jie Jie, die auf einem der Stühle in der Eingangshalle saß, geradeaus starrte und ihre Hände so fest ineinanderdrückte, dass ihre Nägel sich in die Haut gruben.

Meine Mutter schimpfte: »Wenn du nicht aufhörst, lasse ich deinen Hintern von deinem Kindermädchen versohlen!«

Daraufhin riss Rose entsetzt den Mund auf und rannte nach oben, während May in den Garten floh. »Ich gehe noch einen Käfer für Teddy suchen!«, hörte ich sie brüllen.

»Ich halte es hier nicht länger aus. Ich fahre einkaufen«, entschied meine Mutter scharf. »Jemand soll mir einen Wagen vorfahren. Wenn ich zurückkomme, ist hoffentlich alles vorbei.«

So fuhr also auch sie davon, während ich mir im ganzen Leben noch nie nutzloser vorgekommen war. Daisy zitterte förmlich, so frustriert war sie darüber, vom Geschehen dermaßen weit entfernt zu sein. Sie hatte sich einige verrückte Ideen ausgedacht, eine unmöglicher als die andere: Dass wir in die Bank gehen und Mr Svenssons Konto inspizieren sollten, um zu sehen, ob er Geld abgehoben hatte, um Wu Shing zu bezahlen. Dass wir zu seinem Haus fahren und ihn mit unserem Verdacht konfrontieren sollten.

Ich dagegen wollte nichts anderes, als Vater folgen. Inzwischen war mir völlig egal, dass Detektiv Leung mich beschuldigen könnte. Ich wollte nur am Hafen sein und auf Teddys Entführer warten. Ich wusste, dass viele Männer dort sein würden, aber ich wusste auch, wie hektisch das Treiben am Hafen ist, welches Gedrängel dort herrscht, wie verärgert und gehetzt die Menschen dort sind. Hongkong ist eine Geschäftsstadt, daher bewegt sich jeder in seiner eigenen Welt, immer in Eile, immer unterwegs zum nächsten Termin und nicht sonderlich auf das bedacht, was außen herum geschieht. Am Hafen wäre es ein Kinderspiel, ungesehen eine Tasche Geld aufzuheben und ein dickes kleines Baby abzustellen, vor allem, wenn man eine gewöhnliche Dienstbotenuniform aus weißer Jacke und schwarzer Hose trug. Man könnte sich hinter Rikschafahrern verbergen oder hinter einem vorbeirollenden Karren voller Sternfrüchte in Deckung gehen, ohne jede Spur zu hinterlassen. Wären Daisy und ich vor Ort, wären wir eine Hilfe.

Ich sah auf meine Armbanduhr – es war zehn vor zehn. Noch gut zwei Stunden. Mit jedem Ticken hämmerte mein Herz heftiger.

»HAZEL, KOMM RAUS!«, brüllte May plötzlich. Erschrocken schaute ich Jie Jie an.

»Geh schon, geh!«, sagte sie und wischte sich mit der Hand übers Gesicht. »Bitte.«

Daisy und ich liefen zur Treppe hinaus. May hopste im Kreis herum, während sie ihren Käfer verdrießlich um ihren Kopf sausen ließ. Mittlerweile hatte sich ein zweiter dazugesellt.

»Der hübsche Junge hat ihn mir geschenkt!«, verkündete sie glücklich. »Große Schwester, er will dich sehen.«

Ich sah zu Daisy. Dann sprinteten wir gemeinsam ums Haus herum, wo wir neben einem Topf voll leuchtend rosa Blüten Ah Lan fanden, einen Rechen in der Hand und den Hut auf dem Kopf. Er nickte uns wie beiläufig zu.

»Ich habe Neuigkeiten«, sagte er. »Ihr habt recht, was Mrs Fu angeht. Ihr Alibi ist gut. Mehrere Leute haben sie am Montag um kurz vor eins im Happy Valley gesehen und bezeugt, dass sie eine Wette abgeschlossen hat. Außerdem habe ich mit den Fahrern geredet, die an dem Tag an der Bank waren, und sie bestätigen, dass Mrs Fu außer einer schmalen Tasche nichts bei sich hatte: Platz genug für Geldscheine, aber nicht für ein Baby. Sie kann Teddy nicht mitgenommen haben.«

»Dann war es tatsächlich Mr Svensson!«, rief Daisy. »Himmel! Was machen wir jetzt?«

»Sein Haus wird bereits bewacht«, sagte Ah Lan. »Sobald er es verlässt, folgen wir ihm. Mrs Svensson macht einen Tagesausflug, aber er ist noch dort.«

Daisy und ich wechselten einen Blick. Wir waren so dicht dran! Bestimmt konnte Mr Svensson nicht mehr entwischen. Bestimmt würde man ihn schnappen, wenn er sich aufmachte, um Teddy zu übergeben, oder …?

2

»Hazel!«, rief Jie Jie. »Ying Ying! Kommt her!«

Wir rannten zurück in die Halle, wo Jie Jie mit etwas in den Händen auf uns wartete. »Roses Magd hat das hier gerade im Musikzimmer gefunden«, sagte sie. »Es ist eine der Feilen deiner Mutter aus ihrem Maniküreset. Du weißt doch, wo sie ihre Dinge aufbewahrt. Leg es zurück in ihr Zimmer.«

Ich hätte Nein sagen können. Ich muss Jie Jie nicht gehorchen. Aber ich wollte sie an diesem Morgen nicht zusätzlich aufregen. Außerdem hörte ich deutlich, was sie nicht ausgesprochen hatte: dass sie nämlich Angst hatte, selbst ins Zimmer meiner Mutter zu gehen. Sollte meine Mutter davon erfahren, war nicht ausgeschlossen, dass sie Jie Jie bestrafen würde.

»Ja, Jie Jie«, sagte ich also. »Komm, Daisy.«

Wir liefen die Treppe hinauf zur Tür meiner Mutter. Als ich ihr Zimmer betrat, fühlte ich mich wie immer – als wäre ich fünf Jahre alt und hätte nichts darin zu suchen. Daisy andererseits drängte sich frech an mir vorbei und stöberte durch die Parfüms und Lotionen auf der Frisierkommode, während ich mich auf die Suche nach dem Maniküreset machte.

Es ist eine hübsche lackierte Kassette, über die rote Schmetterlinge jagen, sehr bunt, sodass ich sie sofort hätte bemerken sollen. Doch ich war so in Gedanken versunken, halb mit Teddy und halb mit den Neuigkeiten über Mr Svensson beschäftigt, dass ich sie einfach nicht finden konnte. Stattdessen griff ich nach einer der Zaubertruhen meiner Mutter, drehte sie in meinen Händen und drückte darauf herum, während ich mir den Kopf zermarterte, wo um alles in der Welt die Kassette sein konnte.

Daisy schaute das Kästchen an und meinte: »Am Dienstag stand es noch woanders. Erinnerst du dich? Die Kiste war dort drüben auf dem Schränkchen.«

»Das muss die Magd gewesen sein«, sagte ich gedankenverloren, während meine Finger von ganz allein arbeiteten. Die Kiste in meinen Händen hatte mein Vater meiner Mutter geschenkt, als ich noch klein war. Ich weiß noch, wie er mir die Lösung gezeigt und gelacht hatte, als meine kleinen Finger sich vergeblich darumlegen wollten – schließlich hatte ich das Kästchen damals meiner Mutter gereicht, die seufzte und es mit fünf schnellen Handgriffen geöffnet hatte. Meine Mutter hatte nie viel für die Spielereien meines Vaters übrig.

Ich hatte immer angenommen, dass sie nicht klug war, weil ich sie niemals lesen gesehen, nie Englisch reden gehört hatte – aber dann fand ich heraus, dass sie beides sehr wohl beherrschte, es nur einfach nicht gern tat. Auch Chinesisch kann sie lesen – ihr eigener Vater hat es ihr als kleines Mädchen beigebracht –, doch sie tut es nur, wenn es sein muss. »Wozu?«, hatte sie mehr als einmal zu mir gesagt. »Ich habe jede Menge Diener, die mir vorlesen.«

Damals hatte sie mir leidgetan und ich fasste den Entschluss, niemals so wie sie zu werden. Ich wollte nach England, wo Mädchen schlau sein konnten. Aber jetzt weiß ich, dass es so einfach nicht ist. Meine Gedanken schweiften ab und ich dachte an intelligente Väter und intelligente Töchter. Erst vor Kurzem hatten wir von einem intelligenten Vater erfahren … wer war es noch gleich gewesen? Ich konnte mich nicht erinnern.

Während ich darüber nachgrübelte, schnappte die Kiste in meinen Händen auf und ich sah in die kleine Mulde im Holz hinab.

Schon beim Drehen hatte ich etwas im Innern klappern hören. Es war ein goldener Anhänger, wie man sie für gewöhnlich an Schlüsseln findet. Auf einer Seite stand 213 und auf der anderen (ich drehte ihn neugierig um) PENINSULA HOTEL.

»Warum bewahrt deine Mutter einen Hotelschlüsselanhänger in ihrer Truhe auf?«, fragte Daisy gespannt, tappte über den Teppich und spähte über meine Schulter. »Wo ist der Schlüssel dazu? Und wo steht dieses Peninsula überhaupt?«

»In Kowloon«, antwortete ich. »Direkt am Wasser. Kurz hinter der Anlegestelle der Star Ferry. Weißt du noch, ich habe es dir gezeigt? Es ist schrecklich nobel. Man bekommt da ein herrliches Teegedeck. Die Svenssons wohnten da, solange sie noch nicht in ihr Haus ziehen konnten. Dort … dort soll die Übergabe stattfinden.«

Wir erstarrten.

»Hazel«, sagte Daisy leise. »Hazel. Weißt du, wo man in Ruhe telefonieren könnte, ohne dass sich jemand darüber wundert, warum man ein Baby bei sich hat? In einem *Hotelzimmer*.«

»Du glaubst, dass Mr Svensson und meine Mutter …?!«, sagte ich schwach. »Daisy! Sie … Mutter könnte das nie!«

»Nein«, sagte Daisy und rümpfte die Nase. Ihr Gesicht war blasser als sonst, doch ihre Augen funkelten. »Das glaube ich nicht. Wir haben sie nie miteinander gesehen, oder? Nicht *Mr* Svensson und deine Mutter sind ständig dazu gezwungen, Zeit miteinander zu verbringen, solange ihre Ehemänner Geschäftliches besprechen.«

Sie wandte sich erneut der Frisierkommode meiner Mutter zu und hob den Lavendelduft auf, der zwischen all den Flakons stand. Als sie die Pumpe drückte, erfüllte süßer, luftiger Purpurduft die Luft, der nach England und Sommer roch – und nach Mrs Svensson. Sie war hier gewesen – wenn meine Mutter sie zum Reden in ihr Zimmer mitgenommen hatte, waren die beiden besser miteinander bekannt, als ich angenommen hatte. Nun fiel mir auch wieder ein, wo ich dieses Parfüm schon einmal gerochen hatte: in der Villa Peking, in dem Zimmer, in dem wir Wu Shings Leiche gefunden hatten.

»Hazel«, sagte Daisy. »Wir haben die Sache völlig falsch betrachtet. Diese Verschwörung wurde von *zwei* Menschen eingefädelt. Mrs Svensson und deine Mutter.«

3

Mir wurde schwindelig. Ich wollte es nicht glauben – doch da lag der Schlüsselanhänger, ohne den Schlüssel daran, und meine Nase war erfüllt von Mrs Svenssons Parfüm.

»Hör zu«, sagte Daisy. »Wir waren Kamele. Wir wussten, dass die Svenssons Geld brauchen, also dachten wir, damit hätte *Mr* Svensson ein Motiv. Aber natürlich gilt das genauso für seine Frau. Noch dazu wissen wir sogar, dass Mrs Svensson von beiden eher auf Geld bedacht ist. Ihr Vater war ein berühmter Mathematiker. Mr Svensson kann mit Geld nicht umgehen – viele haben uns berichtet, dass er deinen Vater ständig um Darlehen bittet, und wir haben selbst erlebt, wie er deinem Vater Hilfe angeboten hat, die er gar nicht finanzieren kann. *Mrs* Svensson scheint im Umgang mit Geld wesentlich vernünftiger zu sein – gleichzeitig ist sie wegen ihrer finanziellen Notlage viel besorgter. Wir haben gehört, wie sie deiner Mutter davon erzählt hat, oder nicht?«

»Nein!«, rief ich. »Wir haben sie streiten hören. Meine Mutter hasst Mrs Svensson! Wie können sie gemeinsame Sache machen?«

»Ja, wir haben einen Streit belauscht. Aber, Hazel, überleg mal, worum es dabei ging. Die Rede war von Geld und von Teddy. Es spricht nichts dagegen, dass das eigentliche Thema das Komplott war: Mrs Svensson zwang deine Mutter, standhaft zu bleiben, indem sie ihr deutlich machte, dass ihre Kinder darunter leiden würden, sollte man sie beide erwischen. Und was Charakter angeht, passen die beiden hervorragend zusammen. Mrs Svensson ist tatkräftig und deine Mutter gut im Organisieren.«

»Ja, aber *warum*?«, rief ich.

»Nun, was Mrs Svensson angeht, ist das leicht beantwortet: Sie braucht Geld, um ihre Familie zu retten. Und deine Mutter – tja, das ist auch nicht schwierig. Sie hasst den Umstand, dass Teddy geboren wurde. Sie ist wütend auf deinen Vater.«

»Aber sie hätte doch nie zugestimmt, Su Li ermorden zu lassen«, gab ich zu bedenken. »Das … das würde sie einfach nicht tun. Die beiden *kannten* sich, Daisy. Und Wu Shing hätte sie auch nicht umbringen können, so herzlos ist sie nicht.«

»Natürlich hat sie Wu Shing nicht getötet«, gab Daisy mir recht. »Sie hat das Haus am Montagnachmittag ja gar nicht verlassen können. Vermutlich war Mrs Svensson die Mörderin … Oh, Hazel, überleg nur: Das erklärt auch den Ring. Die beiden haben Wu Shing Geld *und Schmuck* gegeben, als Lohn für die gelungene Entführung. Dann, nachdem Mrs Svensson ihn getötet hatte, nahm sie ihm alles wieder ab und gab deiner Mutter den Ring zurück, als sie sich am Dienstag trafen. Deshalb hatte sie ihn am Dienstagvormittag nicht am Finger, am Mittwoch aber schon. Erschossen hat deine Mutter Wu Shing nicht, aber ich wette, es war ihre Idee, ihn anzuheuern. Weißt du noch? Er war eine Zeit lang bei euch angestellt. Denkbar, dass sie ihn gekannt und gewusst hat, dass er Geld braucht.«

»Aber die Haarnadel …«, wandte ich kleinlaut ein. »Ah Mah würde mich doch nicht als Täterin hinstellen!«

»Auch was das betrifft gebe ich dir recht«, sagte Daisy. »Das würde sie nicht tun. Nehmen wir doch einmal an, es war gar nicht Teil des ursprünglichen Plans. Was, wenn Mrs Svensson die Haarnadel nach der Party fand und spontan beschloss, diese Gelegenheit zu nutzen? Sie gab die Nadel am nächsten Morgen Wu Shing – irgendwie – und erteilte ihm den Auftrag, sie im Zuge des Mordes irgendwie einzusetzen. Für sie war das ein Druckmittel, um sicherzustellen, dass deine Mutter keine kalten Füße bekommt und am Ende alles ausplaudert. Oh, Mrs Svensson hat doch deinen Namen erwähnt, weißt du noch? Das war … Hazel, das *war* eine Warnung an deine Mutter, nichts zu verraten!«

»Aber so eine grauenhafte Tat!« Ich schüttelte den Kopf, als wäre Daisy nicht recht bei Trost. Und doch war sie vollkommen vernünftig. Mir schmerzte die Brust und mein Herz wurde immer schwerer, denn obwohl ich nicht glauben wollte, dass meine Mutter jemals zu so etwas fähig wäre, wusste ich genau, wie nachtragend sie sein konnte und wie ausgefeilt ihre Strafen teils ausfielen.

»Du kennst deine Mutter, Hazel. Wäre sie zu so etwas in der Lage?«

»Sie ärgert sich sehr über andere. Sie hasst es, wenn man sie hintergeht. Und vermutlich hat sie sich durch Teddy verraten gefühlt – von Vater und auch von Su Li, weil sie sein Kindermädchen wurde. Aber … sie könnte niemals jemanden *töten*. Das *könnte* sie nicht!«

»Wichtiger ist die Frage, wie die Entführung ablief«, sagte Daisy. »Deine Mutter war nicht in der Bank, ebenso wenig wie Mrs Svensson. Wie konnte eine von ihnen im achten Stock sein, um Teddy von Wu Shing entgegenzunehmen? Denn genau das muss ja passiert sein.«

Ich überlegte. Dann fiel mir die Terminliste ein, auf die Daisy gestoßen war: *Svensson. Wong. Wa Fan.*

Und wieder begriff ich, dass wir nicht gründlich genug nachgedacht hatten.

»Mrs Svensson *war* da!«, rief ich. »Wir lasen Svensson und dachten an *ihn*, aber es hätte ja genauso gut *sie* sein können! Sie muss vor uns angekommen sein, um Viertel vor zwölf. Mit Wu Shings Lift fuhr sie nach oben, hat ihm dabei die Nadel ausgehändigt und im Anschluss an ihren Termin wartete sie in dem leeren Zimmer. Nachdem Wu Shing mit Teddy um zwölf aus der Kabine geklettert war, fand in der leeren Praxis die Übergabe statt. Mrs Svensson fuhr mit dem Kind im rechten Aufzug ins Erdgeschoss, während Wu Shing durch den Seitenausgang entkam. *Mr* Svensson ließ sich später in den achten Stock bringen, weil er annahm, seine Frau wäre noch dort. Genau das hat uns ja der Fahrstuhlführer der linken Kabine berichtet: dass Mr Svensson nach seiner Frau suchte! Und weil er sie nicht finden konnte, benahm er sich so seltsam.«

»Hazel, du hast völlig recht!«, rief Daisy. »Und mir kam gerade eine absolut geniale Idee! Die beste Möglichkeit, ein Baby zu verstecken: es nämlich als ein anderes Baby zu tarnen. Wir wissen, dass Mrs Svensson gerne ohne ihre Magd mit Roald ausgeht. Was hältst du davon: Am Morgen wickelt sie ein Bündel Kleider in eine Decke, sodass sie wie ein Baby aussehen. Damit steigt sie ins Auto und lässt sich zum Arzt fahren, behauptet womöglich, Roald würde schlafen und hätte dort einen Termin. Als Wu Shing ihr Teddy gibt, wickelt sie ihn in die Decke und drückt ihn an sich. Keiner hätte sich das Baby gründlich genug angesehen, um zu erkennen, dass es kein europäisches, sondern ein chinesisches Kind ist – jeder ging einfach *davon aus*, dass es Mrs Svenssons Sohn ist.

Anschließend hat sie ihn in das Hotelzimmer vom Peninsula gebracht. Sie setzte noch am Nachmittag den Anruf ab und stellte ihre Stimme tief und leise, so wie dein Vater erzählt hat. Dann ist sie losgezogen, um Wu Shing zu töten, und kehrte nach Hause zu Mr Svensson zurück. Oh, Hazel, natürlich! *Er* war nicht zu Hause, weil er den ganzen Nachmittag nach ihr gesucht hat!«

»Aber was ist mit Roald?«, fragte ich. »Wäre er zu Hause geblieben, hätte das doch jemand bemerkt, oder nicht?«

»Nicht, wenn Mrs Svenssons Magd in alles eingeweiht war! Wahrscheinlich hat sie an diesem Tag auf Roald aufgepasst und Mrs Svensson später abgepasst, um ihr das Baby zu übergeben, bevor sie das Haus wieder betrat. Sie könnte es auch sein, die Teddy die Woche über versorgt hat, nicht?

Deine Mutter hat vermutlich deshalb einen Hotelschlüssel, damit sie jederzeit nach ihm sehen kann.«

Ich schluckte schwer, ließ diese neue Theorie sacken. »Aber, Daisy … müssen wir das denn melden? Ich meine … wenn wir Teddy wiederbekommen. Wenn die Übergabe glattläuft. Sai Yat … er wird wahnsinnig wütend sein, aber …«

»Hazel. Watson. Nein.«

Mehr musste sie nicht sagen. Su Li und Wu Shing waren tot, und ich wusste, dass nichts – keine Familienloyalität, nicht all die verzweifelte, hoffnungslose Liebe, die ich für meine Mutter empfand, weil sie nun einmal meine Mutter war – wichtiger war, als dafür zu sorgen, dass diejenigen, die für ihre Ermordung verantwortlich waren, gefasst wurden.

Mir stockte der Atem und ich wischte mir über die Augen. Daisy schlang die Arme um mich. Ihr Kinn grub sich in meinen Kopf – sie ist wirklich ungeheuer gewachsen –, doch sie roch warm, nach Seife und ein klein wenig nach Schweiß. Wenigstens, dachte ich mir, wusste ich nun, dass selbst die Ehrenwerte Daisy Wells schwitzen konnte.

»Detektei Wells & Wong für immer!«, sagte Daisy gedämpft. »Denk daran, Hazel. Egal wer dir sonst in den Rücken fallen mag, ich schwöre dir, niemals zu sterben oder jemanden zu ermorden, und allein darauf kommt es an.«

»Und ich verspreche dir das Gleiche«, sagte ich.

»Sei kein Kamel, Hazel, das Versprechen kannst du dir sparen. Ich weiß, dass du das nie machen würdest. Diese Angelegenheit ist grauenhaft, aber gemeinsam schaffen wir das, verstanden? Denn es *wird* in Ordnung kommen. Ich werde persönlich dafür *sorgen*.«

Ich trat einen Schritt zurück und fuhr mir über die Haare. Dann atmete ich tief durch und spürte, wie die Luft durch mich hindurchfuhr, von Kopf bis Fuß.

»Ich bin bereit«, sagte ich. »Ich weiß, wir dürfen das Haus eigentlich nicht verlassen, aber es führt kein Weg daran vorbei, Daisy. Ah Mah muss losgezogen sein, um bei der Übergabe zu helfen. Also müssen wir Jie Jie dazu bringen, uns nach Kowloon zu bringen. Wir müssen ins Peninsula Hotel.«

4

Es regnete, als wir die Star Ferry betraten. Die Tropfen machten die Wellen schwer und verliehen dem Meer einen platten, niedergedrückten Eindruck.

Jie Jie war nicht schwer zu überreden gewesen. »Wir *müssen* hin«, sagte ich. »Willst du Teddy nicht so schnell wie möglich sehen, sobald er gerettet ist? Würde er nicht sofort zu dir wollen?«

Jie Jie blickte auf und machte ein entschlossenes Gesicht – wodurch sie May verblüffend ähnlich sah.

»Ich *will* für ihn da sein«, sagte sie. »Du hast recht, Ying Ying. Wir gehen hin.«

Wo On fuhr den Wagen vor. Er hob zwar die Augenbrauen, sagte aber nichts. Ping brachte uns zum Automobil und dann ging es los, während der Regen laut auf das Dach aus Segeltuch trommelte.

Obwohl wir meinen Schwestern nichts verraten hatten, beschloss May unterwegs irgendwann, dass wir nun Teddy finden würden. Die Käfer an den Schnüren hatte sie noch immer bei sich und wollte sie einfach nicht hergeben. »Den hier bekommt Teddy«, sagte sie trotzig. Außerdem hatte sie ihren Stecken dabei, im Gürtel ihrer Hose, für den Fall, dass die Entführer ihr über den Weg laufen sollten.

»Ich mag deine Schwester«, sagte Daisy anerkennend, als wir am Geländer standen und dem wogenden Wasser zusahen. »Eines Tages wird sie eine gute Detektivassistentin abgeben.«

Eines Tages, dachte ich, würde May wahrscheinlich die Vorsitzende ihrer eigenen Detektei werden.

Mit einem Satz erwachte die Fähre zum Leben. Das Dröhnen begann unter meinen Füßen und setzte sich ruckelnd über meine Wirbelsäule fort bis in die Ohren. Ich hielt mich an der Brüstung fest und spähte geradeaus, über die regenverhangene Bucht hinüber zu den grauen Gebäuden Kowloons. Für Seekrankheit war keine Zeit, nicht heute.

»Große Schwester«, ertönte ein kleines Stimmchen. Rose hatte sich hinter mich geschlichen und hielt sich mit vor Sorge verzerrtem Gesicht an der Reling fest. »Glaubst du, es geht Teddy gut?«

»Das hoffe ich, Ling Ling«, sagte ich. Sie sah so klein und traurig aus, dass ich sie einfach umarmen musste. »Ich glaube, Vater wird ihn sehr bald nach Hause holen.«

»Als er geboren war, mochte ich ihn nicht besonders«, gab Rose zu. »Noch eine Schwester wäre mir lieber gewesen.«

»Ich mochte ihn anfangs auch nicht.« Das einzugestehen, fühlte sich an, wie nach langer Zeit endlich auszuatmen. »Aber … wenn er nicht da ist, ist es schlimmer.«

»Ich weiß«, sagte Rose. »Ich bete schon die ganze Zeit, dass er zurückkommt. Ich habe einen Teil von meinem

Abendessen aufgehoben und es für die Götter aufgestellt. Nur leider hat Pik An es aufgegessen und jetzt habe ich Angst, dass deshalb heute alles schiefgeht.«

»Ach, rede doch keinen Unsinn!« Ich drückte sie. »Ich verspreche dir, wir finden ihn. Ganz bestimmt!«

»Gut.« Rose nickte. »Und dann ... meinst du, Vater lässt mich auf die englische Schule?«

»Willst du das denn wirklich?«, fragte ich sie. »Oder willst du noch immer einfach weg?«

»Teilweise ja«, sagte Rose. »Aber England klingt hübsch. Und die Schule hier kann ich nicht ausstehen – dort ist es dumm und die Uniformen sind hässlich. Ich will auch Rosinenbrötchen essen und Spiele spielen wie in den Büchern.«

Beinahe hätte ich gelacht. »Ich werde mit Vater reden.«

»Ehrlich?«, fragte Rose glücklich. »Mein Englisch wird *immer besser*. Richtig ... famos!«

Was meine Mutter getan hatte, war nicht *fair*, schoss es mir durch den Kopf. Gegenüber May und Rose und mir war es nicht fair. Uns allen tat sie damit weh. Genau wie Daisy dem Schatten Fallingfords nicht entkommen kann, werden wir immer die Mädchen sein, deren Mutter etwas so Schreckliches getan hat.

Wir verließen die Fähre. Unter uns schaukelte die Landungsbrücke, Wasser schwappte auf, dann standen wir auch schon inmitten der drückenden, miefenden Kowloon Docks. In weniger als einer Stunde würde hier die Übergabe stattfinden. Jie Jie sah sich nervös um und zog May und Rose an sich. Die Mägde hielten Regenschirme über uns.

»Warten wir im Peninsula«, sagte ich atemlos. »Dort können wir Tee trinken.«

»Tee!«, rief May. »Und dann sehen wir Teddy!«

Jie Jies Gesicht verzog sich schmerzhaft und mein Herz pochte schnell. Gleich würden wir an den Ort kommen, an dem sich auch Teddy gerade befinden könnte. Doch würden wir … würden wir clever genug sein … um ihn zu retten?

5

Ich vergesse immer wieder, wie groß das Peninsula Hotel ist und was für eine komische Mischung aus englisch und so gar nicht englisch. Wir gingen den breiten geschwungenen Eingang hinauf, während der gewaltige Komplex mit den weißen Fenstern sich wie ein englischer Palast über uns erhob. Doch als wir die niedrige Steintreppe betraten, wurden wir von zwei knurrenden chinesischen Löwen begrüßt.

Mit triefenden eingeklappten Regenschirmen betraten wir die Lobby und damit eine Welt aus hohen Decken, weißen Säulen, grünen Topfpflanzen, buttrigem Licht, geschmackvollen Details aus Gold, sanfter Musik – gespielt von einem in einer kleinen Nische verborgenen Streichquartett – und Tee in Porzellantassen, der von Kellnern in weißen Livrees serviert wurde. Alles war vornehm und gedämpft – kein Wunder, dass sich sämtliche Köpfe zu uns umwandten, um diese höchst seltsame Familie zu betrachten. Vier Mädchen, eins davon europäisch, drei Mägde und eine Mutter. Automatisch wich Jie Jie schüchtern in den Hintergrund, als wäre sie ebenfalls nur eine Magd.

»ICH WILL EIERWAFFELN!«, schrie May lauthals und wurde von allen ermahnt, leise zu sein.

»Hier gibt es keine Eierwaffeln, Dummkopf«, sagte Rose zu ihr. »Aber sie haben Schokoladenkuchen.«

»SCHOKOKUCHEN!«, jubelte May. »Ist Teddy hier?«

Ich bemerkte den gequälten Ausdruck, der über Jie Jies Gesicht huschte und Daisys Mienenspiel. Jie Jie wusste es nicht, aber Teddy *war* hier.

Man führte uns an einen großen runden Tisch neben einer Säule und ein sich respektvoll verneigender Kellner nahm unsere Bestellung auf. Dann entstand eine Pause, eine stetig wachsende Stille, die scheinbar keiner brechen konnte.

»HIMMEL!«, stieß Daisy plötzlich aus. »Ist das etwa … Seht nur! Das kann doch nicht Constance Goring sein?!«

Wir alle wandten uns auf unseren Stühlen um und blickten auf den Rücken einer Dame, die durch die Lobby auf die Treppe zuschritt. Mir sagte sie nichts, außer dass sie Europäerin und erwachsen war.

»Aber *ja* doch!«, meinte Daisy aufgeregt. »Ich muss …! Würdet ihr mich entschuldigen? Ich *muss* einfach am Empfang nachfragen – sie ist eine entfernte Cousine, wisst ihr? Ich habe sie seit *Jahren* nicht gesehen!«

Bevor einer von uns sie aufhalten konnte, war sie aufgesprungen und bewegte sich in damenhaftem Galopp durch die Empfangshalle auf die Rezeption zu. Wir sahen, wie sie rasch mit dem Concierge sprach, das Telefon zur Hand nahm und fröhlich hineinplapperte. Rief Daisy im Zimmer 213 an?

Doch als sie sich umdrehte und an all den Tischen zu uns zurückkam, langsamer diesmal, verunstaltete ein recht verärgerter Ausdruck ihr Gesicht. Ich schlussfolgerte, dass die Person, die sie angerufen hatte, nicht an den Apparat gegangen war.

»Sie war es doch nicht!«, rief sie. »Zu dumm! Hier wohnt derzeit tatsächlich jemand namens Goring, doch als ich im Zimmer anrief, entpuppte er sich als ein alter Herr, der mit Sicherheit nicht mit mir verwandt ist. Welch ein Jammer!«

Jie Jie wirkte verdutzt. Überdeutlich merkte ich ihr an, dass sie nicht nachvollziehen konnte, warum Daisy sich mehr über eine entfernte Verwandte den Kopf zerbrach als über ein vermisstes Kind. Ich wünschte, ich hätte ihr alles erklären können.

In großen Kannen wurde der Tee serviert, begleitet von vier gigantischen Stücken Schokoladenkuchen, umhüllt von reichhaltiger dunkler Ganache. Es sah zu verlockend aus, und ich schlang meines hungrig hinunter. Gerade als die Dienstmädchen uns einschenkten, betrat meine Mutter die Lobby.

Ich sah sie, bevor sie uns sah. Ihre Ohrringe glitzerten im Lampenlicht und ihre Lippen waren rot. Langsam bewegte sie sich auf ihren abgebundenen Füßen voran. Bei sich hatte sie eine kleine Einkaufstasche, und ich musste zugeben, ihre Tarnung war gut. Sie hatte achtgegeben, tatsächlich etwas einzukaufen, um ihre Lüge perfekt zu machen. Ich sah sie an, so schön und selbstsicher wie immer – doch diesmal schien ich außerdem die Gedanken in ihrem Kopf zu erspähen, die Berechnungen, die sie anstellte. Sie zeigte kein Anzeichen von Furcht. Zum ersten Mal begriff ich, wie wagemutig meine Mutter war. Ich hatte immer geglaubt, der Mut, den ich aufbringen konnte, wenn es sein musste, stamme von meinem Vater. Aber nun hatte ich meine Zweifel.

Wir mussten ihr zuvorkommen. In wenigen Augenblicken würde sie uns bemerken und dann wäre alles vorbei.

»Ich muss aufs Klo«, sagte ich hastig.

»Ich komme mit!«, reagierte Daisy sofort und sprang auf. Auch sie hatte meine Mutter erspäht. Ihre Wangen waren ganz gerötet.

»Dann esse ich euren Kuchen!«, meinte May schadenfroh.

Wir bahnten uns einen Weg durch die teeschlürfenden und plaudernden Menschen, die hübschen kleinen gepolsterten Stühle und die runden weiß gedeckten Tische, während das Streichquartett das Geplapper sanft untermalte. Wir passierten Dienstmädchen, Damen und Herren in Roben und Anzügen. Vor uns lag die große Haupttreppe, in deren Mitte ein Läufer auflag. Als wir die ersten Stufen betraten, griff Daisy nach meiner Hand.

»Mach dich bereit«, flüsterte sie, sobald wir den ersten Treppenabsatz erreicht hatten, der von noch dickerem Teppich, Lampen und Blumenarrangements geprägt war. »Wir müssen vor deiner Mutter dort sein. Wenn ich sage, lauf – dann LAUF!«

Wie ein Reh preschte sie die Stufen hinauf und ich flitzte hinterher.

Der Teppich schluckte unsere Schritte, bis wir schließlich auf dem Absatz des zweiten Stocks ankamen. Eine Magd kam uns entgegen, die überrascht den Kopf hob, als wir an ihr vorbeiwetzten. Ihr hochgestecktes Haar gab den Blick auf eine kleine Narbe an ihrem Hals frei. Ich erinnerte mich an sie – dies war die Frau, die mich vor so vielen Tagen gewarnt hatte. »Miss Hazel!«, rief sie mit entsetzter Miene. »Halt!« Endlich fand eins der Puzzleteilchen seinen Platz. Mrs Svenssons Magd *war* in die Intrige eingeweiht gewesen und hatte versucht, mich aus allem herauszuhalten – ohne Erfolg, wie sich gezeigt hatte.

Allerdings spielte dies nun keine Rolle. Ich konzentrierte mich auf die Zimmer, die den Gang flankierten und bemühte mich, trotz unserer Hast die Nummern zu entziffern – 208, 209, 211 … da war 213! Eine hohe Mahagonitür mit eleganten goldenen Zierleisten. Ich hantierte am Knauf herum. Meine Finger schwitzten und meine Hände zitterten, doch die Tür öffnete sich problemlos. Uns blieb keine Zeit zum Warten, keine Zeit zum Überlegen. Daisy und ich preschten einfach hinein und schlugen die Tür hinter uns zu.

6

Das Zimmer, in dem wir uns wiederfanden, war hübsch und hell. Es gab ein Bett, eingehüllt in wehende weiße Vorhänge. Es gab ein Fenster, geschlossen wegen des Regens, das den Blick auf den Hafen und den Victoria Peak freigab. Es gab einen Schreibtisch und einen Stuhl – und in diesem Stuhl saß Mrs Svensson.

Als wir in den Raum platzten, stand sie erschrocken auf. Ihre Augen weiteten sich verständnislos und ihre Blicke glitten im Raum umher – zu uns, zum Schreibtisch und schließlich zum Bett. Als ich ihren Blicken folgte, sah ich hinter dem Bett einen kleinen Stubenwagen hervorspitzen.

»Was machen Sie hier?«, fragte Mrs Svensson. »Hat Mrs Wong –?«

»Ja«, schnitt Daisy ihr das Wort ab. »Ganz genau. Sie hat uns geschickt. Sie hat uns aufgetragen … Sie zu fragen … Sie zu bitten …«

Ich lief auf den Stubenwagen zu.

»Hazel«, sagte Mrs Svensson. »Lassen Sie ihn in Ruhe. Roald schläft.«

»Oh, ist das Ihr Baby?«, fragte Daisy und ging mir nach. »Ich liebe Babys! Oh bitte, darf ich ihn sehen?«

»Wirklich Daisy, das muss nicht sein. Sie wecken ihn nur. Das Kindermädchen hat ihn eben erst hingelegt.«

»Ach, ich kann nicht anders!«, rief Daisy.

»STEHENBLEIBEN!«, schrie Mrs Svensson mit wutverzerrter Miene.

Daisy und ich erstarrten mitten im Schritt. Aus dem Stubenwagen drang ein klägliches Wimmern – das zu einem lauten Brüllen anwuchs.

Mrs Svensson schoss vor. Erst wusste ich nicht, ob zu uns oder zum Wagen, doch Daisy war ebenfalls in Bewegung, warf sich auf Mrs Svensson und brachte sie aus dem Gleichgewicht. Ein intensiver Lavendelduft hing in der Luft. Keuchend taumelte Mrs Svensson rückwärts.

Endlich löste auch ich mich aus meiner Starre, spähte in den Korbwagen – und sah darin, nicht nur ein Baby eingekuschelt, sondern *zwei*.

Eins war blond, mit so feinem und hellem Haar, dass es regelrecht kahl wirkte. Aus hellblauen Augen funkelte es mich an, während es verärgert das Gesicht verzog und wie ein gestrandeter Fisch zappelte.

Das andere Baby war Teddy.

Sein seidiges dunkles Haar war vom Schlafen ganz zerstrubbelt, aber er blinzelte mich an und hob die kleinen Fäuste in die Luft. Ohne überhaupt zu wissen, was ich tat, griff ich nach ihm und hob das kleine Pummelchen hoch – Teddy strahlte mich an, sodass sein ganzes Gesicht vor Freude knitterte. Ich redete mir ein, dass er bei jedem so reagierte – trotzdem fühlte es sich plötzlich so an, als wüsste er, dass ich seine große Schwester und gekommen war, um ihn heimzuholen.

»*Neih hou*, Teddy«, sagte ich und lächelte zurück.

»Leg ihn wieder hin!«, sagte Mrs Svensson. »Leg ihn sofort hin!«

»Nein, das wird sie nicht«, sagte Daisy. »Wie können Sie es überhaupt wagen, ihn hier festzuhalten! Wir wissen über alles Bescheid. Sie haben gemeinsam mit Mrs Wong die Entführung geplant und Hazels Kindermädchen ermorden lassen, um Lösegeld zu erpressen. Sie haben Teddy aus dem achten Stock geschmuggelt, indem Sie so getan haben, als wäre er Roald. Und Sie haben ihn hier versteckt, wo Ihre Magd auf ihn aufgepasst hat. Nicht mehr lange und Sie hätten ihn gegen das Geld eingetauscht – aber wir sind Ihnen zuvorgekommen!«

Mrs Svensson schaute von Daisy zu mir und Teddy und zurück.

»Ihr Mädchen seid eine Plage«, schimpfte sie.

»Wenn hier jemand eine Plage ist, dann ja wohl *Sie*!«, widersprach Daisy wütend. »*Sie* sind schuld an Su Lis Tod und *Sie* wollten es Hazel in die Schuhe schieben, damit ihre Mutter Ihr Geheimnis für sich behält! Wir wissen, was gespielt wird, *und* wir haben Detektiv Leung eingeweiht. Jeden Moment taucht die Polizei hier auf, Sie werden schon sehen!«

»Gar nichts habt ihr getan«, meinte Mrs Svensson. Sie wirkte so ruhig, so … erwachsen, fand ich. Sie klang wie eine Mutter, die mit ihren törichten Kindern redet. »Das würdet ihr nicht wagen, nicht nach der Haarnadel.«

Ich drückte Teddy so fest an mich, dass er quiekte.

»Sie können uns nicht erpressen!«, sagte Daisy.

»Es war eine nützliche Rückversicherung, damit June nicht aus der Reihe tanzt«, erklärte Mrs Svensson gelassen. »Diese dummen Triaden sind mir egal. Und auch ihr werdet schweigen. Wenn ihr auch nur ein Wort verratet, erzähle ich Detektiv Leung, dass ihr hinter allem steckt. Ich kann jede Menge Zeugen auftreiben, die aussagen, dass Hazel Wong ein mysteriöses Treffen mit einer Magd hatte und ihr Anweisungen für Teddys Entführung erteilt hat. Glaub mir, ich kann dich vernichten, Hazel Wong, dich und deine Mutter!«

Mir klingelten die Ohren und meine Kehle fühlte sich an, als würde etwas darin feststecken. Ich torkelte gegen Daisy, die mich stützte.

»Aber warum hat sie sich überhaupt darauf eingelassen?«, wisperte ich.

»Ist das nicht offensichtlich?«, fragte Mrs Svensson. »*Deinetwegen.*«

In diesem Moment klopfte es an der Tür.

7

»Wer ist da?«, rief Mrs Svensson, auf einmal schrill. Sie *hatte* Angst, begriff ich – Angst, dass Daisy doch nicht gelogen hatte, was Detektiv Leung betraf. Daisy und ich wechselten einen vielsagenden Blick. Offensichtlich war ihr derselbe Gedanke gekommen.

»Madam!«, erklang eine Frauenstimme mit schwerem Akzent auf Englisch. »Ich komme wegen der Stelle!«

Ich schrak zusammen. Diese Stimme kannte ich. Es war Ping!

»Welche Stelle?«, erwiderte Mrs Svensson. »Gehen Sie!«

»Aber ich wollte mich als Kindermädchen für das Baby bewerben«, ließ Ping nicht locker. Was um alle Welt tat sie da?

Mrs Svensson griff in die Tasche ihres Kleids und zog eine kleine Pistole mit Perlmuttgriff hervor, die sie auf uns richtete. »In den Schrank!«, zischte sie. »Sorgt dafür, dass das Baby leise ist. Keinen Laut, wenn ich bitten darf! Ich kümmere mich um das hier.«

Ich sah auf die Pistole. Dann dachte ich an Wu Shing und wusste mit einem flauen Gefühl im Magen, dass wir unsere Mordwaffe gefunden hatten. Damit stand der Mörder unseres zweiten Opfers endgültig fest.

Der Schrank war leicht, aus dünnem Holz und kaum groß genug für uns, doch Daisy krabbelte hinein. Es roch nach Mottenkugeln, war heiß und stickig. Wir nahmen Teddy in unsere Mitte und drängten uns aneinander. Er kuschelte sich fröhlich an meinen Bauch und nuckelte an meinem Finger. Ich stand Todesängste aus. Daisy und ich konnten auf uns aufpassen – aber wie sollten wir Teddy beschützen?

Wir hörten, wie die Zimmertür aufschwang.

»Madam«, sagte Ping noch einmal. »Ich bin hier wegen –«

»Ja, ja, der Stelle, das sagten Sie bereits«, unterbrach Mrs Svensson sie. »Ich brauche kein weiteres Kindermädchen. Wer hat Ihnen das weisgemacht?«

»Was hat sie nur vor?«, wisperte Daisy.

Ich wusste es nicht.

»Meine Freundin«, sagte Ping. »Su Li.«

Ein metallisches Klicken ertönte. Ich hatte so eine Vorstellung, was das für ein Laut war: der Entsicherungsmechanismus einer Waffe.

»Noch ein Wort und ich erschieße Sie«, drohte Mrs Svensson. »Es wäre nicht das erste Mal.«

»Das werden Sie nicht tun«, sagte Ping. »Miss Wong und Miss Wells sind auch hier, und uns alle können Sie nicht töten. Mr Wong wird die Mädchen suchen und herausfinden, dass Sie Su Li ermordet haben.«

Ich hörte, wie die Tür sich ein weiteres Mal öffnete.

»Kendra?«, sagte meine Mutter auf Englisch. »Wo sind Sie? Ich dachte, ich hätte –«

»Ah«, fiel Mrs Svensson ihr ins Wort. »Hallo, June.«

Die Stimme meiner Mutter zu hören, war ein grässlich eindeutiger Beweis.

»Kendra«, sagte sie. »Ich muss mit Ihnen reden. Wo steckt Ihr Kindermädchen? Die Übergabe steht kurz bevor – sie sollte längst auf dem Weg sein …« Eine Pause entstand. »Was macht Ping hier?«, fragte sie schroff.

»Sie hat angeklopft«, berichtete Mrs Svensson. »Ich dachte, Sie hätten sie vielleicht geschickt.«

»Mrs Wong!«, stieß Ping schockiert aus. »*Sie* gehören dazu?«

»Ich sollte sie erschießen«, sagte Mrs Svensson.

»Ping, du dummes Mädchen!«, sagte meine Mutter. »Was hast du hier verloren?«

»Es ist wegen Su Li«, antwortete Ping mit bebender Stimme. »Mrs Wong! Wie *konnten* Sie nur?«

»Ich wollte nie, dass Su Li stirbt«, sagte meine Mutter. »Das war nie vorgesehen. Ihr dummer Ex-Freund ist zu weit gegangen. Er sollte ihr nur wehtun! Sie hatte eine Strafe verdient, genau wie mein Mann, aber nicht das. Und niemals hätte ich die Triaden mit hineingezogen. Kendra versteht das nicht, sie –«

»Es mag ja nicht zu *Ihrem* Plan gehört haben, die Magd zu töten«, sagte Mrs Svensson, »aber ich hatte es von Anfang an vor. Keine Zeugen, versteht ihr? Mit Wu Shing war es dasselbe. Wer tot ist, kann nicht reden.«

Ich bekam keine Luft mehr. Das war einfach zu grauenhaft.

»Wo ist Hazel?«, wandte meine Mutter sich an Ping. »Warum bist du nicht bei ihr?«

»June«, sagte Mrs Svensson. »Die Mädchen. Sie sind hier.«

»Was soll das heißen?«, fragte meine Mutter scharf.

»Sie haben es herausgefunden«, erklärte Mrs Svensson. »Es ist schrecklich ärgerlich. Ich habe sie in den Schrank gesteckt.«

»Tot?«, rief meine Mutter. »Sie haben doch nicht etwa … *Kendra*!«

In diesem Moment begriff ich, zum ersten Mal seit so vielen Jahren, dass ich meiner Mutter doch nicht egal war.

»Natürlich sind sie nicht tot«, entgegnete Mrs Svensson. »Noch sind sie überaus lebendig. Rufen Sie sie nach draußen, wenn Sie wollen.«

»Komm her, Wong Fung Ying!«, befahl meine Mutter. »Komm her!«

Ich hatte keine Wahl. Ich musste zu ihr.

8

Außerhalb des Schranks wirkte die Welt auf einmal sehr hell und luftig. Trotzdem konnte ich noch immer nicht richtig atmen. Ich hielt Teddy fest, drückte ihn an mich, als könnte ich so für unser aller Sicherheit garantieren, weshalb er sich mit einem leisen Fiepen beschwerte. Neben mir stand Daisy. Unsere Arme berührten sich und ich war froh, sie bei mir zu haben.

»Ah Mah«, sagte ich verzweifelt. »Bitte. Hilf uns.«

»Ihr solltet gar nicht hier sein!«, schimpfte meine Mutter. Ihr Gesicht war erhitzt und ihre Augen funkelten. »Ying Ying, du bist so dumm! Ich hätte mich um alles gekümmert, ich hätte dich aus allem heraushalten können! Habe ich dir das nicht *gesagt*?«

»Ich habe nur nach Teddy gesucht«, flüsterte ich. »Es tut mir leid.« Plötzlich erinnerte ich mich an unser Gespräch. Ich hatte angenommen, meine Mutter hätte Angst, ich könnte schuldig sein – aber natürlich hatte sie genau gewusst, dass ich unschuldig war.

»Ich war *so nah dran*!«, rief meine Mutter. »Noch eine Stunde, dann wäre das Kind wieder zu Hause und alles vorbei. Du törichtes Mädchen! Ich habe versucht, dich zu beschützen, aber du kannst ja nie etwas richtig machen.«

»*Das ist Ihre Schuld!*«, brauste Daisy empört auf. Ich stieß ihr entsetzt den Ellbogen in die Seite. Mrs Svensson hatte noch immer die Pistole erhoben und meine Mutter sah aus, als könnte sie uns jeden Moment ohrfeigen. Diesmal musste Daisy den Mund halten.

»Wie konntest du dich nur in all das verwickeln lassen?« Ich starrte meine Mutter an. »*Warum?*«

»Ich wollte nie, dass jemand stirbt«, sagte sie mit einem Stocken in der Stimme. Ihre Augen funkelten noch immer, allerdings nicht länger vor Wut – vor Tränen. Plötzlich kam sie mir klein und schwach und ängstlich vor. Ich begriff, dass sie ebenso ratlos und verloren war wie ich. »Ich wollte deinen Vater nur ein wenig leiden lassen. Er hat mir mein Kind genommen, also habe ich ihm seines genommen. Aber doch nur für eine kleine Weile!«

»Mich hat keiner weggenommen! Ich *wollte* nach England!«

»Nur weil er es dir eingeredet hat«, meinte meine Mutter. »Er *hat* dich mir weggenommen. Du siehst dich immer nur als *sein* Kind, nicht meines. Und das ist sehr wohl seine Schuld.«

Ich lief rot an. Sie hatte nahezu ins Schwarze getroffen, was irgendwie unerträglich war.

»Aber jetzt bist du ja wieder zu Hause, bei mir – und dass Teddy heil zurückkehrt, stand von Anfang an fest. Kendra hätte ihr Lösegeld bekommen und ich hätte ebenfalls einen Teil erhalten, für dich. Damit du später, wenn du erwachsen bist, auf keinen Fall arm sein musst, was auch passiert. Damit du nie einen Mann heiraten musst, den du insgeheim hasst, verstehst du?«

Mir fielen die Worte meiner Mutter ein, die mich zunächst so getroffen hatten: *Hazel wird nicht heiraten*. Ich hatte angenommen, sie würde mich für zu verschroben und zu verkopft halten, um interessant zu sein, aber sie hatte etwas ganz anderes gemeint. Trotzdem: Um das alles hatte ich sie nie gebeten. Ich wollte es nicht.

»Vater würde mich nie mit *nichts* dastehen lassen«, sagte

ich. »Und er würde mich auch nicht zwingen, jemanden zu heiraten, den ich nicht mag.«

»Du verstehst das nicht«, sagte meine Mutter. »Du bist noch ein Kind.«

»Nein!«, rief ich. »Du bist diejenige, die nicht versteht. Du hast alles kaputt gemacht!«

»Ich fürchte, damit hast du recht«, hauchte meine Mutter.

Es klopfte noch einmal an der Tür.

»Herrgott noch eins, wer ist das nun?!«, rief Mrs Svensson ungehalten.

Im nächsten Moment wurde die Tür eingetreten. Erst zeigte sich ein Riss, dann flogen Splitter und Detektiv Leung preschte ins Zimmer 213.

Mrs Svensson ließ die Pistole fallen und reckte die Hände in die Luft. »Sie kommen genau richtig!«, rief sie. »Hazel und June Wong haben diese Entführung geplant. Sie wollten mich gerade umbringen! Die Haarnadel am Tatort gehört Hazel. Sie ist die Schuldige!«

»Sie lügt! Sie hat Su Li und Wu Shing ermordet!«, schrie Ping und zeigte anklagend auf Mrs Svensson.

Damit stand das Wort einer reichen Weißen gegen das einer chinesischen Magd. Ich konnte nicht schweigen – aber würde man mir glauben? Und wie sollte ich meine Mutter beschützen, die sich so sehr in dieses Dilemma verstrickt hatte? Daisy und ich waren schon einmal vor solch einer Wahl gestanden. Damals war mir zwar bewusst gewesen, dass eine solche Situation furchtbar ist, doch solange nicht die *eigene* Familie betroffen ist, fühlt man nur das halbe Entsetzen. Doch dann …

»Mein Arbeitgeber erhielt vor einer halben Stunde einen Anruf mit dem Hinweis, dass Edward Wong in diesem

Zimmer zu finden wäre«, berichtete Detektiv Leung. »Dass er hier ist, liegt auf der Hand, und einer der Anwesenden hier ist dafür verantwortlich. Obwohl der Anrufer Mrs Svensson als Kidnapperin beschuldigte, bin ich noch nicht überzeugt. Ich habe mit Mr Svensson gesprochen, der zugibt, seine Frau den Großteil des Montagnachmittags vergeblich gesucht zu haben – er wollte sie in der Arztpraxis abholen, traf sie jedoch nicht an. Er teilte mir auch mit, dass er ihr Verhalten besorgniserregend findet. Mrs Svensson, ich nehme Sie mit zum Verhör. Mrs Wong und Miss Wong, so leid es mir tut, aufgrund der Vorwürfe, die mir gerade zugetragen wurden, müssen Sie mich ebenfalls begleiten.«

Mrs Svensson wurde rosarot. Meine Mutter dagegen weiß wie Schnee. Ich drückte Teddy an mich, doch abgesehen davon schien mein ganzer Körper die Kraft zu verlieren.

»Hazel«, raunte Daisy. »Alles wird gut, Hazel.« Zum zweiten Mal an diesem Tag umarmte sie mich fest – und wie so viele Wochen zuvor auf der Deepdean brach ich in Tränen aus. Ich weinte, als könnte ich nie wieder aufhören.

9

Gemeinsam gingen wir nach unten. Auf dem Treppenabsatz im ersten Stock machte Mrs Svensson einen plötzlichen Fluchtversuch, doch Detektiv Leung packte sie eisern am Handgelenk. Sie schrie, zeterte und wehrte sich. »Nach unten«, sagte er bestimmt. Dabei trafen sich auch unsere Blicke – und hätte ich mit dem Gedanken ans Ausreißen gespielt, wäre er spätestens jetzt im Keim erstickt worden.

Noch immer hielt ich Teddy auf dem Arm, obwohl mir von seinem Gewicht allmählich die Muskeln brannten. Aber ich musste feststellen, dass ich ihn einfach nicht mehr loslassen wollte. Ich trug ihn bis ins Foyer, das voller Menschen war – nicht nur Jie Jie, May und Rose waren da, sondern auch mein Vater und zwei Polizisten … und Mrs Svenssons Magd. Als sie Teddy entdeckte, stieß Jie Jie einen Schrei aus und rannte zu mir. Sie zog Teddy so hastig an sich, dass er quiekte und ich verdutzt die Luft ausstieß. Mein Vater beugte sich über seinen dunklen Schopf, bevor er zu mir blickte.

»*Hazel!*«, rief er, und da erst wurde mir klar, wonach es aussehen musste. Ich öffnete den Mund, um mich zu verteidigen, um zu erklären, dass ich Teddy nur gefunden, nicht gestohlen hatte. Doch meine Mutter kam mir zuvor.

»Wirst du das wohl auf der Stelle bleiben lassen, Vincent! Ying Ying hat nichts damit zu tun«, keifte sie und richtete sich zu ihrer vollen Größe auf. »Es waren Mrs Svensson und ich.«

Mein Vater erstarrte. Seine Stirn legte sich in Falten. »Lüg mich nicht an, June. Nicht jetzt.«

»Ich lüge nicht.« Meine Mutter klang gereizt. »Nie hörst du auf mich! Nie glaubst du mir! Mein Plan war es, Teddy entführen zu lassen, um dich zu bestrafen. Ich wählte Wu Shing dafür aus und habe dabei geholfen, ihn zu bezahlen. Ich hatte alles perfekt geplant. Und dann bringst du *unsere Tochter* in Gefahr! *Du* hast sie mit diesem dämlichen Baby zur Bank geschickt. *Du* hast meinen Plan ruiniert – du und Kendra.«

Sie wandte sich Mrs Svensson zu, die hochrot war vor Panik. »Ich hatte ganz gewiss nichts mit dieser Sache zu tun!«, platzte sie heraus. »June war das ganz allein. Ich habe erst davon erfahren, als alles bereits geschehen war. Ich kam ins Hotel, um das Baby zu retten, das schwöre ich! Es waren allein June und Hazel. Die Haarnadel! Schauen Sie sich die Haarnadel genau an! Sie gehört Hazel, das kann ich beweisen, ich –«

»Halten Sie den Mund!«, rief meine Mutter. »Sie sind eine Lügnerin. Sie haben mir verschwiegen, dass Sie Wu Shing einen zusätzlichen Betrag versprochen haben, wenn er Su Li tötet. Sie haben ihm Hazels Haarnadel gegeben – um den Verdacht auf sie zu lenken und mich einzuschüchtern. Sie begreifen ja nicht, was es heißt, sich mit den Triaden anzulegen, obwohl ich versucht habe, es zu erklären. Und Sie haben gesagt … Sie haben damit gedroht, das Baby und meine Tochter ebenfalls zu ermorden, sollte ich mein Schweigen brechen.«

»*Sie* waren es!«, kreischte Mrs Svensson. »Ich bin *unschuldig*! Glauben sie ihnen kein Wort, i–«

»RUHE!«, brüllte mein Vater. »June. Wie konntest du? Ich … ich hätte nie gedacht …«

»Du denkst doch *nie*, Vincent«, entgegnete meine Mutter.

»Wir müssen diese Angelegenheit klären«, sagte Detektiv Leung. »Ich werde Mrs Svensson, Mrs Wong und Miss Wong befragen. Sie«, er nickte den Polizisten zu, »können die Mägde vernehmen.«

»Mit Mrs Svensson können Sie tun, was Sie wollen«, sagte mein Vater und verschränkte gebieterisch die Arme. »Aber meine Frau und meine Tochter werden Sie nicht von mir trennen.«

So endete ich also in einem anderen Zimmer des Peninsula Hotels neben meiner Mutter, während mein Vater und Detektiv Leung uns gegenübersaßen und Fragen stellten.

Ich redete und redete, erklärte die Sache mit der Haarnadel und wie ich sie verloren hatte, auch wie groß meine Angst gewesen war. Von Sai Yat verriet ich nichts, genauso wenig von unserem nächtlichen Abenteuer (zum Glück hatte meine Mutter Wu Shings Tod bereits erwähnt, also musste ich den Detektiv nicht darauf stoßen). Außerdem stellte ich es so dar, als hätte ein glücklicher Zufall, nicht etwa eigene Ermittlungen, Daisy und mich in das richtige Hotelzimmer geführt. Dafür erzählte ich alles, was sich im Hotel zugetragen hatte, wie Mrs Svensson uns mit einer Pistole bedroht und ihre Beteiligung an dem Verbrechen zugegeben hatte.

Meine Mutter war in ihren Ausführungen kühl und präzise. Ja, sie hatte gemeinsam mit Mrs Svensson Teddys Entführung geplant. Kendra brauchte Geld und meine Mutter wollte sich nach Teddys Geburt an meinem Vater rächen. »Dass die Magd stirbt, wollte ich nicht«, beteuerte sie, wieder und wieder. »Sie war ein dummes, stolzes Ding, aber ich wusste, dass Hazel sie gern hatte. Sie sollte nur verletzt werden. Das schwöre ich. Und es stand außer Frage, dass Teddy wohlbehalten nach Hause zurückkehrt. Niemand sollte das Leben verlieren. Ich wollte dir nur einen Schrecken einjagen, Vincent. Du hast ja so mit diesem Baby angegeben!«

Mir brach das Herz, als ich ihr zuhörte, und dann noch einmal, als ich merkte, wie mein Vater sie ansah. Meine Mutter hatte sich verändert – oder vielleicht hatten wir sie heute zum ersten Mal wirklich wahrgenommen.

Zum Schluss lehnte sich Detektiv Leung auf seinem Stuhl zurück und atmete tief ein. Ich starrte den dunklen Fleck in seinem Auge an und gab mir Mühe, ruhig zu atmen.

»Miss Wong, es steht Ihnen frei zu gehen«, sagte er. »Obwohl Sie mir gewisse Dinge offenbar verschweigen, bin ich zumindest überzeugt, dass Sie nichts mit dem Verbrechen zu tun hatten. Und Mrs Wong … Sie dürfen heute mit Ihrem Mann nach Hause, solange Sie Ihr Grundstück nicht verlassen.«

»Wo sollte ich schon hin?«, fragte meine Mutter verbittert. »Nun ist sowieso alles egal.«

»Ah Mah!«, sagte ich.

Meine Mutter wandte sich zu mir um. Dann streckte sie sehr behutsam eine Hand aus und legte sie auf meinen Arm. »Wenigstens bist du in Sicherheit, Ying Ying. Immerhin habe ich wohl eine Sache richtig gemacht.«

Und für diesen einen kurzen Moment wirkte sie ausnahmsweise einmal nicht verbittert.

10

Plötzlich wurde mir vor Müdigkeit ganz schwummrig. An die Heimfahrt kann ich mich kaum erinnern. Ich weiß nur, dass ich mich – innerlich ganz leer – an Daisy anlehnte.

Jie Jie brachte Teddy in sein Zimmer und dann saßen May, Rose und ich gemeinsam mit ihr um sein Bettchen und beobachteten ihn. Wahrscheinlich brachte es keiner von uns über sich, ihn aus den Augen zu lassen. Selbstverständlich verhielt Teddy sich, als wäre nichts weiter passiert. Er lag nur da, nuckelte an seinen Zehen und gurgelte uns an. Ich musste ihn einfach anlächeln.

»Jetzt mag ich ihn«, flüsterte Rose.

»Ich auch«, gab ich zu und legte den Arm um sie.

In diesem Moment kam Vater herein, der irgendwie dünner und älter wirkte als noch am Morgen.

»Geht, alle außer Jie Jie«, verlangte er. Sein Gesichtsausdruck verriet mir, dass jeder Widerspruch zwecklos wäre. Ich hätte gerne gewusst, ob er mir glaubte, dass ich unschuldig war – aber noch konnte ich ihn nicht darauf ansprechen. Ich ging in unser Zimmer und schloss die Tür.

Daisy und Ping waren bereits dort. Daisy schäumte vor Empörung und Ping war hochrot wie eine Tomate.

»Hazel«, setzte Daisy an. »Ping hat mir gerade erzählt … Also ich komme mir wirklich wie der letzte Idiot vor! Ist dir klar, dass sie *die ganze Zeit* über *wusste*, was wir tun?«

Ping zog den Kopf ein und das Rot in ihren Wangen wurde eine weitere Schattierung dunkler. »Natürlich«, gab sie zu. »Ich wusste, dass es wichtig ist, also habe ich gelauscht, wenn Sie Ihre Detekteibesprechungen abhielten. Ich wollte Ihnen helfen, weil Ihnen nicht nur Teddy, sondern auch Su Li wichtig war.«

»Du hast im Peninsula unfassbar gute Arbeit geleistet«, wandte ich mich an sie, weil Daisy einfach grauenhaft darin ist, andere zu loben – abgesehen von sich selbst.

»Das war doch selbstverständlich, Miss«, sagte Ping.

»Stimmt nicht!«, rief ich. »Das war alles anderes als selbstverständlich. Du hast uns gerettet, ganz im Ernst. Wir hatten großes Glück.«

»Da hat sie recht«, gab Daisy voller Bewunderung, wenn auch grummelnd zu. »Es war ziemlich beeindruckend.«

»Danke, Miss.« Ping stand ein wenig aufrechter.

»Du solltest ein ordentliches Detekteimitglied werden!«, sagte ich zu ihr.

»Hmm!«, machte Daisy. »Hazel, das ist aber nun wirklich übertrieben.«

»Gar nicht!« Ich stellte fest, dass mir Daisys Regeln für die Detektei Wells & Wong inzwischen egal waren. »Wir haben Küken, Kitty und Lavinia aufgenommen, als sie uns geholfen haben, oder nicht? Hier geht es um nichts anderes. Daisy, zieh nicht so ein Gesicht. Ich habe recht!«

Daisy räusperte sich umständlich – bis sie schließlich seufzte und die Hände in die Luft warf.

»Na schön, von mir aus«, sagte sie. »Aber bitte nur als Assistentin.«

Ping strahlte.

»Einverstanden«, sagte ich. »Ping, sprich mir nach.«

»*Ich* sage den Eid vor, Hazel!«, rief Daisy.

»Nein, in Hongkong nicht.« Ich konnte mir ein Grinsen nicht verkneifen, denn ich wusste genau, dass die Ehre diesmal mir zukam, nicht Daisy. »*Ich* kann ihn auf Kantonesisch.«

Am nächsten Morgen liefen Ping, Daisy und ich zum Karpfenteich, um uns mit Ah Lan zu treffen.

»Mrs Svensson sitzt im Gefängnis«, berichtete er. »Man wird ihr den Prozess machen und sie schuldig sprechen – und falls aus irgendeinem Grund doch nicht, werden unsere Leute sie beobachten. Sie wird ihre gerechte Strafe für den Mord an Su Li und Wu Shing bekommen. Dafür hat Sai Yat beschlossen, dass deine Mutter *nicht* ins Gefängnis muss. Er akzeptiert ihre Behauptung, dass sie reingelegt wurde, und wird ihr gestatten, unter Aufsicht bei deiner Familie im Haupthaus zu bleiben. Hauptsächlich weil sie die Mutter des Mädchens ist, das dabei geholfen hat, Sai Yats Namen reinzuwaschen.«

»Danke«, sagte ich kleinlaut. Ich wusste, dass meine Mutter ein Unrecht begangen hatte, trotzdem war sie *meine Mutter*. Sie war mir wichtiger als Gerechtigkeit, wie schändlich es sich auch anfühlte, das einzusehen.

»Und eins noch: Sai Yat schickt Ihnen ein Geschenk, um Ihnen für die harte Arbeit zu danken.«

Er steckte die Hand in die Tasche und zog ein Päckchen aus rotem Stoff hervor. Ich wickelte es aus und hielt eine Jadenadel in der Hand. Es war nicht meine mit dem Hahn, sondern eine neue, eine wundervoll geschnitzte Lotusblüte.

»Sie kommt von uns allen.« Ah Lan nickte mir zu. »Und es ist keine Drohung, versprochen.«

Ich atmete auf.

»Zur Erinnerung«, fuhr Ah Lan fort und verzog die Lippen zu einem Grinsen. »Sai Yat ist dankbar. Und Sai Yat wird mit großem Interesse verfolgen, was Sie als Nächstes tun.«

Ich schloss die Hand um die Jadenadel. Sie fühlte sich kühl und etwas rutschig an. Irgendwie kam es mir vor wie ein letztes Geschenk von Su Li, ein Andenken, das mich daran erinnern sollte, dass Familie mehr beinhaltet als bloße Blutsverwandtschaft. An diesem Nachmittag würden wir sie beerdigen, und dabei, das nahm ich mir vor, würde ich die Nadel im Haar tragen.

»Ohne dich hätten wir den Fall nie gelöst!«, sagte ich, als ich wieder zu mir gekommen war.

»Warum gibt es nur eine Nadel?«, wollte Daisy gekränkt wissen. »Was ist mit mir? Wir haben den Fall gemeinsam gelöst!«

»Sie können lernen zu teilen«, meinte Ah Lan.

»Danke, Ah Lan«, sagte ich schnell, weil Daisy vor Entrüstung die Backen aufblies. »Wir haben auch etwas für dich.«

»Hazel!«, zischte Daisy hinter mir. »Nicht schon wieder!«

Ich ignorierte sie. »Wir wollen, dass du Teil der Detektei Wells & Wong wirst.« Daisy schnaubte verärgert. »Mehr haben wir nicht zu bieten.«

»Solange es sich nicht mit meinem Platz bei den Fünf Jadefiguren in die Quere kommt.« Ah Lan zwinkerte.

Ich sagte ihm die übersetzte Version des Detekteieids vor und er sprach mir nach. Seine Wangen zuckten, als er sich bei bestimmten Worten ein Lachen verkniff, trotzdem glaube ich, dass er sich freute.

Mittendrin kam May angerannt und wollte wissen, was wir machen.

»Langweilige Erwachsenensachen«, antwortete ich schnell.

»Ich glaube, ihr lügt«, meinte May. »Manche Erwachsenensachen sind gar nicht langweilig. Wenn ich erwachsen bin, werde ich Piratenkönigin!«

Wir sahen zu, wie sie wegrannte und ihren Stecken schwang.

»Wenn ich in England bin, musst du auf sie und Rose achtgeben«, sagte ich zu Ah Lan. »Lass sie nichts allzu Gefährliches machen.«

»Ich weiß nicht, ob ich das versprechen kann«, sagte Ah Lan und stützte sich auf seinen Rechen. »Sie sind Ihre Schwestern. Ich schätze, es liegt ihnen im Blut.«

Ein weiteres Mal kam Detektiv Leung noch zum Haus, in Begleitung von Mr Wa Fan. Nun, da ich von Mr Wa Fans Geheimnis wusste, fiel mir auf, wie seine Hand zitterte, wenn er sie hob, und dass die Furchen in seinem Gesicht tief wie Kerben waren. Er hatte wirklich nur helfen wollen und ich schämte mich dermaßen, dass ich mich beinahe bis zur Erde verneigte, als wir uns trafen.

»Danke«, sagte ich.

Mr Wa Fan legte seine Hand auf meine Schulter. »Ihr Großvater und ich waren Freunde. Es war das Mindeste, was ich tun konnte. Doch es tut mir leid, was geschehen ist, Miss Wong. Ich bedaure den Schmerz, der Ihnen zugefügt wurde.«

Detektiv Leung blieb vor mir stehen. »Miss Wong.« Der kleine Fleck in seinem Auge tanzte beim Sprechen. »Ich hoffe, Sie vergeben mir, dass ich sie verdächtigt habe. Ich muss jeder Möglichkeit nachgehen. Das gehört nun einmal zu meiner Aufgabe.«

»Es … es ist schon in Ordnung«, sagte ich. »Das mussten Sie ja wirklich tun.«

»Nun«, fuhr er fort. »Sie und Miss Wells sind sehr tapfer gewesen. Vor allem Miss Wells am Hoteltelefon. Ohne den Anruf hätte ich Sie wohl nicht gefunden.«

Daisy strahlte. »Nein, nicht wahr? Bestimmt wollen Sie uns jetzt einen Orden verleihen, oder?«

Detektiv Leung blickte sie schief an. »Ich vergebe keine Orden«, sagte er schließlich. »Den Fall gelöst zu haben und darauf stolz sein zu können, sollte an sich Lohn genug sein.«

All den schlimmen Dingen, die passiert waren, zum Trotz hätte ich beinahe laut gelacht, weil Daisy eine so mürrische Grimasse zog.

11

Mein Vater und Jie Jie waren mehr denn je in Teddy vernarrt. Sie ließen ihn keine Sekunde aus den Augen. Mitten im Satz schweifte der Blick meines Vaters manchmal zu ihm und Jie Jie konnte nicht die Finger von ihm lassen, während er in Pings Armen lag – denn wenn Daisy und ich nach Hause abreisten, sollte Ping sich um ihn kümmern. Es war schon komisch: Vor wenigen Wochen noch hätte mich das unfassbar eifersüchtig gemacht, aber jetzt verstehe ich, dass Liebe nichts ist, was man wie einen Kuchen in Scheiben schneiden und rationieren kann. Sie wächst immer weiter.

Außerdem habe ich festgestellt, dass ich meiner Mutter zwar nicht vergeben kann, aber sie trotzdem liebe. Genau deswegen tat, was sie gemacht hatte, auch so weh. Wann immer ich daran dachte, überwältigte mich der Schmerz aufs Neue. Er wollte einfach nicht vergehen, anders als der Kummer über den Tod meines Großvaters, der inzwischen zu einer milden Trauer geworden war, die ich betrachten, berühren und beiseitelegen konnte wie ein hübsches Kleid, aus dem ich herausgewachsen war. Ich gab mir Mühe zu lachen und zu lächeln, stark zu sein, doch es kostete mich unendlich viel Überwindung. Meine Mutter hatte nicht nur aus Eigennutz gehandelt, sondern auch für *mich*, und das war schrecklich.

Eines Nachmittags dann rief mein Vater mich in die Bibliothek. Es saß an seinem Schreibtisch, ausnahmsweise einmal ohne Teddy, und ich sah ihm an, wie müde, wie traurig er noch immer war.

»Vater«, sagte ich.

»Meine Hazel. Es tut mir leid. Es tut mir leid, was deine Mutter getan hat, es tut mir leid, dass ich an dir gezweifelt habe, es tut mir leid, dass ich wütend auf dich war, und es tut mir leid, dass ich dir jemals den Eindruck vermittelt habe, du wärst mir gleichgültig.«

»Nein, *mir* tut es leid!«, rief ich. »Ich habe mich grauenhaft benommen, Vater, ehrlich. Ich war weder eine gute große Schwester noch eine gute Tochter. Es tut mir leid, dass ich wegen Su Li böse auf dich war.«

»Hazel, sei still.« Zum ersten Mal seit Wochen (zumindest fühlte es sich so an) lächelte Vater mich an. »Als dein Vater befehle ich dir, stolz zu sein, auf dich und das, was du getan hast. Ich habe Fehler gemacht, Hazel, das gebe ich zu und ich bedauere es. Es bricht mir das Herz, dass Su Li tot ist, und ich glaube, du hast recht damit, dass ich mehr hätte tun können, um es zu verhindern. Aber *du* hast ihren Mörder zur Rechenschaft gezogen. *Du* hast deinen Bruder gerettet und ihn zu mir zurückgebracht. Du bist wundervoll und mutig und klug, und du machst mir alle Ehre. Das hätte ich dir – und allen anderen – schon sagen sollen, als du hier ankamst, aber nun will ich es nachholen: Teddy verändert gar nichts. Du bist und bleibst meine schlaue Tochter und ich bin stolz auf alles, was du mit deinem Verstand anstellst. Ich erwärme mich allmählich sogar für Miss Wells. So eigensinnig sie sein mag, sehe ich ein, dass ihr genau das mitunter gute Dienste leistet. Ihr scheint ein gewisses Talent dafür zu haben … Probleme zu lösen, und diesmal bin ich dafür sehr dankbar.«

Ich schlang die Arme um ihn. »Ich muss nicht zurück nach England«, sagte ich, das Gesicht an seiner Schulter vergraben. »Ich kann bleiben. Mich um dich kümmern.«

»Ich brauche niemanden, der sich um mich kümmert, Hazel«, antwortete mein Vater. »Du bist mein Kind. Ich kümmere mich um dich, Rose und May – und Teddy. Und auch um deine Mutter werde ich mich kümmern. Sie ist noch immer meine Frau. Es kommt mir nicht leicht über die Lippen, aber für und durch dich wird sie immer ein Teil dieser Familie sein. Und sie wird in diesem Haus bleiben. Das allein ist für sie vermutlich Strafe genug.«

»In Ordnung«, sagte ich kleinlaut. »Danke. Und Vater, wegen England … Rose will später einmal auch dort zur Schule gehen. Darf sie?«

»Rose? Aber … nun ja. Warum nicht? Sie soll ruhig gehen. Und May auch, eines Tages. Wenn ich eines gelernt habe, dann dass es wichtig ist, niemanden zu unterschätzen, egal wie gut man meint, ihn zu kennen. Gleichzeitig darf man nicht vergessen, dass man nie die Verantwortung für die Taten eines anderen übernehmen kann. Hazel, was deine Mutter auch behauptet, *du* bist nicht der Grund für ihre Taten. Hörst du? Es ist nicht deine Schuld.«

Als ich aus dem Zimmer trat, prallte ich gegen Daisy, die an der Tür gelauscht hatte.

»Du bist ein Kamel«, sagte sie leise. »Du weißt, dass dein Vater die Wahrheit gesagt hat.«

Und endlich glaubte ich es.

Als Nächstes standen wir im Hafen von Hongkong auf dem Schiff und legten ab. Das Wasser unter uns begann zu rauschen und zu wirbeln – und prompt ging es auch in meinem Magen rund. Vater, May, Rose, Jie Jie, Ping und Teddy winkten uns vom Ufer zu, und Daisy, die neben mir stand, winkte zurück. Ich sah zu, wie mein Leben und meine Familie immer kleiner wurden, und spürte ein Ziehen in der Brust, als wäre mein Herz an ihnen festgebunden.

Wir waren auf dem Rückweg nach England, zur Schule, zu Freunden und Streitereien, fremdem Essen und grauen Himmeln, Kälte und Regen, Kitty und Küken, Lavinia, George und Alexander. Und ich konnte es kaum abwarten. Mir war bewusst, immer deutlicher, dass erwachsen sein manchmal alles andere als ein Zuckerschlecken war, doch gleichzeitig lernte ich, damit umzugehen. Ich drückte Daisys Hand, während ich mit der anderen winkte, winkte und winkte, bis die Gestalten am Hafen verschwunden und wir allein auf See waren. Dann winkte ich zum Abschied noch meinem Großvater und Su Li – und meiner Mutter. Sie war heute zu Hause geblieben. Sie hatte sich nicht von mir verabschiedet, worüber ich gleichzeitig verletzt und erleichtert war.

»Ich freue mich auf Zuhause«, sagte Daisy. »Du nicht auch? Hongkong war ereignisreich und ein ziemliches Abenteuer, aber auch irgendwie ganz schlimm und verrückt. Ich bin jedenfalls mehr als bereit dazu, wieder die Ehrenwerte Daisy Wells zu sein.«

»Du warst immer Daisy Wells«, sagte ich lächelnd. »Hongkong hat lediglich eine andere Seite von dir zum Vorschein gebracht.«

»Du bist in Hongkong auch eine ganz andere Hazel! Ich erkenne dich kaum wieder.«

»Magst du mein Hongkong-Ich?«, fragte ich nervös.

»Oh, mehr denn je.« Daisy strahlte. »Nur, dass du *viel* schwieriger herumzukommandieren bist.«

»Ich mag die Hongkong-Daisy auch«, sagte ich. »Lass uns nie wieder komplett die Alten werden, auch nicht in England.«

»Einverstanden. Aber ich bleibe die Vorsitzende und du die Vizevorsitzende. *Manche* Dinge ändern sich nie.«

»Manche Dinge ändern sich nie«, stimmte ich ihr zu. Dann lehnten wir uns gegen die Reling und machten den Detekteihandschlag.

Hazels Hongkong-Glossar

Normalerweise schreibt Daisy die Glossare für meine Fallbücher. Aber diesmal meinte sie (recht mürrisch), dass ich besser geeignet wäre, und ich glaube, sie hat recht. Dieses Glossar entstand vor allem Daisy zuliebe und enthält einige der Wörter und Wendungen, die jedem Engländer komisch vorkommen würden.

Übrigens sind Hongkong-Dollar nicht dasselbe wie britische Pfund. Sie sind nur etwa ein Zehntel davon wert. In England hätte Teddys Lösegeld also etwa zehntausend Pfund betragen (was immer noch schrecklich viel Geld ist).

- **abgebundene Füße:** Die Füße kleiner reicher Mädchen wurden früher fest eingewickelt, damit sie sehr klein und hübsch blieben. Bei meiner Mutter wurde das gemacht, weshalb sie nicht rennen, sondern nur langsam gehen kann. Oft tun ihre Füße weh, daher bin ich froh, dass das nicht mehr in Mode war, als ich geboren wurde.
- **acht:** gilt in Hongkong als Glückszahl, warum es als gutes Omen gilt, Räume im achten Stock eines Gebäudes zu haben.
- **Affenkönig:** Es gibt eine chinesische Legende über einen Affen, der die Götter ärgert und sich auf eine Reise in den Westen macht.
- **Ah Mah:** Das bedeutet »Mutter«, allerdings sprechen Rose und May meine Mutter, June, ebenfalls so an. Ich weiß, für Daisy ist das sehr komisch, aber in Hongkong

wäre es komisch, würden meine Schwestern Jie Jie Mutter nennen!

- **Ah Yeh:** »Großvater« auf Kantonesisch.
- ***Char sui bao***: Ein *bao* ist ein Brötchen und *char sui* ist eine Methode, Schweinefleisch zuzubereiten. *Char sui bao* sind wie Teigtaschen voll leckerem Fleisch. Die mag sogar Daisy.
- ***Cheongsam***: ein enges chinesisches Seidenkleid mit Schlitzen an der Seite. In Hongkong tragen das Frauen, wenn sie sich hübsch machen.
- **chinesischer Zopf:** ein geflochtener Zopf, der im Genick beginnt.
- **Cloisonné:** eine Methode, Schalen mit Golddraht und Edelsteinen zu verzieren. Sehr hübsch.
- ***Congee***: eine Art Frühstücksbrei, aber nicht aus Haferflocken, sondern aus Reis. Ich finde es lecker, aber Daisy findet es nur sehr klebrig.
- ***Daau jeung***: Sojamilch (ganz anders als Kuhmilch – so eine Art Bohnenpaste), die in einer Schale serviert wird. In Hongkong isst man das zum Frühstück.
- ***Dimsum***: eine Mahlzeit aus vielen verschiedenen Gerichten in kleinen Portionen, einschließlich Teigtaschen, herzhaftem Gebäck und Kuchen. Zu *Dimsum* trinkt man immer Tee und für gewöhnlich gibt es das am Vormittag.
- **Dschunke:** eine Art großes chinesisches Schiff mit wunderschönen dreieckigen Segeln, die entweder rot oder weiß sind.
- **Eierwaffeln:** Mays Lieblingsessen für die Süße Pause Hongkongs! Sie sind süß und sehen wie kleine dicke Seifenblasen aus. Man bekommt sie bei Straßenverkäufern –

nicht gerade die Art von Gericht, die man im Peninsula Hotel serviert bekäme.

- ***Fung tsao***: eine Art, Hühnerfüße zuzubereiten! Daisy traut ihnen nicht über den Weg, aber ich finde sie köstlich. Der Trick ist, bei den Zehen anzufangen und sich hochzuarbeiten.
- **Ginseng:** eine Pflanze, die man viel in der chinesischen Medizin verwendet.
- ***Har gau***: kleine Täschchen aus Teig, die mit Krabben gefüllt sind.
- **Koi:** ein Fisch, den man oft in Hongkonger Teichen findet. Kois sind große Karpfen, die weiß, rot und schwarz gemustert sind. Wenn sie im Schwarm schwimmen, sieht es wunderschön aus.
- **Kuli:** ein schlecht bezahlter Arbeiter.
- **Laopo-Kuchen:** kleine flache Küchlein in einer Art Blätterteigmantel, gefüllt mit Melone und Mandelmus.
- ***Lo bak go***: Rübenkuchen. Sie sind klein, viereckig, weiß und sehr klebrig, aber auf eine richtig leckere Art.
- **Löwen:** Viele chinesische Gebäude und Plätze haben Löwen am Haupteingang, die wahrscheinlich vor Bösem schützen sollen.
- ***Mah lai goh***: ein sehr weicher, fluffiger Kuchen, viel lockerer als selbst der luftigste Rührkuchen in England.
- **Mondkuchen:** meine Lieblings-Süßspeise aus Hongkong! Man macht ihn zum Mittherbst-Fest, daher konnten wir bei unserem Besuch keinen essen. Er besteht aus einem reichhaltigen Teig, gefüllt mit einer klebrigen Paste aus roten Bohnen oder Lotus.
- ***Mui tsai***: Am einfachsten lässt sich das als anderes Wort für »Magd« erklären, obwohl es nicht ganz zutrifft. *Mui*

tsai sind jünger als Mägde. Früher waren *Mui tsai* Sklavenmädchen, daher sind eine Menge Leute, einschließlich der Frau des Gouverneurs, verständlicherweise sehr verärgert deswegen und wollen sie gesetzlich verbieten lassen. Mein Vater bezahlt seine *Mui tsai* natürlich genau wie alle anderen Dienstmädchen und schickt auch sie zur Schule. (Im ursprünglichen Sinn sind unsere daher eigentlich gar keine *Mui tsai*. Wir nennen sie mehr aus Gewohnheit so.)

- **Näh-*Amah*:** Unsere Mägde flicken unsere Kleidung nicht – das ist die Aufgabe der Näh-*Amah*. Eine *Amah* ist nichts weiter als ein Kindermädchen, daher ist sie also dasjenige Kindermädchen, das flickt und näht.
- ***Neih hou*:** Hallo auf Kantonesisch. Daisy zuliebe habe ich versucht, Chinesisch aus diesem Bericht herauszuhalten, aber manches ist einfach wichtig.
- ***Pi-dog:*** die armen räudigen Hunde ohne Besitzer, die in Hongkong herumstreunen.
- **Sampan:** ein kleines Fischerboot in Hongkong, ähnlich einem Kahn.
- ***Siu lung bau*:** Teigtaschen, die nicht nur mit Fleisch und Kräutern, sondern auch mit Suppe gefüllt sind. Beim Reinbeißen muss man sehr vorsichtig sein!
- **Tausendjährige Eier:** Rohe Enteneier, die in einem Brei fermentiert werden, aber nur zwei bis drei Monate lang, keine tausend Jahre. Dabei nehmen sie eine komische graue Farbe an und sie schmecken salzig und intensiv. Daisy mag sie so gar nicht, ich schon.
- **Triaden:** eine Gruppe von Banden in Hongkong. Vor Hunderten von Jahren waren die Triaden Mönche, die die in China herrschende Dynastie stürzen wollten. Aber das

war ein Weilchen vor meiner Zeit. Jetzt verbringen die Triaden ihre Zeit damit, Geld mit kriminellen Machenschaften zu verdienen.

- **Tropenhelm:** wird von reichen Europäern getragen, wenn sie heiße Länder oder Orte besuchen, die sie für gefährlich halten. Es ist die Sorte von Kopfbedeckung, die man sich aussucht, wenn man wie ein Abenteurer aussehen möchte.
- ***Tsaa leung*:** gebratene Teigstäbchen, eingerollt in Reisnudelrollen.
- **Tung Wah:** eine chinesische Gruppierung, die so eine Art inoffizielle regionale Regierung darstellt. Sie betreibt zum Beispiel Krankenhäuser, und wenn man in der chinesischen Gesellschaft jemand sein möchte, schließt man sich den Tung Wah an.
- **vier:** Diese Zahl bringt großes Pech, so wie die dreizehn in England.
- ***yum cha*:** Das sagt man, wenn man *Dimsum* essen geht. Es ist ein bisschen, wie wenn man in England sagt: »Zeit zum Teetrinken!«
- **Zheng Yisao:** May ist von Zheng Yisao besessen. Sie war eine Piratenkönigin, die allerbeste aller Zeiten. Sie hat gegen die Engländer und die Portugiesen gekämpft und kannte keine Furcht.

Anmerkungen der Autorin und Danksagung

Dieses Buch zu schreiben, war ein Riesenspaß und gleichzeitig ziemlich anstrengend. Hauptsächlich, weil mir zum ersten Mal so richtig bewusst wurde, wie groß der Unterschied zwischen mir und Hazel tatsächlich ist. Wir beide mögen viele derselben Bücher und Rätsel. Wir haben beide große Patchworkfamilien. Doch eine englisch-amerikanische Kindheit verläuft eben ganz anders als eine Kindheit in China und Hongkong. Ich habe das große Glück, dass einige meiner alten Schulfreunde aus der Zeit, als ich so alt war wie Daisy und Hazel, mir im Laufe der Jahre die Kultur Hongkongs nähergebracht haben. Sie sind für mich so eine Art zweite Familie, und als ich ihnen von diesem Buch erzählte, haben sie mich sehr gerne unterstützt. Alison Wong und Scarlett Fu lasen meine Entwürfe und Scarlett ging mit mir das *Dimsum*-Mahl essen, das auch Hazel und Daisy genießen dürfen. Danke, euch beiden, und auch Zara Un und Sarah Fok, Alice Shone und Sarah Warry für siebzehn wundervolle Jahre essensbasierter Freundschaft!

Im September 2016 unternahm ich eine Studienreise nach Hongkong. Eigentlich hätte es der Beginn unserer Flitterwochen sein sollen, daher muss ich meinem Mann David von ganzem Herzen danken, dass er es so lange über sich ergehen lassen hat, mir nachzulaufen, während ich in den historischen Museen Hongkongs über kleine Papierfetzen in Begeisterungsstürme ausbrach.

Wir waren wirklich im Peninsula Hotel und auf dem Victoria Peak, auch in mehreren Teehäusern und an vielen anderen Orten, die Hazel und Daisy in diesem Buch besuchen. Wir sind sogar bei Nacht den Victoria Peak hinuntergewandert und wären um ein Haar in eine Spinne gerannt. Was wir allerdings nicht getan haben, war, ein Haus wie das von Hazel zu besichtigen, und zwar aus einem einfachen Grund: Es gibt sie eigentlich nicht mehr. Die alten Häuser Hongkongs wurden aus Granit gebaut. Sie wurden für die Ewigkeit errichtet – trotzdem steht heute fast kein einziges mehr. Nach Gebäuden aus den 1930ern zu suchen, war unglaublich schwierig, weil Hongkong sich andauernd verändert, während das Land die Besitzer wechselt. Hazels Hongkong wiederauferstehen zu lassen, wäre nahezu unmöglich gewesen, ohne die Hilfe einer Frau, die in Hongkong in den 1940ern in einem Haushalt aufwuchs, der dem von Hazel sehr ähnlich war. Details des Haupthauses und von Hazels Familie ebenso wie das Aussehen der Bank und die Idee zu einem Mord in einem Lift stammen aus ihren Erinnerungen. Sie zu interviewen, war wirklich eine der größten Ehren, die mir in meinem ganzen Leben zuteilwurden. Ich hoffe, ich bin ihr und ihren Erinnerungen gerecht geworden – danke, OB, für Ihre Zeit und Ihr Wissen.

Ich habe in Hongkong viele liebenswürdige und hilfreiche Menschen kennengelernt, die diese Geschichten beeinflusst haben. Besonderer Dank gilt Professor David Fauré von der Chinese University of Hong Kong, der mir großzügigerweise seine Zeit opferte und alle meine Fragen über das Leben in Hongkong in den 1930ern beantwortete. Außerdem Professor Simon Haines und dem Privatdozenten Eddie Tay, der mir erlaubte, mit seinen Studenten über das

Veröffentlichen von Büchern zu sprechen, und uns zu einem herrlichen Campusmahl ausführte. John Millen von der *South China Morning Post* war von Beginn dieses Projekts an eine wunderbare Hilfe, und ich habe mich sehr gefreut, Karly Cox, Miuccia und Sebastian zu einem sehr lauten *Dimsum*-Interview in einem traditionellen Teehaus der 1930er zu treffen, aus dem ich das Luk Man machte.

Obwohl dies hier ein Roman ist und daher voller Dinge, die unvermeidlich nicht so korrekt sind wie in einem Geschichtsbuch, habe ich mich bemüht, so dicht an der Wahrheit zu bleiben wie möglich. Die Geschichte Hongkongs ist unglaublich. Die Triaden als Organisation sind absolut real und gehören damals wie heute zur Gesellschaft Hongkongs dazu (obwohl es so etwas wie die Fünf Jadefiguren nicht gibt. Auch haben Sai Yat und seine Bande keinerlei reale Vorbilder). *Mui tsai* sind ebenfalls sehr real – wie Hazel in ihrem Glossar erklärt, waren sie ursprünglich Sklavinnen, keine bezahlten Arbeiterinnen, daher wurden sie (zurecht) in den 1930ern verboten. Ich entschied, sie in meiner Geschichte trotzdem auftreten zu lassen, zumindest namentlich, solange deutlich ist, dass der großzügige Mr Wong seine Dienerinnen natürlich bezahlt und auch zur Schule schickt!

In Hongkong liefen reiche Kinder wie Hazel und ihre Geschwister tatsächlich Gefahr, entführt zu werden, weshalb man sie zu jeder Zeit bewachte. Der Aufzug zur Arztpraxis (ja, Arztpraxen befanden sich tatsächlich über Banken) war dabei eine der wenigen Gelegenheiten, in denen ein Kind wie Teddy ohne zusätzlichen Geleitschutz war. Übrigens gibt es die Hongkong und Shanghai Bank wirklich, als Gebäude wie als Bank – wenn ihr oder einer eurer

Erwachsenen ein Konto bei HSBC hat, nutzt ihr sie jeden Tag.

Sämtliches Essen in diesem Buch wurde mir von verschiedenen Freunden und Lesern aus Hongkong empfohlen. (Fast) alles, was ich beschreibe, habe ich selbst gegessen, einschließlich Tausendjähriger Eier und Hühnerfüße. Und beide fand ich sehr lecker!

Mrs Svensson heißt Kendra wegen Kendra Gilbertson, deren großzügiges Gebot in der Auktion »Autoren für Flüchtlinge« ihr das Recht gesichert hat, ihren Namen in einem meiner Bücher zu verewigen. Meine Nachforschungen über Hongkong haben mich daran erinnert, wie sehr seine Geschichte (genau wie die jeder Großstadt und jedes Landes der Welt) von Migration geprägt ist, manchmal auch erzwungener. Hazel und ihre Familie wissen es nicht, aber die japanische Invasion Hongkongs steht kurz bevor, wenig später gefolgt vom Zweiten Weltkrieg. Jeder kann zum Flüchtling werden, während dieser Jahre sogar die reichsten Familien Hongkongs. Diejenigen von uns, die zu Hause derzeit glücklich und beschützt leben, sollten nicht vergessen, welch großes Glück wir haben. Die Flüchtlinge von heute sind wertvoll, genau wie ihr selbst, vergesst das nicht und behandelt sie entsprechend.

Und jetzt zum eigentlichen Dankesagen:

Ich stehe enorm in der Schuld meiner großzügigen und weisen Erstleser, ohne die diese Geschichte nicht annähernd so gut oder richtig wäre: Miuccia Chan, Sebastian Wong, Karly Cox, Scarlett Fu, Alison Wong, Kwan Ching Yi Angie, Cerrie Burnell (die mich grandios zu Ah Lan beraten hat), Charlie Morris, Anne Miller, Kathie Booth Stevens,

Wei Ming Kam, Viki Cheung, Katherine Webber und die Familie Tsang. Alles, was stimmt, ist ihnen zu verdanken. Alles, was falsch ist, geht allein auf mein Konto.

Danke an mein unendlich geniales Team von Puffin: Nat Doherty, Tom Rawlinson, Naomi Colthurst, Harriet Venn, Sonia Razvi, Francesca Dow, Jane Tait, Frances Evans, Jan Bielecki, Wendy Shakespeare und alle anderen, die im Verlag an meinem Buch mitgearbeitet haben. Mein Name steht auf dem Cover, aber ohne ihre Unterstützung wäre das nicht viel wert. Danke auch meiner Agentin, Gemma Cooper, die schon viele Jahre diese Reihe vergöttert und sich dafür einsetzt, und auch Jenny Bent, die unermüdlich dafür arbeitet, Daisy und Hazel um die ganze Welt zu schicken. Danke an Nina Tara für ein wunderschönes Cover und herrliche Karten, und danke der Frau, die Hazels Stimme in meinen englischen Hörbüchern Leben einhaucht: Katie Leung.

Danke auch euch, meine Familie und Freunde, die ihr mich wieder einmal durch diesen schrägen Prozess begleitet habt. Vor allem meiner Komplizin Non Pratt und dem Team Cooper. Danke an meine wundervollen Eltern, die mich bedingungslos lieben (aber besonders stolz auf diese Büchersache sind), und meinen wundervollen Mann, der wieder einmal jeden Tag dieses Buches mit mir überstanden hat und meine Gesellschaft beachtlicherweise noch immer genießt. Und danke auch meinem Bruder und meiner Schwester, Richard und Carey Stevens, die so gar nicht wie Rose, May und Teddy sind, aber an die ich oft denken musste, als ich Hazels Geschwister erschuf.

Und, schließlich, danke ich euch, meinen Fans. Eure Briefe, eure Zeichnungen, eure Rezensionen, eure Geschichten, eure Kostüme, eure Theaterstücke, euer Unterricht, eure Partys, eure Veranstaltungen und eure Detekteien haben meine Charaktere auf verschiedenste, absolut grandiose Art zum Leben erweckt. Ich schätze mich ungeheuer glücklich, euch zu inspirieren – ihr seid der Grund für dieses Buch.

London, August 2017